Chara

彼の部屋

渡海奈穂

キャラ文庫

この作品はフィクションです。
実在の人物・団体・事件などにはいっさい関係ありません。

目次

彼の部屋……5
みんなのおうち……177
あとがき……342

彼の部屋

口絵・本文イラスト／乃一ミクロ

彼の部屋

1

今朝も目覚めは最悪だった。

やけに頭が重たくて、瞼《まぶた》を開くのにも苦労する。体も重い。まるでぬかるみの中に全身漬け込まれたようで、起き上がるだけで呻《うめ》き声が口から漏れる。

「寒い……」

六月のはじめ、初夏と言っていい時期であるはずなのに、部屋の中は吐く息が白くないことが不思議なくらいに寒い。

藤森《ふじもり》は瞼の開かぬまま床を手探りした。エアコンのリモコンを探り当て、スイッチを入れる。ピ、と短い電子音のあと——機械の鈍い動作音が、大きく響いた。

「……あ？」

重たい瞼を擦《こす》り擦り壁に据え付けられたエアコンを見上げた時、その異音が止んだ。

「……マジかよ……」

そしてついているはずの運転ランプが消えていることを確認すると、藤森は両手で顔を覆った。

　まただ。

　また壊れた。

　うんざりした気分で大きく息を吐き出し、冷える腕を自分の手で擦りながら、のろのろと布団を出る。

　藤森温希《あつき》の住む家は、１ＤＫの木造アパートの一階だ。先々月越してきたばかりである。

　これが古い。古い、という言葉に失礼なくらいにボロい。

　だが造りは広く、寝室に当てている和室は本間の八畳で、ダイニングも正味六畳以上、それに何より収納が大きい。和室にある一間の押し入れには天袋も充分に取られ、玄関脇の物入れも衣装ケースが入る程度には奥行きがある。

　駅から歩いて十二分、周囲には五分圏内にコンビニエンスストアのひとつもない住宅街だが、その分、車通りも騒がしい酔っぱらいが通ることもなく静かで、藤森はこの物件を気に入っていた――はずだった。

「くそ、昼休みに不動産屋に電話して……」

　空調のリモコンを放り投げ、代わりに枕元に置いてあった目覚まし時計を摑《つか》む。寒すぎて、ベルが鳴る前に目が覚めてしまった。眠りが深いせいで携帯のアラーム程度では起きられない体質だから、目覚まし時計は今どき珍しいベル型で――そのアナログの文字盤を見た瞬間、藤森からは、眠気が吹っ飛んだ。

「何で⁉」

六時半にベルが鳴るはずが、時計の針は七時四十分を指している。目覚ましが鳴る前に起きたのではなく、さんざん鳴ったのに目を覚ますことができなかったらしい。

藤森はぐしゃぐしゃと髪を両手で掻《か》き混ぜてから、上掛けを蹴《け》って飛び起きた。朝はゆっくり風呂に浸かって、熱いコーヒーを淹《い》れて、今日の気分に合うスーツとシャツとネクタイと靴下を選んで会社に行くのが日課だったが、そんな余裕はなかった。

「何なんだ、もう！」

押し入れを開け放ち、中にずらりと並んだ衣類の中から、それでもしっかり選んでスーツから靴下までを引っ張り出し着替える。バタバタと洗面台の前に走って、あっちこっちに跳ねた髪を櫛《くし》で必死に撫《な》でつける。なかなか思いどおりにならず、藤森はもどかしい気分で鏡の向こうの自分を睨《にら》んだ。睨んでもあんまり迫力がなくて、少しがっかりする。姉ちゃんそっくりの女顔、とからかわれるのが子供の頃から藤森の悩みだったが、昨今は男臭いひげ面よりも、自分みたいに小さな頭やきめ細かな肌や細身の体がもてはやされるのだからまあよしとしよう、と思えるようにはなった。しかしこの猫っ毛だけはどうにもならない。変に色素が薄くて、こしがなくて、とにかく言うことを聞かない。だから朝風呂に入ることにしていたのだ。仕方なく、今朝は匂《にお》いが苦手で滅多に使わない整髪料を吹きつけて誤魔化《ごまか》した。

何とか格好がついたところで玄関に駆け込む。これもいくつもある通勤用の靴から一足を選んで三和土《たたき》に下ろし、足を突っ込み、慌ただしくドアノブに取り付いた瞬間、凄《すさ》まじい静電気が起きて、思わず悲鳴を上げた。

「痛……ッ、だから、何なんだ！」

まるで剝《む》き出しの電気プラグをコンセントに突っ込んだ時のような衝撃があった。痛む手を振り、改めて鍵《かぎ》とドアを開けて、部屋の外に出たところで腕時計を見て、藤森は悲鳴を上げた。思った以上に時間が進んでいる。もしかすると目覚まし時計はベルが鳴らなかっただけでなく、壊れていたのかもしれない。

悪態をつく間もなく、藤森は一目散に駅へと向かって走り出した。

◇◇◇

会社には微妙に遅刻して、上司に嫌味を言われた。

でもまあ嫌味を言いたくなる気持ちもわかる。藤森が遅刻をするのは、ここ一ヶ月だけで片手では足りないくらいだ。

生来ルーズな方ではあったが、最近我ながらひどい。出遅れた分の業務を取り戻すために、藤森はパソコンに向かったり、電話を掛けたりと忙しく働き回った。

昼休憩が取れたのは午後二時を過ぎた頃だ。藤森が勤めているのは、全国にいくつか店舗を持つインポートセレクトショップの事務所で、都内にある複合ビルの一角にオフィスを構えている。藤森はそこでバイヤー補佐とサイト管理補佐の仕事をしていた。

ビルの一階から四階まではレンタルの展示ホールや会議室があり、その上の階にいくつか食堂や喫茶室があり、さらにそこから最上十二階までには様々な会社がテナントとして入っている。

藤森はオフィスを出ると、いつものように五階に店を構える定食屋で食事を終えてから、同じ階に割り当てられている共用の休憩所へと移動した。

休憩所には飲み物の自動販売機と、大きな分煙機がある。ビル内は禁煙だから、煙草《たばこ》を吸いたい者はこの部屋を訪れるしかなく、休憩所というより喫煙室と名付けた方が正しいかもしれない。

ヘビースモーカーというほどでもなかったが、藤森も喫煙者だ。仕事の合間に、ブラックの缶コーヒーと煙草を一、二本吸うのが毎日の習慣になっている。

それでいつものように、テーブル式の分煙機前に置かれた椅子《いす》に腰掛けて、缶コーヒー片手に煙草を吸っていると、「あ、藤森さん」と気安い調子で声をかけられた。

「今休憩っすか。今日は早いですね」

藤森に向かって親しげに笑いかけながら、背の高い男が近づいてくる。当たり前のように藤森の隣に座った。彼も同じビル内にある会社に勤めているのは、首からぶら下げた社員証でわかる。社員証には、江利融《えりとおる》という名前と、印刷関連の会社名、グラフィックデザイン部などという文字が記されている。藤森の会社の三階上に、その事務所があったはずだ。

「いや、今昼食ってきたとこ」

「あれ、じゃあ昼が遅かったたってことか」

藤森は、この江利という男が、何となく苦手だった。相手の性格が悪いとか、態度が悪いとか、とにかく虫が好かないとか、そういうわけではない。

何というか、自分とジャンルが違うのだ。すっきりと背の高い江利は、おそらく学生時代は運動に励んだのだろうなと思えるような体軀《たいく》と、雰囲気を持っている。色も入れていない真っ直ぐな黒髪に飾り気はないが、野暮ったさとも縁遠い。意志の強そうな眉と目と、快活そうな口許《くちもと》。総じて爽《さわ》やかを絵に描いたような男らしい好青年、好男子。

そしてそのジャンルは、藤森が行きたかった方向だった。

このくらい背があれば、このくらい肩幅があれば、このくらい男らしい顔立ちだったら、あのブランドのあの服が似合うだろうな、と見るたびに考えずにはいられない。

要するに外見を見れば藤森にとっては理想の塊のような男で、僻《ひが》むというほどではないものの、地味にコンプレックスが刺激されるのだ。

「藤森さんとこ、忙しいんですか？」

BLACK

椅子の上で長い脚を組んで、懐から取り出したボックスから煙草を一本抜き出し、咥《くわ》えて、ちょっと頭を下げてライターで火をつける。今どき喫煙者なんて、嫌煙家から眉を顰《ひそ》められるばかりの存在かもしれないが、しかし江利の仕種《しぐさ》は滅多矢鱈《めったやたら》に格好いい。

「特に繁忙期ってわけでもないけど」

敬語の江利に対して藤森がくだけた口調になるのは、相手の方が年下だと、初対面の時に知ったからだ。といっても二歳の差だが。藤森が二十五、江利が二十三。会社の先輩後輩というわけでもないから江利の方もタメ口で構わないと思うのに、相手が崩さないのは、やっぱり体育会系だからか？　と思っている。

とはいえいわゆるビジネス敬語などでもなく、ギリギリ敬語と呼べなくもない……という程度のフランクさなので、改めて「もっと気軽に喋《しゃべ》れよ」と促す気も起きない。

「でも、すげぇ疲れてる風情っすよ。顔色悪いし」

欠伸《あくび》を噛《か》み殺す藤森の視界に、江利の指が映る。そのまま、目許を指の腹で擦られて、少しぎょっとした。

「クマがいる」

そう言って、笑う。江利はどうも、スキンシップ過多な性質らしい。これも体育会系の為せる業なのかと思いつつ、藤森はさり気なく相手の指を押し遣《や》るように、自分でも目許を指で擦った。

「ちょっと寝不足なんだ。今朝も、寝坊して」

「ああ、それで、珍しく髪もぼさぼさなのか」

「えっ」

江利の指摘に驚いて、藤森は慌てて自分の髪に手を遣った。触れてみると、たしかに後ろ髪がいつもより外向きに跳ねている。

「いつも綺麗《きれい》にしてるのに」

そう江利に言われて、藤森は何となくばつの悪い心地になった。念入りにブラシをかけなくてはならない自分と違って、江利の方は、きっと手櫛ですませて様になるタイプだろう。

「女の子でもあるまいし、そんな気にしてないけど」

などとつい口を衝《つ》いて出てくる辺りが、気にしている証拠だと、藤森だって自分でわかる。

「ウチの女子社員たちが、肌とか髪とかどういう手入れしてるのか知りたいって言ってたっすよ、藤森さんを取り囲む会をしたいとか何とか」

「『取り囲む』なのかよ、こえーな」

茶化すように笑いながら、藤森は割と本気でぞっとした。実家で暮らしていた大学卒業時まで、姉二人と母親に囲まれて恐怖政治を敷かれていたせいで、徒党を組んだ女性が苦手なのだ。

「藤森さん、一人暮らしだって言ってましたよね。食事とか、ちゃんとできてます？」

笑いながら軽い口調で問われたのに、藤森は何となく江利の態度に引っかかりを覚えた。

最初からそうだ。人懐っこい性質なのだろうが、それにしても気安い。藤森がこのビルに通い始めて五年ほど経つが、その間、他の会社の人間と頻繁《ひんぱん》に言葉を交わすようなことはなかった。

江利と初めて顔を合わせたのは二ヶ月前、彼が同じビルで働くようになった直後だ。江利の方からこの休憩所で声をかけてきた。こんにちは、と朗らかに挨拶《あいさつ》されて、藤森はえらく面食らったことを覚えている。休憩所で顔見知りになった相手でも、せいぜい目が合った時に軽く会釈する程度だ。江利に名前と会社名と、新卒で採用されて先週から出勤するようになりました、ということをはきはきと告げられた時、藤森は、『もしかして学校の先輩相手みたいに、誰彼構わず挨拶しなければいけないと勘違いしているんじゃないか?』と心配になったくらいだった。

(でも別に、俺以外の奴に声かけてる感じもしないんだよな)

昼食後に一服する時ここで会うのはまあ当然といえば当然として、仕事の合間の休憩や、残業前に夕食を取ってやはりその前に一服、と藤森が休憩所に足を向けると、結構な確率で江利がいる。もしくは、後からやってくる。

今日だって、昼休憩を取るタイミングが大幅にずれたというのに、遭遇してしまった。どれだけタイミングがいいんだ、と首を捻《ひね》りたくもなる。

「藤森さん?」

不審な気分で実際首を傾《かし》げる藤森の視界に、咥え煙草の江利がいきなり入り込んだ。顔を覗《のぞ》き込まれたらしい。驚いて、藤森は椅子ごと後退《あとずさ》りそうになった。

「うわ」

「具合でも悪いんすか?」

藤森は大仰なくらい驚いてしまったというのに、江利の方は平然としている。太平楽ともいえるその態度に、藤森は少しムッとした。

やっぱり江利のことは、外見が羨ましいという以外にも、苦手かもしれない。

「だから、寝不足だって言ってんだろ。メシはちゃんとさっき食ったよ」

「朝とか夜とかは?」

「適当にやってるけどさ。何でそんなに心配してるふうなんだよ」

気分を害したことを表に出さないよう気をつけながら、藤森は笑って訊《たず》ねた。沸点が低い方だが、揉《も》めごとや面倒なことは苦手だ。家族以外が相手ならば、綺麗な顔でにこやかに笑っておけば、大抵のことは丸く収まる。——はずだ。

「実際心配だからですよ、藤森さん、何ていうかフワフワしてるから。寝不足って、何やってたんです?」

「何って……普通に、眠れなかっただけだけど……」

笑って流そうと思っていたのに、この食いつき。しかもこの言い種。

（何だ、フワフワって）

藤森はまた無意識に江利の方から身を引いた。江利は藤森の顔を覗き込んだままだ。

「普通にしてたら、寝れないってことはないでしょうに」

「いや、部屋寒いんだよ」

「寒い？」

「エアコン壊れてて。そんで寒くて目が覚めるってだけ」

「エアコン……って、今、六月ですよ？　空梅雨だし」

ようやく江利の方も怪訝《けげん》な顔になった。

「でも、寒いんだ。造りが何か変なのかもしれないな、エアコンだけじゃなくて、ここんとこ、やたら電化製品だのが立て続けに壊れるし」

「――藤森さん、最近越したって言ってましたっけ？」

江利に問われて、藤森は頷《うなず》く。言ったというより、出会って間もない頃、江利に聞き出されたという方が正しいが。

「そう、そこが安普請のせいか、トラブル多くて。隣とか上の生活音とか、水道か何かの音も、かなり響くんだよ。夜中なんか特に隣の奴の独り言とか貧乏揺すりの音まで気になるし、壁を伝うように水の音がゴウゴウ鳴るのが気になって、そのせいでやっぱ目が覚めちまうっていうか……」

「……」

藤森の話を聞いていた江利が、微《かす》かに眉を顰めて、考え込むような表情になっている。快活な笑顔を見せている時よりも、目を伏せた真剣な顔をしている方が、江利の男前度がグッと上がるように見えて、藤森は一瞬相手にみとれた。

（って、なぜみとれる）

なぜも何も、自分の理想が、しかも自分の趣味ではないスーツを着ているからなのだが。

（そうなんだよな、こいつのスーツ、いまいち体に合ってないっていうか……多分量販店の吊《つ》るしのやつ適当に選んでんだろうな。カスタムしろとまでは言わないけど、肩幅の割にウエスト細めだから、せめて店は選んで最低限の直しして……）

「それ、引っ越した時からずっとですか?」

江利に訊ねられ、あれこれと余計なことを考えていた藤森は、我に返った。

「え?　ああ、引っ越してしばらくは、疲れてたのもあって、割とぐっすり眠れてたんだ。だから気になるようになったのは、先月くらいからだけど」

「なるほど……」

江利は咥えた煙草を歯で弄ぶようにしている。灰が落ちそうなので、藤森は少しはらはらした。

「毎日そんな感じです?」

「そうだな、気になり始めた時から毎日——あ、そうだ、それで不動産屋に電話しようと思ってたんだ」

思い出して、藤森は吸い止《さ》しの煙草をまた灰皿に放り込むと、立ち上がった。

「じゃ、お先」

休憩室では電話禁止だ。藤森は江利に適当に挨拶すると、仲介業者に連絡をとるため休憩室をあとにした。

◇◇◇

それにしても寒かった。

仕事を終えて夕食をすませてから帰宅すると、外はもう夜でも暖かい気候だというのに、部屋に入った瞬間ひやっと冷気を感じるのだからたまらない。

エアコンは、夏前で工事が混み合っているから、業者が修理に来るまで時間がかかるだろうということで、藤森はずいぶん落胆した。

（駄目だ、とっとと寝ちまおう）

気が重たくてなかなか家に帰る気が起きず、定食屋で夕食を終えたあともだらだらカフェで時間を潰した。仕事の終わり自体はさほど遅くならなかったのに、家に着いた頃にはもう十一時を過ぎようとしている。することもないし、寝る支度をすませるとさっさと布団に潜り込んだ。ベッドを置くスペースが勿体《もったい》ないので藤森は布団派だ。

薄っぺらい枕に頭をつけて目を閉じるが、今日も些細《ささい》な物音が気になってなかなか寝つけない。隣の住人の咳払《せきばら》いの音。吐息の音。何か悩みでもあるのか、やたら溜息《ためいき》を繰り返している。

（鬱陶《うっとう》しいなあ）

隣人には、引っ越しの時に挨拶をした。藤森よりも一回りくらい年上の冴《さ》えない中年男だった。ここは角部屋なので、反対側は誰もいない。上は学生のようだが、彼女の家にでも転がり込んでいるのか、いる時よりもいない時の方が多いらしい。だから藤森が生活音に苛々《いらいら》させられるのは、大抵隣の男の仕業だ。

木造アパートで駅から遠いとはいえ、今どき都内で１ＤＫ共益費込み四万円台は破格だ。しかし、木造集合住宅がこれほど落ち着かないとは思わなかった。

（やっぱ、実家出るんじゃなかったかな……）

この部屋に越してくるまで、藤森はずっと実家住まいだった。結婚して家を出ていた上の姉が、子連れで出戻ってきたから、追い出されたのだ。姉も母もやかましいと思っていたが、慣れない他人の生活音というものもまた、妙に癇《かん》に障る。

うまく寝つけず、藤森は苛立ちながら寝返りを打った。

もうこれはいっそ起き出してテレビでも観た方がいいんじゃないか――と思い始めた頃、充電スタンドに塡《は》めておいた携帯電話が鳴った。少し驚いて起き上がり、電話を手に取る。大学時代の友人の名がディスプレイに表示されていた。

『あ、藤森? 今何やってんの?』

友人の声は明らかに酔っ払っていた。たまたま他の友人とも街で行き合い、飲み屋で賑《にぎ》やかにやっているうち、藤森も家が近いはずだから呼びだそうと、酔っぱらいのテンションで連絡してきたらしい。

「いや、だから、引っ越したって言っただろ。今実家じゃないから、そこの店は結構遠くなったって。っていうか明日も仕事だし、この時間だぞ、おまえらもそろそろ帰れよ」

『マジでー。えー、藤森冷たいー。ってか聞いてくれよー、高田《たかだ》の奴も最近彼女できたとかで全然連絡くれなくてさー、おまえらみんな社会人になってから変わったっていうかー』

窘《たしな》める藤森の言葉に耳を貸さず、友人は勝手に話を続けている。藤森はハイハイと適当に相《あい》槌《づち》を打った。隣人の咳すら聞こえる安普請なのだから、自分の電話の声だって相手に筒抜けだろう。それを悪いなと思ったり、でもお互い様だっていうかどのくらいうるさいかおまえも思い知れ、などと意地の悪いことを考えているうち、愚痴っぽくだらだら話していた友人が、不意に怪訝そうな声を出した。

『あれ? ——うわ、悪い悪い』

急に慌てて謝られて、藤森の方も訝《いぶか》しい心地になる。

「何だよ」

『客来てんのか、早く言えよー。話し込んで悪ぃな』

「客？」

友人が何を言っているのかわからず、藤森は問い返すが、向こうは悪い悪いと繰り返すばかりだ。

『ひえー、すげぇ怒ってんなマジ悪い』

「だから、何の話してるんだよ」

『何って、人来てんだろ？　早く切れって怒ってんじゃん』

「は……？」

藤森は、何か、ぞっとした。

よくわからないが、友人の言葉を聞いた瞬間、背中に悪寒が駆け上る感じがした。

「誰もいないって、おまえ、どんだけ酔っ払ってんだよ」

怖気《おじけ》立ったことを認めたくないような気分で、藤森は友人の酩酊《めいてい》ぶりを笑う。幻聴が聞こえるなんて、よっぽどだ。

「飲みすぎなんじゃないか、ほどほどにしとけよ」

『えー、でも何か——男の声……が、混せんカな』

唐突に友人の声が低く歪《ゆが》んだと思ったら、フッとその音が途切れた。

通話終了の文字が電話に浮かんでいる。

そんなもの、今まで体験したことがない。まあ電波の状態が悪いようなので、友人の電話がおかしかったのだろう。まさかこっちの携帯電話まで壊れたとは思いたくない。

(混線?)

「……寝よ」

藤森は携帯電話を放り投げ、また布団に潜り込んだ。

——が、さっきよりもさらに神経が冴えてしまって、まったく眠気が訪れてくれない。

おまけに隣人の生活音が、ますます大きく聞こえてくる。相手も電話しているのか、途切れ途切れに話し声が聞こえる。こっちの声がうるさくて仕返ししてるのか? と気づいたら、むかっ腹が立ってきた。朝になったら、直接文句を言ってやる。争いになるのは面倒だが、この騒ぎにはもう我慢がならない。

腹が立ちすぎたせいか、藤森は結局それから二時間近く、寝返りを打っては溜息をつく調子で、寝入ることができないままだった。

夜が白み始めた頃にようやくうとうととして、数時間眠り、はっと目を覚ましたのは、隣の部屋の鍵が開く音がしたからだ。藤森は勢いよく布団を蹴り上げて跳ね起き、玄関に向かった。

ドアを開けて、右隣を見ると、びっくりした顔の隣人と目が合った。隣人は、自分の部屋のドア、鍵穴に鍵を差し込んだところで動きを止めて、藤森の方を見ている。目が合うと、申し訳なさそうに笑った。

「おはようございます。すみません、うるさかったですか」

人のよさそうな笑顔で最初に謝られてしまったせいで、藤森は、うるさかったですかも何もあるかと、勢いのまま言い放つことができなくなってしまった。

「こんな時間じゃないと、戻ってこられなくて……」

そう言う男の傍らには、旅行用の大きな鞄《かばん》が置かれている。藤森は微かに眉を顰めた。

「ご旅行、ですか？」

「え？　いえいえ、仕事です。この中全部着替えですよ、この二週間ずっと職場に詰めてて、やっと着替え取りに帰る暇ができて」

男の答えに、藤森は混乱する。

「ええっと、あの、じゃあ、ゆうべは部屋にいらっしゃらなかった……？」

「ゆうべはというか、二週間戻ってこられなかったんですよね。っていっても夜にはまた会社に戻らなくちゃならなくて、そしたらまた当分泊まり込みですよ。洗濯する暇もないから、汚れ物が溜まる一方で参りますわ」

それじゃあ、と男は藤森に会釈して、部屋に入っていった。

出ていったのではない。入っていったのだ。

ということは隣人は、本人の言うとおり、ここ二週間は不在だったというのか。

（じゃあ……あの咳とか、いろんな音とか、何だったんだよ？）

薄ら寒い心地になった。事実藤森は寒気を感じてぶるっと震え、両手で自分の腕を抱くようにしながら、急いで自分の部屋に戻った。落ち着かなくて、意味もなく部屋の中をうろうろと歩き回る。ゆうべの電話のことも思い返してしまい、ますますぞっとした。

しばらく考え込んでから、ふと、小さく噴き出す。

（隣の人じゃなくて、別の部屋の音に決まってんだろ）

集合住宅は音が反響するから、隣人が立てたように聞こえた騒音の出所が、実は思いもかけない場所だったことがあると、前にテレビで観た。勘違いから無関係な隣人に嫌がらせをして、裁判沙汰にまで発展したとか何とか。

この安普請だ。二階の斜め上の住民の立てた音が自分の部屋まで届いたって、不思議はないだろう。

ビビッて馬鹿みたいだ、と自分を嗤《わら》いながら、藤森は会社へ向かう支度を始めた。

◇◇◇

「あ、藤森さん」

そしてその日の昼休みにも、江利が休憩所に姿を見せた。

「また、眠そうですねえ」

今日も今日とて当たり前のような顔で藤森の隣に陣取り、煙草に火をつけてから、江利が言う。

「相変わらず眠れないんですか？」

江利の声音が少し心配そうなものだったので、鬱陶しいけどいい奴なんだろうなと思うと少し和んで、藤森はゆうべの電話のことや、今朝気づいた隣人の不在、騒音の発生場所が隣室ではなかったことについて、江利に向け面白おかしく話してみた。

「へえ……」

だが、あまり盛り上がらなかった。江利は藤森の勘違いを笑ったりもせず、何だかうわの空という調子で、曖昧《あいまい》に相槌《あいづち》を打っているだけだ。

まあ、他人にしてみれば大して愉快な話でもないのかもしれない。

「ってわけで、隣の人には、濡《ぬ》れ衣を着せて悪いことしたよ。頭ごなしに文句言ったりしなくてよかった」

藤森はつまらないことを話してしまったと少し悔やみつつ、そうまとめた。

「――でも結局、騒音が収まってないことには変わりがないんですよね？」

話を聞いているんだかいないんだかわからなかった江利が、真顔でそう訊ねてくる。そりゃそうなんだけど、と藤森はやりづらい気分で頷いた。今話題にしたかったのは、そこではなかったのだが。

やっぱりこいつとはどうも合わないなあと思いながら、藤森は適当に話を切り上げて、仕事に戻った。

◇◇◇

だが、そう、実際のところ、騒音の主が隣人ではないとわかっただけで、状況に何ら変化はなかったのだ。

藤森は結局その日の夜も、ささやかな騒音に苛つかされる羽目になった。

いや、ささやかというのは、もう控え目な表現だったかもしれない。

(段々うるさくなってる気がするんだよな、そういえば……)

八時過ぎ、コンビニ弁当を平らげ、コーヒーを飲みながらつまらないバラエティ番組を観るともなしに眺めていた。今日も時間を潰しがてら外食をしたかったのだが、生憎《あいにく》給料日前で財布に余裕がなかった。

そしてテレビを観つつ背中で寄りかかっていた壁に、ドンドンという音と振動が伝わってきた気がして、藤森は眉を顰める。

ただ歩いた時の足音というよりも、歩き回っているというか、足を踏み鳴らしていると言った方がいいくらいの音が聞こえてくるのだ。それに、咳というより唸《うな》り声。何をしているのか低い地鳴りのような音。

（……これ、もう不動産屋に言った方がいいんじゃないか……？）

生活音ならお互い様だ。藤森のくしゃみに隣人が在宅している時は眉を顰めているかもしれないし、洗濯機の脱水の音は上の部屋にも響き渡るレベルだ。

でもこの音は、ちょっと異常な気がする。あえて音を立てているようにしか聞こえない。いつもこんなにうるさかったっけ？　と首を捻りたくなる。隣人は本人の申告どおりならすでに不在のはずだ。帰宅する時に見上げてみても、上の部屋は灯りがついていなかった。さらにその隣の部屋、藤森から見れば斜め上の部屋にも。

（じゃあ……この音、どこから聞こえてくるんだよ？）

配管の問題で、斜め上の部屋の水音が藤森の部屋にまで届くのは不思議じゃない。足音も、ひと繋《つな》がりの建物に住んでいるのだから、振動が伝ってくるのもわからなくない。

でも、唸り声は？　溜息の音は？　――よくよく耳をすませば、ぶつぶつと独り言を言っている声まで聞こえてくる気がする。何を言っているかまではわからない。誰かに向けて話しかけているようだから、電話をしているのだろうかとも思うが、隣も真上もその横も住民が不在だとして、隣の隣、あるいはその上。その部屋の誰かの声など、ここまで聞こえてくるものだろうか？

(……っていうか……)

話し声が、少しずつ大きくなっている。藤森はテレビのリモコンに手を伸ばし、ボリュームを大きくしかけて——逆に、音を消してみた。音の出所を探った方がいい気がしたのだ。わかったら、明日何が何でも不動産屋に言って、改善を要求する。

(だってこの音だぞ。俺の前に住んでた奴だって、苦情言ってたんじゃないか?)

苛立ちを抑えながら耳をすませる。

だが、テレビの音声をミュートにしたと同時に、足音も、唸り声も、話し声も、ぴったりと止んでしまった。

「……はあ?」

驚いて、つい妙な声が出た。もしかすると、テレビの音がうるさいことに対する誰かの抗議だったのか? しかしそれにしては、テレビの音を消したタイミングと騒音が止んだタイミングがぴったりすぎる。

何だか気持ち悪い。

藤森は音の出所を探るより、もうさっさと寝てしまいたい気持ちの方が強くなってきて、急いで布団に潜り込んだ。エアコンの修理の日程はまだ決まらず、相変わらず寒い。

(寝ちまおう)

深く考えたくない。無理矢理目を閉じる。

その時、どこかで、キンと高い音がした。金属音のようにも聞こえたが、そんな音が立つような心当たりがない。何だ、と思って目を開けようとして、怪訝な心地になる。

瞼が上手く動かない。やたら重たくて、まるで糊《のり》で貼りつけられたかのようにぴくりともしないのだ。そんなに疲れてるっけ？　と寝返りを打とうとして、藤森は、瞼だけではなく体中、指先一本すら、自分の意志で動かせないことに気づいた。

その瞬間、唐突に全身が総毛立った。

猛烈な悪寒。そして、敷布団に体がめり込むような奇妙な感覚。何かに上から押さえつけられている。目が開かないので、それが何なのかはわからない。

空気が真冬のように寒い。金縛り、という単語が頭を掠《かす》める。

（金縛りっていうのは、あれだ、睡眠麻痺《まひ》だ）

中学生くらいの時、クラスの女子生徒の間でホラー漫画が流行《はや》った。女子生徒たちは何にでもオカルトを結びつけて騒ぎ立て、それを馬鹿馬鹿しく思った男子生徒が、『レム睡眠の時は体が動かなくなる。その時何かの拍子で覚醒すれば、頭は起きてるのに体は寝てる状態で、それを金縛りだとか勘違いする』と、教室中に聞こえるように解説していたのを思い出す。

（あと、疲れてる時はこうなりやすいとか）

寝てしまえば問題ない。そう思って、藤森は体が動かないことについては何も考えないように心懸けてみたが、上から押さえつけられているような感触が気味悪くて、段々焦燥してくる。

寝ようと意識すればするほど神経だけ冴えてしまい、つい寝返りを打ちかけては体が動かないことを思い出し、いい加減苛々が募ってきた頃、耳許に、生温かい風を感じた。

（……!?）

再び、総毛立つ。まるで誰かに息を吹きかけられたような感じだった。もしかして誰かいるのか、と焦りと恐怖で混乱状態になった時、

「……ふふ」

今度は耳許で低く歪んだ笑い声が聞こえた——気がする。

男の声だ、と感じながら、藤森の意識はそこで途切れた。

寝入ることができたのか、恐怖のあまり気絶したのか、朝起きた時に自分でもわからなかった。

◇◇◇

金縛りはその晩限りのことではなかった。

その翌日、さらに翌々日、つまり三日連続で藤森は夜目が冴えているのに体は動かない状態になり、おまけに、耳許で生温かい吐息だの、笑い声だのを感じた。

「藤森、おまえ、何かげっそりしてんなあ」

四日目になると、会社の上司に体調を心配されてしまうほど窶《やつ》れた。

「風邪でも引いてんのか？」

「いや、そういうわけじゃ……ちょっと隣の騒音がひどくて、よく寝れなくて」

苦笑いで話を誤魔化す。まさか金縛りのせいで眠れませんとは言えない。こいつ何言ってんだと奇異な目で見られるばかりだろう。

隣人は一度着替えを取りに戻ってきて以来、本人が言ったとおりまた会社に泊まり込んでいるらしい。藤森が会社から帰ってきた時、試しにチャイムを鳴らしてみたが、誰も出なかった。上の部屋の学生も不在が続いている。

（……上の部屋の奴が天井から入り込んできた、とかじゃないよな……？）

そんな疑心暗鬼が生まれるくらい、藤森は消耗していた。

元々オカルトの類は嫌いだったのだ。少女間で心霊ブームが湧《わ》き起こるのは世の常なのか、姉たちが中学生だった頃にも、彼女らの間でそれが流行った。藤森は小学校低学年で、姉たちはその手の映画だの、漫画だの、テレビの特集だの、インターネットのサイトだのに夢中になっていて、嫌がる弟に無理矢理それらを見せた。幽霊は絶対にいる！　と言い張り、ちょっとした物音をラップ音だのに結びつけては騒ぎ立て、はしゃいでいた。

子供だった藤森は、姉たちのように面白がることはできず、素直に怯《おび》えた。上の姉が怪談を語る最中に下の姉がいきなり悲鳴を上げて驚かせたり、藤森がトイレに入っている時に電気を消したりという、ろくでもない悪戯《いたずら》に引っかかっては泣きじゃくってしまい、泣かせた姉たちには「男のくせに幽霊が出たくらいで泣くなんて」と叱り飛ばされ、理不尽という言葉を知った。

（そんなもんに振り回されてる自分っていうのが、一番ムカつく）

騒音にも腹が立っていたが、もしかしたらただの騒音じゃないのでは……？　と考えた時に自分がひどく怯えていることに気づいて、藤森は憂鬱になった。未だに小学生の子供と同じかと、情けなくなる。

（大体霊現象とかいうのには何にでも説明がつくって、中学の頃に誰かが言ってたろ）

騒音は隣や上の住人以外の誰かが立てている。金縛りは疲れているから。生温かい風や笑い声は――やっぱり疲れているからだ。ただの幻聴。いや、幻聴が出るほど疲れているのに『ただの』とつけるのも問題かもしれないが、体の変調ならば薬や休息で改善する。

（来週やっとエアコン直しに来てくれるっていうし、その時ついでに、電気系統がおかしくなってないか見てもらおう）

静電気や、出所のわからない金属音は、電化製品とか、部屋の配線に異常があるからかもしれない。電気じゃなければ水道か、あるいはアパートの柱が軋《きし》んでいたりするのか。ひとつひとつ原因を探っていけばいい。どうせアパートがボロいせいだからだろうし、原因がわかったところでどうにもならないかもしれないが、異変が起こる理屈がわかれば怯える必要もなくなる。

午後の休憩時にも、藤森は自分にそう言い聞かせながら休憩所に向かう。

そこでまた江利に呼び止められた。

「藤森さん」

江利を見るのは三日ぶりだ。違う会社の人間なんだから三日顔を合わせないくらい当たり前なのに、それまではほぼ毎日といっていい頻度で相手と遭遇していたから、藤森は少し妙な気分になった。

「ちょっといいですか？」

休憩所手前の廊下で、江利が、ちょいちょいと藤森を手招きしている。用があるなら休憩所で煙草吸いながら話せばいいだろ、と藤森は首を捻りつつ、なぜか柱の陰に立っている相手の方へ近づいた。

「何」

「これ」

江利は小さな封筒を差し出してきた。

「あげるので」

「は？」

「藤森さん、ほら、最近騒音が原因でよく眠れないって言ってたじゃないですか」

封筒を開けると、中から掌《てのひら》に載る大きさの布が出てきた。布というか、布袋？　何の変哲もない紳士用のハンカチを大雑把に木綿糸で縫い合わせたような、珍妙な代物だった。

「……何だこれ？」

「安眠用のポプリです」

「ポプリ？」

藤森はその布袋を鼻に寄せてみた。うっすらと、乾いた植物のような、ちょっと田舎の祖母の家を思い出すような、不思議な香りがする。いい匂いとは言いがたかったが、嫌な香りでもない。ほのかすぎて、大きく息を吸わなくてはそれが感じ取れないくらいだ。

「昔、ウチのばあちゃんに教わったんすよ。眠れない時に、それを胸の上で握って寝ると、ぐっすり眠れるようになるって。ばあちゃんが生きてたら、縫ってくれるように頼めたんすけど。俺針なんか持ったの家庭科の授業以来だし、下手クソで。すみません」

江利が照れたように目を細めて、その笑い顔に、藤森は妙な愛嬌《あいきょう》をみつけてしまった。

どうやら江利がちくちくと手縫いで作ってくれたらしい。それがわかると、この変な袋を、突っ返すわけにもいかなくなる。

（ていうか……おまえ、さてはやっぱりいい奴だな？）

顔見知りとしか、せいぜい喫煙仲間とくらいしかいえない関係の人間のために、変なポプリを作ってくれるなんて。

——正直男がポプリとか手縫いの袋とか、気持ち悪いなと思わなくもなかったが、それを口に出すほど藤森だって捻くれていないし、意地が悪くもない。

「まあ、ありがとな。試してみるわ」

金縛りが疲れからきているのなら、いい香りを嗅いでリラックスできれば、多少改善されるかもしれない。

嫌な臭いでも、キツい匂いでもないし、覚えていたら今晩はこれを握って寝よう。

そう思い、藤森は江利に礼を言って別れた。江利は休憩時間ではなく、仕事の合間に抜け出してきたようで、すぐに戻っていった。

（いい奴だけど、変な奴だな）

江利はポプリを藤森に手渡すためだけに、休憩所の辺りをウロウロしていたようだ。

何でそこまで？　と思いつつ、まあ嫌味満載の上司が心配するほど自分の姿が窶れているのなら、顔見知りの江利だって気になるのかもしれない。

藤森は江利に渡されたポプリをまた封筒に入れ直し、スーツのポケットに突っ込んだ。

仕事を終え帰宅し、スーツをハンガーに掛ける時にそのポプリのことを思い出したので、物は試しにとそれを使ってみることにした。

そして藤森は数日ぶりに、何にも妨害されず、朝までぐっすり安眠することができたのだった。

2

「あれ、すごいな！」

昼休み、休憩所で江利《えり》の姿をみつけ、藤森《ふじもり》は初めて自分から彼に声をかけた。

その声は、多少興奮気味になっていたと思う。

長い脚を組んで、長い指に挟んだ煙草を吸っていた江利が、少しびっくりしたように藤森を見返した。

「あ、藤森さん、お疲れ様です」

「お疲れ。隣、いいか」

藤森は江利の返事も待たずに彼の隣の椅子に腰を下ろし、ポケットから取り出した煙草を、江利へと押しつけた。彼がいつも吸っているものと同じ銘柄の煙草を三つ。ポプリのお礼代わりだ。

「どうしたんすか、今日はテンション高いですねえ藤森さん」

「どうしたもこうしたも」

藤森は自分の煙草を懐から取り出し、一本咥えて煙を吸い込んだ。大きくその煙を吐き出してから、江利を見上げる。

「す……っごいな、あのポプリ。すっごい、寝た。久しぶりにすごく寝れた」

藤森は、一言で言って感動していた。

金縛りに遭った翌日から、「またあんなことが起きたら嫌だな」と思うと憂鬱で、布団に入る時も、会社から自宅に戻る最中にも気が滅入って、そのせいで余計消耗していた。

だが江利がくれたポプリをスーツから取り出し、握った時、奇妙なくらいそんな気分がスッと晴れたのだ。

江利の言うことは話半分に聞いていたので、握って寝るのも馬鹿みたいだし枕元に放っておこうと思っていたのだが、藤森は自然とそれを軽く握って布団に入り、目を閉じた。

そして、結局金縛りには遭ったのだ。

例によって、意識ははっきりしているのに、体は重たくて動かない。一瞬、「やっぱり効かないじゃないかこんなポプリとか……」と考えて苛ついて、つい、その布袋を握り締めてしまった。

そう、動かないはずの指を動かし、ポプリを握ったのだ。すると、布団の中に入れてあった手の中から、ふわりと、健やかな植物の香りが立ちのぼってきた。

（あれ、いい匂い？）

そう感じたら、やけに気分がよくなった。体の重みが急に取れ、もう瞼も開きそうな気がしたのだが、それよりも、ゆるやかに訪れた心地のよい睡眠に身を委ねる方を選んだ。

金縛りが怖くて気絶するのではなく、明け方までまんじりともできなかったのがいつの間にか数時間だけうとうとしたのでもなく、すうっと、健康的な入眠に成功して、気づいた時には朝だった。

ここ数日、朝になって布団から出るのが一苦労というくらい気も体も重たくて仕方なかったのに、今朝はとても元気よく起き上がることができた。

――ということを、藤森は喜びと共に江利に語った。

「本当に、すごいな、ポプリ。っていうかおまえのおばあさんがすごい？　俺、匂いの強いものってあんまり得意じゃなくて、嗅ぐと頭痛くなることもあったんだけど、おまえがくれた奴はすごくいい匂いだった。最初に嗅いだ時はそうでもなかったのにな」

藤森は嬉々《きき》として話すのに、江利の方は、藤森の言葉を聞くごとに表情から笑みを消し、次第に、真剣な、考え込むような顔になっている。

藤森は首を捻った。

「どうした？」

「いや……そうか、効いちゃったのか……」

「効い『ちゃった』？」

「藤森さん、これから飯っすか？」

「え？　ああ、そうだけど」

いつもなら食後に休憩所で一服するところだが、今日は一刻も早く江利にお礼を言いたかったので、先に休憩所を覗いてみたのだ。

「そしたら飯、一緒に行きません？　俺もこれからなんで」

「まあ、別に、いいけど……」

どうせ食べるとしても同じビルの中か、ビル周辺の定食屋だ。どっちにしろ食べる予定だったのだし、何ら問題はない。

江利が行きたいという、ビルの中のあまりうまくなくて流行っていない定食屋に向かう。午後一時を過ぎていたので店内は予想以上に空いていた。なのに江利は店の片隅、柱で厨房《ちゆうぼう》やレジの方から姿がよく見えない、小狭い席にさっさと座った。二人がけの席の向かいに藤森も腰をおろし、適当に定食を頼んだ。

その定食がやってくるまで、江利はなぜか妙に言葉少なだった。いつもは放っておいても話しかけてくるので鬱陶しいくらいだったが、こう黙り込まれると——、

（……黙ってるとやっぱ、格好いいんだよな）

みとれてしまう。多分こいつは骨格から格好いいんだろう。皮と肉を退《ど》かしても、きっと骨の形からして、自分とは違う。筋肉はついているようだが、それがなかったところで、こっち

とはもう体格が全然違うだろうな、と思うと、藤森にはもう羨望しかない。

「冷めるっすよ」

いつのまにか店員が定食を運んできていて、ぼんやり江利の姿を眺め続けていた藤森に、江利が声をかける。藤森ははっとして、慌てて割《わ》り箸《ばし》を手に取った。

「で、食べながらでいいんで聞いてほしいんですけど」

「何?」

「藤森さん、今住んでるアパートって、引っ越せません?」

「は?」

唐突に訊ねられたことの意味が、藤森には最初よくわからなかった。

「アパートなら、先々月引っ越してきたばっかりだけど……」

「そう、そこをまた引っ越しませんかって話」

「え、何で?」

「んー……どこからどう話したもんか……」

焼き鯖《さば》定食を食べる手を止めて、江利が困ったように天井を見上げている。

「——俺、学生の頃に、ちょっとしたバイトをやってたんすよね」

「バイト?」

本当に何の話だ、と思いながらも、藤森は江利に問い返す。そう、と江利が頷き。

「どーってことないバイトなんだけど、たまに危険なこともあるんで、給料は結構よかったです」

「どういうバイト？」

「賃貸契約を結ぶんですよね」

「賃貸契約？」

「そう、で、借りた部屋にしばらく住むんです。一ヶ月とか、二ヶ月とか」

「金出して部屋借りて金もらうのか？」

「もちろん俺名義で家賃の振り込みだのはして、でもそれ以上の報酬をもらってました」

「……あれか？　賭博とか、大麻栽培とか、売春とかの場所を作るための名義貸しか？」

藤森が思いついたのは、そんな辺りだった。学生時代の知り合いで、親の金で借りたマンションに大勢人が転がり込んで、大麻パーティだの乱交パーティをやった奴がいる。名義を持つ親も何かの罪で捕まったとか何とか、噂《うわさ》で聞いた気がした。

「藤森さん、事故物件って知ってます？」

質問には首を振ってから、江利が真面目《まじめ》な顔でそんなことを言った時、「出たよ」と藤森はつい失笑した。

「事故って、特に、自殺とか殺人とかあった部屋ってことだろ？」

「そうです。自然死なんかも含みますけど」

「で、そこに一回誰かが住めば、あとの人には『事故』があったってことを告知しなくていいってやつだろ？　――悪いけどそれ、都市伝説だって知ってるから。今は前に何人住もうが、ある程度の年数内で事故があった場合には、告知義務が課せられるはずだ。だから、そういうバイトは、今、ありえない」

事故物件に住むバイト云々《うんぬん》についても、中学の頃にクラスの女子が「私のお姉ちゃんの彼氏の従兄の友達が、そういうバイトをしてて……」「こわーい！」などと騒いでいて、それを男子が論破していた。その聞きかじりだ。

江利もそんなつまらない与太を口にするタイプだったのかと、馴《な》れ馴《な》れしくはあるが硬派なイメージを勝手に抱いていた藤森は、少しがっかりした。自分の中学時代にもうそういうバイトが存在しないというのなら、同年代の江利の学生時代だって、その手の話はありえないことになる。

「惜しい」

が、江利の方は藤森にでたらめであることを指摘されても慌てず、騒がず、そう言った。

「大方は都市伝説の類だけど、今でも土地によってはそういうバイトはありますよ。たしかに宅建法で告知義務はあるんだけど、期間は明記されてないらしいんですよ。二十年以上前の事件について告知義務を怠って損害賠償を請求された判例もあるし、自殺者の遺族に対して、告知義務が生じる数年間の家賃を賠償しろっていう裁判が起こったこともあるし、要するに『いついつまでは告知義務がある』って決まりはないんです」

「……そうなのか？」

「最近だと大体五年、って話は聞いたことありますけど、それも明確に定められた年数でもない。さっき言った例なら、何で二十年から二、三年って幅が出るかといえば、地域性とか状況とかによって変わってくるわけで」

「地域性って？」

「たとえば人の入れ替わりが少ない田舎町なら、数十年前の自殺だの殺人事件だのだって、まるで昨日今日のように噂話に上るでしょ？　でも入れ替わりの激しい都会、引っ越しの時ですらろくに挨拶もしない単身者用のマンションなら、そもそも『あの部屋で人が死んだ』という噂話が流れない。――で、そもそもどうして告知義務があるのかって話っすけど、藤森さん、わかります？」

「そりゃあ……自分が住んでる部屋で、前も人が死んだとかあったら、嫌だろ？」

「そう、それ、『嫌悪すべき心理的瑕疵《かし》』ってやつです。普通なら嫌がることだから、先に言っておく。あとから知った場合は、貸した側が賠償しなくてはいけない。ただ、嫌なことっていったら、たとえば『昔ここで応仁の乱があってたくさん人が死んだんだよ』ってことも当てはまる人だっていて」

「でもそんなもん何百年も遡ってたら、キリがない」

「そう、そこで、ある程度の区切りはつくんですよ。客観的に見て、まあ不動産屋の主観にはなっちゃうだろうけど、『そろそろ告知しなくてもいいか』って頃合いが出てくる。それが妥当だと判断されれば、裁判でもそうそうひどい損害賠償を命じられることもない。で、客観的に見て告知の義務が消える頃合いって、どの辺りだと思います？」

何で俺ばっか質問されてんだよ、と思いつつも、藤森は素直に考え込み、首を捻った。

「うーん……さっきのおまえの話からいえば、『噂話』が流れなくなる頃、か……？」

「正解」

にっこりと、江利が笑う。

「じゃあもうひとつ、何十年も昔の事故に関して、延々と噂話になるのはどうしてか？」

「あー、よっぽど凄惨な殺人事件とか、事件の関係者がまだ生存してるとか……」

「うんうん」

「あとは……ああ、あれか。男に騙《だま》されて自殺した女の啜《すす》り泣きが夜な夜な聞こえるとか、そういう」

「はい、また、正解」

江利が、再び笑う。

「藤森さん、聡《さと》いなあ」

「いや、ってか、これ思いっきり誘導してるよな？」

藤森が答えをみつけたというより、答えさせられた気がして仕方ない。それを指摘すると、江利が笑ったままわざとらしく咳払いをした。

「で、ですね。俺のバイトは、該当の部屋の告知義務を消すためじゃなくて、噂話を消すためだったんです。つまり、男に騙されて自殺した女が住んでいた部屋で暮らして、その幽霊の啜り泣きなんて夜な夜な聞こえたりはしませんでしたよ、というのを証明することが俺の仕事でした」

「……世の中、いろんなバイトがあるもんだな……」

半信半疑ながら、藤森は何度か頷いた。

「それで話は戻るんですけど。藤森さん、今のアパート、引っ越しません？」

笑ったまま、江利が言う。

反対に、藤森は眉間に深く皺《しわ》を刻んだ。

「何で」

「藤森さんが住んでるアパート、俺も昔住んでたんですよ。バイトで」

「……」

藤森は、ますます眉間の皺を深くした。

「……俺の今住んでるところが、事故物件、ってことか？」

江利は否定も肯定もせず、胡散臭《うさんくさ》い笑みを浮かべている。

「――って、待て、待て、どうしておまえが、俺の住んでるところを知ってるんだ」

使っている駅くらいは話したかもしれないが、具体的な地名を伝えた記憶はない。

「うーん」

江利は目を泳がせながら、箸を持った手で自分のこめかみを叩《たた》いている。

「まあ、どっちにしろ信じてもらえないと話は進まないし……」

「何だよ」

「鼻がいいんですよ、俺」

「鼻?」

「藤森さんから、あのアパートの……っていうか、あのアパートに居た人の臭《にお》いがしたから」

「……、……」

藤森は何か言おうとして口を開き、何を言うべきか思いつかず、唇を閉じ、また開き、という動きを何度か繰り返した。

「最初からね。気になってたんです。藤森さんにこのビルの中で会った時から」

「……」

「でもこんなこと初対面で言っても、俺がちょっと痛々しい子だと敬遠されるだけだろーなあとわかってたんで、まあ、放っておこうかとも思ってたんですが」

「……」

「でも藤森さんから感じる臭いがね、日増しに強くなってきてて。で、話聞いたら、騒音がどうとか、眠れないとか、言うもんで」

「……」

「あの部屋、騒音すごかったんですよ。異臭とか、電化製品の故障とか、笑い声とか、唸り声とか、地鳴りとか、家鳴りとか、諸々《もろもろ》。でも俺が住んでる間に収まった……というか収めたんで、取り壊されるまでは持つかなあ、って予測してたんだけど」

「そ……っ、その頃から、ボロかったんだな、うちのアパート」

喘《あえ》ぐように、藤森はようやくそう言った。

「でも、エアコンはもうじき修理が来るし。臭いは、下水でも詰まってんのかな？　騒音は、どっかの部屋の馬鹿が騒いでるだけだろ」

江利から目を逸《そ》らすように俯《うつむ》き、とにかく昼飯を食ってしまおうと、ほとんど手つかずだった鯖や白飯を口に押し込む。味なんてちっとも感じなかった。

「たしかにそういう物件もあったんですよね。ってか、ほとんどがその手のトラブルだったんです。事故物件って先入観があれば、ちょっとした物音でも、臭いでも、異変が何個か重なるだけで、霊障だ何だって騒ぎ出す住民はいる。だから俺のバイトって、そういう異変の原因を突き止めて改善するってとこも含まれてて……」

「な、だよな、そうそう、俺もその辺ちゃんと調べようって」

「でもお守りが効いちゃったでしょ」

「お守り？」

「藤森さんとこの同居人が嫌う臭いと、ちょっとしたおまじないを籠《こ》めた、あの袋」

「――」

「あれが効いちゃうってことは、やっぱり、俺がバイトで住んでた頃と同じ人が、まだ住んでるんだなって――」

「や、やめろよ！　俺、そういう話、嫌いなんだよ！」

とうとう藤森は箸を投げ出し、耳を覆った。

「馬鹿馬鹿しい、霊障だのお守りだのバイトだの、そんな、マンガでもあるまいし！」

「ですよねえ、信じろって方が無理だよなあ」

藤森はできるだけ刺々《とげとげ》しい口調で言ったのに、江利の方は気を悪くするふうもなく、少し困った顔になっている。

――その態度に、藤森はむしろぞっとした。

躍起になって説得されるより、そんな調子で溜息をつかれると、妙な信憑性《しんぴょうせい》を感じてしまう。

「……俺は、信じてないけど、でも、おまえがくれたお守……ポ、ポプリは、よく寝るために効いたし。あれがあれば、俺は眠れて、騒音も気にならないし、問題ないだろ」

ゆうべぐっすりと眠れただけではなく、今朝は最近鳴ったり鳴らなかったり遅れたりした目覚まし時計がしっかり時間どおり鳴ったし、寒くて夜中目が覚めるようなこともなかった。

藤森にとって重要なのは、江利の言うことが本当かどうかなどではなく、とにかく自分があの部屋で安眠できて、普通に過ごすことができるかどうかだ。

（そ、そりゃ、マジで事故物件だったっていうなら、気分はよくないけど……）

「それがですね」

気持ち悪いだけで実害がなければ、我慢できる。そう自分に言い聞かせている藤森に向けて、江利がまた口を開いた。

「あのお守り、俺が住んでた頃も使ったやつでね。だから効くだろうと思って渡したんだけど——多分、あっちも、気づかれたことに気づいちゃったんじゃないかな」

「……は？」

「藤森さん、部屋の騒音が段々ひどくなるって言ってたでしょ？　それって、相手が藤森さんに自分の存在を気づいてほしくて、エスカレートしたんだろうなと思うんですよ。経験上」

経験上、などという言葉をさらりと言わないでほしい……と思いつつ、藤森は相槌を打つこともできず、警戒しながら江利を見た。

「お守りは一時的に藤森さんちの人を大人しくさせるためのおまじないで、あれを使ったってことは、相手にしてみれば藤森さんが自分に気づいた、そして自分を排除しようとしている、って気づいちゃっただろうなって」

「……そうすると、どうなるんだ？」

「めっちゃ、怒ると思います」

「駄目じゃないか、それ⁉」

藤森は慌てて腰を浮かしかけた。

江利は愛想笑いのようなものを浮かべている。

「だから、引っ越しませんか？　って言ってるんです。危ないから」

「か、か、簡単に言うな、引っ越せるような金があったら、そもそもあんなアパートに住んでるわけないだろ⁉」

「そこなんですけど藤森さん、何だってあんなとこ住んでるんです？　あそこ、相当家賃安かったでしょ。まともに社会人やって二、三年目ってなら、もうちょっとマトモなとこに住めそうなもんだけど」

「金がない」

きっぱりと、藤森は答えた。

「貯金もない。いろいろ入り用なんだ」

「引っ越す前は実家でした？　そっち戻るってのは？」

「実家だったけど、戻れない。居場所がない。姉貴が子連れで出戻ってて、邪魔だから帰ってくるなって言われてるし」

「うーん……」

「信じてないけどな、俺は信じてないけどな、騒音だのは理由のある異常ってだけだと思うけど、事故物件なのはたしかなんだろ。や、おまえが勝手に言ってるだけで、本当に昔おまえが住んでた部屋ってのが今の俺の部屋だって証拠もないわけだけど、とにかく事故物件だとしたら、告知義務違反で、不動産屋にクレームつけて敷金礼金返してもらって次の物件探させて」

「あのアパートを扱ってる仲介業者に連絡してみたんですけどね。俺がバイトしてた頃の業者は廃業したみたいで、今あそこを扱ってるところは、事故物件だったなんて知らないの一点張りでしたよ」

「知らないったって、実際そうなんだろ?」

「俺が調べた範囲では、そうですね。ただ、事件があったのは相当昔、昭和の時代の話なんすよ。で、俺がバイトしてたのは今から六年前、調べたとこ、当時――つまりあのアパートの霊障が問題になって俺がバイトに駆り出された頃に住んでた人はもういなくて、事故物件だって噂も立ってない」

「調べた……って、え、おまえ、そんなのわざわざ調べたのか?」

驚いて藤森が問うと、江利が苦笑気味に頷いた。

「そりゃ、無関係なことじゃないっすからね、有休使って。あのお守り作る前に」

どうりで、江利を数日見かけない時期があったわけだ。あの頃、彼が自分のアパートについて調べていたのかと思うと、藤森は大方は驚きと戸惑いと、あとはちょっとした感動のようなものを覚えてから、ハッとした。

（いや、いや、そもそもこいつがそんなバイトとかしなければ、あのアパートが事故物件だってちゃんと問題になって、俺があそこに住むことだってなかったかもしれないし！）

「藤森さんが一生懸命クレームをつけたとして、たしかにあのアパートで自殺した人がいるのは事実だから、不動産屋も知らぬ存ぜぬを貫けるとは思えないけど。話してみた感じ、それを認めるのは時間かかるかもしれないなあ。俺が関わってた頃の会社だったら、そもそもその手の現象に肯定的だからこそそんなバイトを頼んだわけだし、もうちょっと事情が違ったんだろうけど」

そう言ってから、江利は苦笑を消して、真顔になった。じっと藤森を見据えてくる。

「俺の経験上ね。言えることって、ひとつです」

「……何」

「『逃げろ』」

「……」

「信じる信じないを強要することはできないすけど。俺はもう、この手のことには一切関わらない方がいいって断言します」

江利の表情や口調には、何か有無を言わせぬ迫力があった。

「そうは言われたって……」

それでも藤森は、彼の忠告には従えない。

「不動産屋に金を出してもらえないなら、引っ越しなんてとても無理だ」

「金借りれる当てないんですか？　家族とか」

「……家族には……むしろ、すでに借りてる、ので、これ以上貸してくれとは言えない……」

言い辛《づら》くてごにょごにょと口籠《くちご》もりつつ、藤森は下を向いた。

「貯金もないって以前に、ローンがあるし……マジで金ないんだよ、俺……」

「何にそんな使ってるんです？」

「何ってまあ、服とか……服とか、服とか、靴とか、時計とか、鞄とか、その辺」

「……ああ、溜め込む感じか……」

独り言のように言いながら江利が藤森を眺め、藤森は何だか居心地が悪くなった。

「お守りの効力は、そのうち切れます。ってか、向こうの力が強くなれば、あの程度のお守りじゃ効かなくなる」

「――待て待て、それって、おまえが余計なことしたって話じゃないか⁉」

「でもそうしなけりゃ、藤森さんは心身に影響出始めたと思いますよ。もう出てるでしょ、実際。疲れやすいとか、眠れないとか」

「単に騒音で眠れないだけだぞ」

「それが影響ですよ。また経験上言いますけどね、寝不足で弱った心に、騒音は沁《し》みます。そのうちそのポヤーッとした性格が、人が変わったように怒りやすくなったり、無気力になって会社サボり出したり、集中力がなくなってミスして上司に叱られて嫌気が差して『死んじゃおっかな』とかフラッと思い始めたり、します」

「何だ、ポヤーッとした性格って……」

反論しつつ、藤森はまた寒気を覚えた。たしかに、そういう影響はすでに出始めている――気がする。

「ポヤーッとしてますよ藤森さん、おっとりっていうか、もしかしたら自分ではしっかり者とか思ってたりしませんよね？」

「特別しっかりしてるとも思わないけど、ボケーッとはしてないだろ」

「不安なんだよなあ」

江利はなぜか鎮痛な面持ちで額を押さえている。藤森はムッとした。

「どこが」

「や、藤森さんもう、俺の言うことほぼ信じてるでしょ？」

「……待て。冗談だったのか？」

からかわれたのかと思って気色ばむ藤森に、江利は難しい顔のまま首を振る。

「俺は嘘は言ってないです。一切」

「何なんだよ」

「放っておけなくて」

「え？」

「――さっき、これも言ったと思うんですけど。俺は基本、こういうの、関わらないって決めてたんです。学生の頃はちょっと事情があって、あんなバイトとかする羽目になっちゃったんだけど……子供の頃から嫌な目にも怖い目にも酷《ひど》い目にも遭って、手ェ出すもんじゃねえなって実感してた。だから本当は、藤森さんがあのアパートに住んでるかもって気づいた時も、無視するつもりだった」

「じゃあ、どうしてこんな話するんだ、今」

「ねー、ホントにねえ……」

江利が深々と息を吐いてから、片手で頬杖《ほおづえ》をついて、また藤森を眺めた。

「でも俺、藤森さん好きだからね」

「――え？」

一瞬、藤森の思考が止まる。

二秒ぐらいかけて、我に返った。

「あ、ああ、おまえ、俺と友達になりたそうだったもんな。やたら話しかけてきたりして」

「好みなんですよね……」

「……」

憂鬱そうに言われて、藤森は返す言葉に詰まる。

「てか藤森さんに会って初めて、自分に好みなんてもんがあるんだって気づいたんですけどね……」

じわりと、藤森は背中に汗が滲《にじ》むような感じを味わった。

事故物件だの、お守りだの、霊障だのの話をしていた時と似たり寄ったりの悪寒が湧き上がってくる。

「……ホ、いや、ゲ、……うう、女の子に、興味がない、タイプか？」

情けない話、女顔に生まれてからこっち二十五年で、同性から告白された経験が、皆無ではない。

だから藤森は江利の言わんとすることが割とすぐわかってしまったし、咄嗟《とっさ》に、気を遣ってしまった。はっきりとおまえホモなのかとか、ゲイなのかとか訊ねれば、相手は傷つくかもしれないと。

だから慎重に訊ねたら、フッと、江利が寂しそうな笑みを浮かべる。

そしてその笑みにまたみとれかけて、藤森はそんな自分に気づくと、ますますぞっとした。

「女の子にも、男の子にも、興味なかったですよ」

まさか俺が初恋だとか、男だとか女とか関係ない藤森さんが藤森さんだから好きだとか言いやがるのか――と、藤森は警戒する。

「――生きてる人間に関しては」

だが江利の言葉は予想外で、藤森はぶわっと体中の産毛が逆立つ感じを味わった。

蒼白な顔で怯える藤森に気づいたのか、江利が今度は明るく笑い声を立てる。

「冗談ですって、藤森さんマジで結構ビビりだなあ」

「てっ、てめえ……っ」

からかわれたと気づいて、藤森は思わず椅子から腰を浮かせた。

「もういい、全部冗談だろ！　本気になんてできるか、馬鹿馬鹿しい」

「俺今日、割と早く上がれそうなんで」

定食はちっとも減らないままだが、話し込んでいる間にそろそろ休憩時間が終わりそうになっていたので、藤森はそのまま席を離れようとした。

だがそれを見越したように、江利がサッと藤森の方に何か紙片のようなものを差し出す。見下ろすと、名刺だった。

デザイン会社らしく、目を惹《ひ》くロゴが箔《はく》押しされた名刺の下の方に、手書きで携帯電話の番号が書き添えてある。

「その気があったら、藤森さんが仕事上がる時、声かけてください。実際部屋の中がどうなってるのか、見ますから」

「……」

藤森はたっぷり十秒くらい悩んだあと、半ばひったくるように、江利の手から名刺を取り上げた。

乱暴な仕種だったのに、藤森が名刺を受け取ったことで、江利はほっとしたようだった。

「一応、社会人として差し出された名刺を受け取るのはマナーだから、受け取るけど！　連絡するかは、わかんねえぞ」

名刺をひったくり、自分の名刺は返さないなど、どの辺りがマナーなのか藤森自身にも疑問だったが、勢いでそう言い置いて、江利に背を向ける。早足でレジに向かい、会計をすませると、自分のオフィスに戻った。

◇◇◇

悩んで悩んで悩み抜いた挙句、結局藤森は、自分の仕事を終えて会社を出てから、江利の携帯電話に連絡を入れた。

昼休みに聞いた話は、冷静になって反芻《はんすう》してみれば、聞いた時以上に胡散臭かったし、信じるのも馬鹿馬鹿しい与太だとしか思えない。

が、くだらないと笑い飛ばすことができなかったのは、そもそも藤森がそういう話を苦手としていたからだ。

――要するに、怖かった。

あんな話を聞いたあとに、一人であのアパートに戻るのが、怖くて仕方なかったのだ。

情けないとは思ったし、自分に好意を持つという男を部屋に招き入れるのもそれはそれで恐ろしい気がしたのだが、それでも、また一晩あの部屋で一人過ごすよりはマシではないかと、最終的に判断してしまった。

「先に言っときますけどね、一応」

ビルを出たところで落ち合った江利は、真面目な顔で、藤森を見下ろしそう切り出した。

「何だよ」

「俺は藤森さんに好意を持ってるし、これを機にあわよくば懇《ねんご》ろになりたいという下心があります」

「……っ」

その辺りのことは、話題に出されたりいい雰囲気を作ろうという目論見《もくろみ》を感じても、上手く躱《かわ》すつもりだったのだが。

「無理に押し倒して本懐を遂げようって気はないっすけど。俺が藤森さんを好きなんだってことは、頭に入れといてください」

「……本当に、無理には、しないか？」

部屋に妙なことが起きていなければ、江利の来訪を、藤森は百パーセント断ったのに。

「はい。そんな度胸ないですよ、俺」

「……そうかあ？」

藤森はつい、疑わしい目で江利を見上げてしまった。度胸がない、というふうには、まったく見えない男だ。

かといって、嫌がる相手を無理にどうこうしようとするタイプにも、見えない。

「……絶対、変なことするなよ？」

「うっす」

藤森が念を押しても、江利の返事は軽い。

しかし今は、その反応を信じる他なかった。

(下心だの隠して、体よく上がり込んだところで押し倒すことだってできるんだ。そうせずに自己申告したってことは、こいつなりに誠意みたいなもんがあるってことだろうし)

「……よし、わかった。じゃ、行こう」

駅に向けて歩き出す藤森の隣で、「マジで大丈夫かなこの人……」などと江利が呟《つぶや》いているのが気に懸かりはしたが、咄嗟に聞こえないふりをしてしまった。

◇◇◇

「うわっ、と」

藤森の方が先に部屋に入り、続いて江利が玄関に入ろうとしたところで、妙な声が上がった。江利のものだ。靴を脱ぎかけていた藤森が驚いて振り返ると、江利が右手を上下に振っている。

「どうした？」

「すっげー静電気……」

「あー、やたらバチバチするんだよな。真冬でもないのに」

空梅雨とはいえ、乾燥しがちな冬季に比べれば、静電気の発生することは少ないはずだ。なのにこの部屋でだけ、藤森は頻繁に静電気のせいらしき刺激や痛みを感じる。

「帯電、するんすよね」

江利の呟きに、何が、と藤森は聞き返すことができなかった。とにかく中へ促そうと思ったが、江利は玄関の三和土で立ち止まり、じっと部屋の中を眺めている。すん、と鼻を鳴らしたように見えたのは、臭いとやらを確かめているのか。

藤森は固唾《の》を呑んでその様子を見守った。

「——久しぶり」

「ど、どこ見てんだ、やめろ、怖い！」

また呟いた江利に、藤森は頭を抱えてしゃがみ込みたくなる。みっともないので堪《こら》えたが、居間のテーブルに近づこうとしていたのに、つい江利の方へ駆け戻ってしまう。

「いるのか⁉　見えるのか⁉」

玄関脇の壁にあるスイッチでつけたはずの天井灯が、一瞬消えた。ちかちかと瞬いて、また明るく灯る。

「うわっ、何、何！」

「はいはい、落ち着いて」

狼狽《ろうばい》する藤森の背中を、江利がぽんぽんと叩く。触れられて、藤森は妙な安堵《あんど》を覚えて、江利の腕にしがみついてしまった。

「追い出してみていい？」

「いいよ！　聞かなくていいからできるならやれよ！」

そんなことができるのかなどと訊ねる余裕もない。悲鳴のように声を上げつつ、江利は藤森の肩というか胸の辺りに顔を伏せた。がんがんと気温が下がっていくのがわかる。冷凍庫にでも入ったかのように部屋が寒い。というより冷たい。

震える藤森を、背中を叩いていた腕で、江利が抱き寄せてくる。藤森は遠慮なく、さらに江利の体へと縋《すが》った。

（怖い、何だこれ、怖い！）

猛烈な恐怖。今まで感じたことがないくらい、部屋の中が気持ち悪い。

『めっちゃ、怒ると思います』

昼間の江利の言葉を藤森は思い出した。部屋の中にいるとかいう誰かは、藤森が自分の存在に気づき、排除しようとしていることに、怒り狂っている——のかもしれない。

「……はい、おしまい」

ぽんぽんと、再び、藤森の背中を江利の手が優しく叩いた。

「え……」

のろのろと顔を上げる。怖がりながらも振り向けば、そこにあるのは、いつもと変わらぬ自分の部屋だ。

電灯は点滅していない。

寒くもない。

「……何やった？」

「出てけ、と一生懸命念じた感じですかね」

「そ、そんだけ？」

「とりあえず飯、食いましょっか」

アパートに戻る途中の弁当屋で、二人分の夕食を買ってある。江利に促されて、藤森は居間のテーブルの前に座った。

「てか、マジで藤森さんち、すげーなあ」

「す、すごいって、何が⁉」

藤森の斜向《はすむ》かいに座り、江利は感心したように部屋の中を見回している。藤森は慌てて腰を浮かしかけた。

「服とかさ。あっち、押し入れもあるけど、こっちにハンガーラックもあるとか……」

江利の視線は、壁際に置かれた段違い平行型のハンガーラックに向けられている。そこにかけられた大量の服やベルト、あとはやはり壁に据えられたワイヤーネットに整然と並べてある数々の帽子も見ているようだ。

「ああ……だから、言ったろ、金ないって」

「こんだけ揃《そろ》えりゃ、貯金も無理か。なるほど、で、収納が多くて安いこの部屋かあ……」

江利の声音には、感心と、少々の呆《あき》れも含まれている気がする。藤森は少し恥じ入って赤くなった。

「仕方ないだろ、昔からの趣味なんだ」

「物はなるべく減らした方がいいっすよ、的なアドバイスをするつもりだったんですが」

「何で？」

「溜まりやすいから」

何が、とは聞けなかった。聞かなくてもわかったからだ。

「執着に惹かれやすいんですよね、俺調べで。でもまあ、こんだけのもんを手放せったって、そうそうできるわけじゃないだろうしなあ」

「全部捨てろと言われるくらいなら戦う」

「幽霊と？」

はっきりその単語を出されて、藤森は言葉に詰まった。

青くなっている藤森に、江利が軽く首を傾げた。

「いつもこんな感じです？　電気消えたり」

「替えたばっかなのにやたら電球がチカチカするなって思ったことはあるけど、さっきみたいのは初めてだ。あと、寒いとも思ってたけど、やっぱりさっきほどはならなかった気がする。……寒いところにも、溜ま、り、やすいもんなのか？」

「いや、逆かな？　寒いところに惹かれるんじゃなくて、出てくる時に気温が下がる感じがするっつーか。どういう理屈なのかはわかんないけど、そもそも理屈が通じるのかもわかんないし」

「じゃあ、どうやって追い出したんだ、さっき。念じただけとか言ってたけど」

「気合で。基本すべて気合で」

「……マジか……」

頼りになるのかならないのかわからない。

「細かく説明したら、藤森さん怖がる気がするし」

「ど、どっちだよ」

すでに怯え出す藤森を見て、江利は笑っている。からかわれているのか宥《なだ》められているのかいまいちわからなかったが、とにかく今は部屋の中に何の異変も感じないので、頼りにしていい——ような気が、しないでもない。

（そういや、音もしない）

いつもは帰ってくるなり、どこからか何かを叩く音や、空咳の音が聞こえて、げんなりしていたものだが。

そのおかげで、藤森の精神はずいぶんと安定した。

「……あのお守りとかは、作り方のノウハウがあるんだろ？」

追及するというよりも世間話のつもりで訊ねてみれば、江利はあっさりと頷いた。

「ばあちゃん仕込みっすよ。うちのばあちゃんが、どこぞで巫女だか拝み屋だかやってたって人で。つっても誰も信じちゃいなかったっすけどね、俺以外」

「宗教とか、そういうのやってたのか？」

「いや」

割り箸を手に取りつつ、江利が苦笑する。

「俺が物心ついて以降は、そういうのやってた感じはしないから、違うかな。それ以前は知らないっすけど……俺が小学生くらいの時にはもう体弱って寝込んでて、中学の頃に亡くなったし」

そういえば、以前『ばあちゃんが生きていれば』と言っていた。

「おまえ、おばあさん子みたいだし、じゃあ、寂しかったろうな」

「それだ」

「えっ、どれ」

いきなり指差されて、藤森はビクッとした。

「藤森さんのそこ。優しいとこ。すぐ同情するとこ。すごくいいなと俺は思うんですけど」

「お、おう？」

「優しい人って、つけ込まれやすいんすよ。詐欺とかと一緒で。基本、死んでもしつこく留《とど》まってるやつは、寂しかったり悲しかったり恨みを持ってて、それを誰かにぶつけようと虎視眈《こしたん》々《たん》と狙ってるのばっかで」

ドン、と窓を叩くような音が聞こえて、藤森は反射的に身を竦《すく》めた。

まるで江利の言葉に誰かが腹を立てて、窓を殴ったように思えて、ビビった。

「藤森さんは、すっげぇ話聞いてくれそうなオーラ出てるから、寄ってこられちゃう」

「オーラとか、そんなんもわかるのか、おまえ」

「いや、単に雰囲気ってくらいの意味で捉えてもらっていいんすけど。藤森さんってこう——明るいんだよなあ……」

江利が、テーブル越しに藤森をじっと見る。藤森は、たまに江利がこうして自分をみつめる様子が、少し苦手だった。

不快なわけではないが、いろいろと見透かされているようで、落ち着かない。

「たしかに、根暗ではないつもりだけど」

「性格がってんじゃなくて……まあそれもコミかもしれないけど。それこそ、雰囲気がね。ぱあって、明るいんですよ。綺麗っていうか、清浄っていうか。だから俺も、藤森さんについ目が行っちゃったんだろうなあ、初対面の時……」

その時を思い出しているのか、江利の口調は少ししみじみしたものになった。

最初に休憩所で顔を合わせた時、にこやかに挨拶してきた裏で、そんなことを感じていたのか。そう思うと、藤森は何だか不思議な気分がした。

「その。死んでも留まってるやつとかと、同じこと感じるとか、おまえも普通じゃないってことか？」

優しくて明るいから寄ってくるのはこの部屋にいるという何かだけではなく、江利もらしい。それも不思議なことな気がして、藤森は何気なくそう口にした。

が、直後にそれを悔やんだ。

江利が、一瞬だけ、どことなく傷ついたような表情をしたからだ。

「――そうかもしれないっすね」

頷いて笑った時は、そんな表情は江利の顔のどこにも残っていなかったが。

悪いことを言ったかもしれない。謝るべきだろうかと藤森が動揺して考えるうち、江利は「食べちゃいましょう」と言って弁当に手をつけている。藤森はそれに頷いて、江利に謝るタイミングを逸してしまった。

「電化製品も、よく壊れるんでしょ？」

食べながら江利が訊ねてくる。藤森はこれにも頷いた。

「でも多分、修理に出しても、『異常箇所ナシ』で戻ってきますよ。人呼んでも原因不明だからメーカー修理を勧められるか、その場で直せたとしても、すぐまた壊れる」

「経験談……か？」

「この部屋のね。てか藤森さんなら、この部屋に住む前にも、その手のこと結構あったんじゃないすか？」

「え、いや、ない。全然ない、初めてだこんなの」

「マジで」

江利は本気で驚いたように、目を丸くしている。

「マジだよ。実家にいた頃は、そりゃたまに寿命で電子レンジが全然温められなくなったとかはあった気がするけど、こんな頻繁にぼこぼこ故障したりはしてない」

「へー……不思議だな。藤森さん、滅茶苦茶《めちゃくちゃ》影響受けやすいタイプっぽいのに」

「やめろ……怖い、やめろ」

　部屋に入った時に醜態をさらしてしまったせいか、藤森は江利に対して、自分が臆病であることを隠す気が起きなかった。嫌なものは嫌だし怖いものは怖い。強がって『俺は平気だから帰れ』なんて口が裂けても言えない。『俺が怖いから何とかしろ』と胸ぐらを掴んで脅したいくらいだ。

「じゃあ、実家の場所がものすごくいいとか、家族に守護的なものを持ってる人がいたとかかな」

　守護霊とかいうやつだろうか。深くは知りたくなくて、藤森は聞き流した。話を変えてみる。

「今は、何も起きてないだろ。どのくらい平気なんだ?」

「俺がこの部屋出るまでかな」

「え……っ、お守りは!?　やっぱ駄目!?」

「やー、ごめん、食べながらでも平気かなこの話……」

「いいよ、いっそ言ってくれよ、どうせ聞かなきゃいけないなら早い方がマシだよ!」

　そっか、とごく軽く頷いてから、江利がちらりと背後にある窓の方へ目を向ける。藤森は逆に、江利の視線に気づいた瞬間、俯いて窓から視線を逸らした。窓にはカーテンが掛かっているが、それを開けたら、誰かがガラスに両手をついてこちらを覗き込んでいるような妄想が頭に浮かんで、震えが来た。

「ここの元住人、そもそもの元凶の人ね。彼氏との痴情のもつれで首吊ってる。この部屋で」

「……ッ」

思わず、藤森は天井を見上げた。古い造りなので鴨居《かもい》がある。まさか、ここで。

「——って、え、彼氏?」

震え上がってから、藤森は江利の言葉の一部に反応して首を傾げた。

「女だったのか?」

笑い声も、溜息の感じも、男のものな気がしていた。だから、うるさくしているのは隣人だと思い込んでいたのだ。

「いや、男。で、藤森さんのことを滅茶苦茶好いてる男」

「……おまえの話?」

「俺も藤森さんのこと滅茶苦茶好いてるけど、今はこの部屋の先住者の話」

「……」

藤森は食欲が失《う》せてしまって、開いた弁当箱の蓋《ふた》を、そっと戻した。

「どうりで、俺が住んでた頃は大して反応しなかったわけだよな。俺と藤森さんじゃ全然タイプ違うし。で、藤森さんが来るまでは静かだったっぽいのに、最近やたら活性化したわけだ。藤森さんのこと欲しくて欲しくて、なりふり構わなくなってきてる。元々なりふりなんて構ってないだろうけど」

「や、やめろ、やめろよ、怖いから！」

藤森は自分の体を掻き抱くように体操座りになった。無防備に座っているのが、いろんな意味で恐ろしい。

「できればそうやって怯えて過剰反応しない方がいいんだけど——っっても、無理だよな」

「無理だよ！　怖いだろ、だって！」

寝ている時——金縛りに遭っていた時、誰かが体の上に乗り上げるような感触があった。耳に息を吹きかけられるような感触があった。

あれが、自分を狙っているホモの幽霊だと聞かされて、怯えずにいられるものか。

「あと、ごめん。確実に向こう、『俺というものがありながら他の男を連れ込みやがって』ってめっちゃ怒ってる」

「……ッ、どうしてくれるんだ！」

謝る割に悪怯《わるび》れもしない調子で言う江利に、藤森はつい声を荒らげた。

「誤解だ、すごく誤解だ、違うからな！」

さっきは恐ろしくて目も向けられなかった窓に向かい、叫んでしまう。江利が唇を尖《とが》らせた。

「そうはっきり言われると、俺だって傷つくんだけど」

「かわいこぶるな！」

子供っぽく拗《す》ねた顔をする江利に、藤森は手に触れたティッシュの箱を投げつけた。江利が笑って、それを難なく受け止める。

「そうそう、怯えるよりは、怒りの感情の方が相手を撥《は》ね除《の》ける力になるから。頑張って」

「頑張って、って、おまえそんな、他人事《ひとごと》みたいに……」

「当事者の問題として考えていいなら、喜んでそうするけど？」

藤森は段々泣きたくなってきた。

「部屋についてるものだから、完全に追い出すってのは無理だと思うな。大した根性がないやつなら、俺が近づくだけで逃げ出す感じなんだけど、ここの人は絶対出ていくもんかってすげえ頑張ってる。今も部屋から引き剝《は》がされないように必死だし」

さっき音がした窓の方をまた見そうになり、藤森はすんでにそれを堪えた。

「最終的にここが取り壊されるか、火事で燃えるかすれば、一番執着してるのはこの部屋に対してだから、消えるだろうけど。まさか放火するわけにもいかないだろうしなあ」

「どうすりゃいいんだ、俺は」

「お勧めはやっぱ、引っ越しなんだけどね」

「無理だって……少なくとも、今すぐは」

「んー、俺ももっと貯金とかあれば、貸すこともできるんだけどな」

さらりとそんなことを言われて、藤森は面食らった。

「いや、そこまでしてもらうわけには」

「彼氏になっちゃったら、そこまでする理由はできるけどー……」

「なんねえよ。しねえよ」

むきになって抗う藤森に、江利は「ちぇー」とそう惜しくはない顔で言って笑っている。

「じゃあ次のお勧めだけど、俺がここに泊まる」

「……何のために？」

「俺がいる限り、あいつらは藤森さんに手出しできないよ。実際今、何ともないでしょ？」

「それは……まあ……」

いつも悩まされている異変が、今はひとつも感じられない。

頷いてから、藤森は江利の言葉を反芻して、ぎょっとした。

「あいつ『ら』!?　あいつらって言ったか、今!?」

「あ、うん。藤森さん自身と、あと元祖の先住者の妄執に引っ張られて、増えてるわ」

軽い口調で言う江利に、藤森は目の前が暗くなる。

自分の暮らしている部屋に、口に出したくもない種類の住人が複数居座っているなど、想像できなかったし、したくもない。

「まさか全部ホモってわけじゃないだろうな!?」

「うん、藤森さんを性的にどうこうしたいと情熱的に思ってるのは、多分一人だけ。あとは女の子っぽいのと、性別も年齢もわからないふわっとしたのと……」

「い、いい、止まってくれ、具体的に聞きたくない！」

「俺がここに泊まってくれ？」

「ちがっ……、……」

咄嗟に反論しかけてから、藤森は一旦それを呑《の》み込み、悩んだ。

「……俺を、その、どうこうしたいと思ってるのが一人って、その一人がおまえってオチ……じゃ、ないんだよな？」

おそるおそる訊ねたら、江利に苦笑されてしまった。

「ないって。そこは信用してください、弱みにつけ込む気も恩に着せるつもりも満々だけど、合意じゃない行為に興味ないから」

「……そっか」

そこは、信じていい気がする。また江利に大丈夫かと心配されそうなチョロさだと我ながら思いはするものの、信じられてしまうのだから仕方がない。

「……なら、悪いけど、今晩泊まっていってくれ。俺はちゃんと睡眠を取りたい。それに、今の話を聞いてすぐ一人になれるほど根性据わってない」

「了解っす」

江利の返事はあっさりしたもので、必要以上に嬉しそうでもない。目論見が叶ってしてやったり――という風情は微塵《みじん》もないので、藤森にはやっぱり、江利は信用に足る人間じゃないかという気しかしなかった。

「あ、でも、悪いけどうち、客用の布団とかないな」

「同衾《どうきん》せよってことっすかね？」

「……毛布とタオルやるから片隅で寝ろ。あと、うちの中は禁煙だからな。服に臭いがつく。吸いたかったら外に行け」

「了解」

江利は笑っている。

藤森はどうにか気を取り直して弁当を平らげた。それから湯は夜浴びたいという江利に風呂場を貸し、相手は一応客だし恩人だしと、上掛けと敷き布団を分け合い毛布とバスタオルを駆使して二人分の寝床を作り、それぞれ横たわった。

「おまえ寝てる間も、大丈夫なのか？」

部屋を暗くするのは怖かったが、灯りがあると眠れない性質《たち》なので、藤森はいつもどおり豆電球も消した。部屋の隅に丸くなって毛布を被り、反対側の隅っこで寝ているはずの江利に声をかける。隅っこ同士といっても、物が多いせいで部屋もそう広くはないので、薄闇に目を凝らせば相手の姿がわかるくらいの距離だが。

「大丈夫っすよ。俺、あの手のやつらに基本嫌われてるから、向こうは近づけないんです」

「そういうもんか……」

理屈はよくわからないが、とにかく今晩も安眠できるなら、藤森に文句はない。

「じゃあ、おやすみ」

「はい。おやすみなさい」

相手は自分に気のある同性の男だとはいえ、部屋に誰かがいる状態が、今の藤森にとっては非常に安堵を感じるものだった。

いつも苛つかされ怯えさせられる騒音もなく、金縛りに遭うこともなく、ここしばらくのことを考えれば信じがたく穏やかな気持ちで目を閉じる。

(よかった、寝れる……)

眠りたいのに眠れない状況というのは、自分で思っていた以上にストレスになっていたようだ。

藤森は何の障害もなく眠りに就けることに言い知れない心地よさを覚えながら、あっという間に寝入ることができた。

3

ぐっすりと眠れる幸福を久しぶりに取り戻してしまえば、藤森《ふじもり》はそれをまた失《な》くすことが惜しくなった。

「ま、待て、先に行くな、俺から出る」

朝、それなりにゆとりのある時間に目を覚まし、簡単な朝食を江利《えり》にも振る舞って、シャワーを浴び、着替えをすませ、さあ会社に向かおうかというところで、藤森は慌てて江利の腕を摑んだ。江利は予測どおり身支度に時間をかけないタイプらしく、藤森があれこれ服を選んだり髪を整えたりするさまを、少し呆れたように見ていた。ようやく藤森の準備が終わった時、江利がさっさと外に出ようとするので、焦った。

「おまえが部屋出たら、また変なこと起こるかもしれないんだろ」

通勤用の鞄を抱え、藤森は大急ぎで自分の部屋を飛び出した。その様子を、江利が笑いを嚙み殺すような顔で見ている。

「……また、来てくれたら、助かる……ような気がするんだけど」

行き道で悩み、悩みきった挙句、会社に向かう電車の中で藤森はそう切り出した。

江利はとても紳士的で、というか、相手が自分に気があることを藤森が忘れるくらいどうということもない態度を取り続けていたので、警戒心は薄れた。

とはいえ、はっきり好意を持っていると宣言されたのだから、また部屋を訪れてくれるよう頼むことに、幾ばくかの躊躇《ちゅうちょ》は生まれる。

「本気で金ないから夕食奢《おご》るとかも言えないけど……風呂と朝飯くらいは提供するし」

「自宅に戻るより、藤森さんちの方が会社から近いんで、いいですけど。楽だし」

江利は勿体《もったい》ぶることも喜びを見せることもなく、あっさりと頷いた。

それで藤森はほっとする。

「じゃあ、また仕事が終わる頃、連絡するな」

「はい。あ、ウチ結構残業長いから、待たせることになるかもしれないけど」

「待つ。休憩所にでもいるわ」

「はいはい」

藤森は江利と同じビルに向かい、それぞれのオフィスがある階で相手と別れた。

それから四日ほど、江利は藤森に誘われるまま、アパートに足を運んでくれた。土曜日、藤森は休みだったが、江利は出勤だったので、藤森は街に出て適当に時間を潰し、いつもよりは少し早く仕事を終えた江利と合流して帰宅した。

日曜日には、ようやくやってきたエアコン修理の業者を迎え入れたあと、いい加減江利を上掛けの上に寝かせるのも申し訳ないので、客用布団を買うためにホームセンターへ彼と一緒に向かった。

江利と一緒にどうにか安い客用布団と、その他必要なものを選んで購入してから、藤森はホームセンターの中にあるフードコートで昼食をとっていくことにした。

日曜日なので主に子連れ客で混んでいたが、座れないほどでもない。大きなテーブルに何組かの客同士相席という形で、藤森と江利も向かい合って適当に腰を下ろした。

「そういやおまえ、シャツは買ってたけど、スーツはずっと一緒でいいのか？」

あまりうまくないラーメンを啜る合間に、藤森は訊ねた。江利が藤森の家に来た最初の日は突発だったので、着替えもなかった。下着と靴下はコンビニで買い、ネクタイとハンカチは藤森が貸し、ワイシャツは仕事の合間に量販店で買ってきたようだった。

「さすがに来週も同じだとまずいっすね」

水曜日に泊まりに来て、木曜、金曜、土曜と江利は同じスーツを着て出勤している。毎日スーツを替える藤森には考えられないことだが、もちろん自分がそれを言うべきではないと思い黙っていたものの、さすがに言及せざるを得なかった。

「悪いな、どうする、取りに帰るか？　何なら、これから新しいの見繕いに店行ってもいいけど――」

江利と一緒に過ごすうち、藤森の中で湧き上がるのは、『こいつにぴったりのスーツを着せたい』という気持ちだった。江利が脱いだスーツの購入先は、専門店でもデパートでもなく紳士服の量販店ですらなく、スーパーのプライベートブランドだったので、ひっくり返りそうになった。

「いや、すごい高いとこ連れてかれそうだからいいです。一回家に取りに戻りますわ」

「そんな高いとこなんて行かないって。予算教えてくれたら見繕うから。で、どうせならちゃんと採寸して、直しもして」

「いやいや、直し出したら明日会社に着てくスーツって前提がなくなるじゃないっすか。裾上げとかそういうレベルじゃないでしょ、多分藤森さんの言ってる直しって」

「そうだけど、でもおまえ、せっかく格好いい体に生まれた上に、デザイナーなんていう職業だろ。もっとこう、パッとした服着ろよ」

「デザイナーたって、多分藤森さんが考えてるような仕事じゃないすよ。肩書きは一応グラフィックデザイナーになってるけど、実情ＤＴＰオペレーターだし。自己表現のために毎日服装のこと考えるのなんか、面倒で」

「勿体ない……」

「服なんて暑さ寒さが凌《しの》げて不潔でなけりゃ、何だっていいっすよ。とにかく、パッと家に着替えとか取り行って、すぐ戻ってきます」

「あー、えーと……悪いな」

江利は当たり前のように、また藤森の家に泊まりに戻ってくれるつもりらしい。三日も四日も相手の時間を拘束していることについて、藤森もさすがに罪悪感は芽生えていた。

殊勝に謝る藤森を見て、江利がおもしろそうに笑った。

「俺から泊まるって言い出したんだし」

っていうか——、と続けながら江利が少しテーブルの上に身を乗り出してくるので、藤森も釣られて、相手の方に頭を寄せた。

江利が藤森の耳許で囁《ささや》く。

「俺はなるべく長く藤森さんと一緒にいられるのが、嬉しいだけだし」

「……っ」

そういえばそうだった！　と藤森は大慌てで江利から身を引いた。思い出して愕然《がくぜん》としたせいもあり、江利の声がいつもよりぐっと低くて、やたら耳に響くようなものだったせいもある。

囁かれた耳を押さえて赤くなる藤森を見て、江利が笑いを噛み殺している。からかわれた気がして、腹立たしい気分で抗議しかけた藤森は、江利の後ろから三人の若い男が近づいてくる様子に気づいて、それを堪えた。

「——あれえ、やっぱ、江利じゃん」

その三人、藤森や江利と同年代に見える男たちが、にこやかな表情で江利に向けて声をかけてくる。

（友達か？）

三人は江利を取り囲むように、その左右と背後に移動した。様子を眺めていた藤森は、楽しげに笑う彼らの顔を見て、何となく眉を顰めた。

にこやかというよりも、にやにやした表情が、どうしてか癇に障ったのだ。

「こんなとこで会うなんてなあ。元気？」

「ついさっきまで、おまえどうしてるのかなって話題に出てたんだよ。すっげぇ偶然」

一人が親しげに江利の肩に手を乗せている。江利の顔に視線を移した藤森は、ぎくりとなった。

江利はさっきまでの楽しげな表情を綺麗に消し去っていた。

無表情、という以上に冷たい顔。

もう一人が今度は江利の肩に腕をかけ、その顔を覗き込むようにしている。

「なあ、シカトすんなって。相変わらず根暗だなあ、江利ちゃん」

「おまえさ、今、何やってんの？」

馴れ馴れしく問いかける三人を、江利は冷淡な態度で無視している。それに業を煮やしたように、誰かがわざとらしく舌打ちした。

「あれだろ、どうせ引き籠もってるか、それか壺《つぼ》とか判子とか？　売ってる感じ？」

ている。

「俺にも売ってくれよ壺。うちの母親最近体調悪くてさ、霊でも憑《つ》いてんじゃないかって」

三人とも、好き勝手なことを言っては江利の肩や背中を小突き、馬鹿みたいな笑い声を上げている。

さすがに藤森は気分が悪くなってきた。

「なあ、聞こえてんだろ？　シカトすんなって。壺売ってくれよ壺、江利ちゃん」

「売ってない」

執拗《しつよう》に絡んでくる男たちに、江利は一言、素っ気ない口調で答えた。

「はぁ？　何だその言い方、せっかくこっちが話しかけてやってんのに——」

「あのさ、飯食ってる時にがたがたテーブル揺らさないでくれないか」

我慢しかねて、藤森はラーメンの入った器を押さえながら、三人に向けて言った。三人とも、初めて藤森の存在に気づいたように、軽く目を瞠《みは》っている。

「は？　あんた、誰……」

「すみません、こっちの三人、席探してるみたいだから、案内してあげてくれませんか」

藤森は咎《とが》められて不快そうな顔になる男たちを無視して、ちょうど近くを通りがかったフードコートのスタッフに声をかけた。男たちは気まずそうな顔になって、スタッフに案内されるまま、江利を睨みつつ離れていった。

「こえー」

「何だ、あいつら。ガキみたいに絡んできて」

男たちの姿が他の客に紛れて見えなくなった頃、藤森は不愉快な気分で呟いた。

「――すいません」

溜息のあとにそんな声が聞こえて、藤森が見遣ると、江利が困ったような苦笑を浮かべている。

「高校の頃の同級生で。……俺もこんなとこで会うと思ってなかった、卒業以来だな……」

苦笑いとはいえ、江利に表情が戻ったことに、藤森はひそかにほっとした。

(さっきの江利、おっかなかった)

怒気を孕《はら》んだ顔が恐ろしい、というわけではない。あの三人、いや他のすべてのものも拒むような冷たい表情をしている姿が、藤森の知らないものに見えて、うそ寒く感じたのだ。

(や、江利のこと、全然知らないけど、まだ)

でも、どうやったら人があんなに冷淡な顔を――空虚な眼差《まなざ》しを作れるのかがわからず、藤森には怖かった。

「友達……ってわけじゃ、ないよな？　あの態度……」

「ただの元クラスメイトっすよ。あれ、隣のクラスだったかな……同じ学年だったのはたしかな気がするんですけど」

江利は食べかけのカツ丼にまた箸をつけ出し、江利もラーメンがのびる前にまたそれを啜り始めた。

「見りゃわかったと思うんですけど、やたらこっちに絡んでくる面倒臭い奴らで。大抵の奴は避けて通ってくれたんですけどね」

「避けてって、なんで？」

江利はきっと高校時代から背が高くて、髪も今と大して代わり映えしない短さで、つまり男前の高校生だっただろう。

「あ、おまえがモテるから、やっかまれてたのか？」

「え？」

思いついて訊ねると、江利がきょとんとした顔で藤森を見てから、急に顔を伏せた。ぶはっと息を吐き出し、どうやら、笑っているようだった。

「ふ、藤森さん、おもしれえ……！」

「何でだよ。だっておまえ、どうせ、学生時代からモテてたんだろ」

「ぜ……全然っすよ、どっちかっていうと気味悪がられて、普通にシカトとか、嫌がらせとか、されて……っ」

台詞自体はまた藤森が眉を顰めたくなるようなものだったのに、江利は笑いすぎてまともに声も出ないような風情なので、困惑する。

「嫌がらせって、どうしてそんな」

笑いすぎて咳き込んでから、水を飲んで落ち着いたのか、江利がやっと顔を上げた。まだおかしそうな表情をしている。

「そりゃあまあ、霊感少年なんて、痛々しい存在だったからじゃないっすかね？」

江利の口調は、どうも他人事だ。

「中学生くらいまでは、俺も馬鹿だから、わざわざ気になる人に忠告とかしちゃってて。さすがに霊障が……とかは言わなかったけど、仲よくもない生徒を突然呼び止めて『お墓参りはちゃんとした方がいいよ』なんてアドバイスする中学生って、かなり痛いでしょ？」

「……う、うーん」

何とも言いがたく、藤森は曖昧に相槌を打つ。

「俺が声かけた相手は、こっちの忠告になんてもちろん従わずに危ない目に遭ったりして、逆恨みされたり。霊感野郎だの、虚言癖だの、テロリスト予備軍だの、いろんな渾名《あだな》がつきましたよ。さすがに高校生にもなれば、言うだけ無駄だから黙っておこうって智慧《ちえ》もついたけど、中学時代を知ってる奴らは噂するし、さっきのみたいな手合いはそれをネタにからかってくるし、俺は面倒臭いから無視してたけど今度はその態度が生意気だって絡まれるし。とにかく面倒だったなあ」

藤森は、やはりどう返答していいのか、困惑するばかりだ。

「――すみません、藤森さんにも鬱陶しい思いさせて」

挙句そう言って江利が頭を下げてくるので、慌ててしまった。

「馬鹿、どう考えてもあっちのが感じ悪いし、全体的にあっちの責任だろ。気にすんな、っていうか、いいから、さっさと食えよ」

「……はい」

顔を上げた江利は、また苦笑を浮かべている。困っているというより、感謝の滲んだもののように見えて、藤森は変に照れた気分になってしまった。

気にするなと藤森が言ったところで、江利は高校時代の同級生とやらに遭遇したことで気が重くなったのか、口数が少なくなってしまった。

塞《ふさ》ぎ込んでるとまではいかないが、いつもは放っておいてもあれこれ話しかけてくるのに、黙っている時間が長い。藤森も、別の話題を持ち出すのも何だかわざとらしい気がしたので、ラーメンを食べることで手一杯というふうを演出して、静かな昼食を終える。

食事を終え、一度自宅へ戻ると言う江利と別れた。買い物は終えたし、あとは用もなかったのだが、一人で家に戻る気はもちろん起きず、藤森は適当に時間を潰すことにする。

(……さっきの感じからして、嫌がらせとかって、結構深刻だったんじゃないか?)

混み合ってざわつく休日のカフェで、コーヒーを飲みながら、藤森が考えることといえば先刻の江利についてだ。

(何か、もやっとするなあ)

あの三人組が不愉快だったのはもちろんだ。思い出すだに腹が立つ。咄嗟に人を呼んでしまったが、もっと文句を言ってやればよかったと悔やむ。面倒ごとや争いごとが苦手な自分の性格上、さっきのでも充分健闘した方だとは思うが。

(あいつ……高校の時まで、ずっとあんな感じだったのか？　もしかして)

あるいは、大学時代も？

藤森はごく最近の江利しか知らない。知り合ってまだ二ヶ月、長いこと一緒にいるようになって一週間程度。

でも江利は最初から気安かったし、明るかった。てっきり学生時代は爽やかスポーツ青年でもやっていたのだと思い込んでいた。

だが、自分で『痛い霊感少年』などと江利は言う。同級生にも避けられ、絡まれ、あまり愉快ではない学生時代を過ごしたようだ。

それは仕方がないことのように、藤森にも思えた。嫌がらせや先刻のようにいやらしく絡むのは論外として、霊障だの何だのと言い出す相手を、十代の子供が素直に信じて受け入れることは不可能だろう。

(俺だって、クラスにその手合いがいたら、避ける。っていうか、避けてた)

中学時代にオカルト関係で元気だった女子生徒を、実際藤森は避けまくっていた。憑依《ひょうい》だの、除霊だのと騒いでいた者には、「あいつ、将来同窓会とかでこういうの蒸し返されたら、可哀《かわい》想《そう》だな」と同情までしていた。

（でも、江利は本物……だろ？）

　そのことについて、藤森は未だ半信半疑だ。

　だが部屋の異変に関しては、すでに『アレ関係』だと確信めいたものを持っている。

　最初に江利が訪れた時のあの恐怖。あれはちょっと異常だ。下がる気温。窓の外から叩く音。部屋にいるアレのせいでそういった現象が起こったと断言するのも難しいが、その現象すべてに原因をみつけることもまた、同じくらい難しい。

（で、江利が来てからは全部収まってる）

　あれらが、たとえば藤森を騙すために江利が仕組んだことだとは、到底思えなかった。異変は江利が藤森の部屋を訪れる前からずっと続いている。

（で、俺の部屋のことはいいとして――いや、全然よくはないけど、それはひとまず置いといて）

　藤森が気に懸かることが、もうひとつある。

（江利は、そもそも俺に『逃げろ』って言ってた）

　基本的に、この手の異常な現象には関わらないと決めていた。江利はそう言っていたのだ。

　その理由が、今の藤森にはよくわかる。

『子供の頃から、嫌な目にも怖い目にも酷い目にも遭って』

嫌な目や酷い目というのは、おそらく、さっきの三人組のような輩《やから》にも遭わされたのだろう。だから江利は口を噤《つぐ》むようになった。藤森があのアパートに住んでいると気づいても、はじめは無視するつもりだった。

(……さっきみたいな顔で)

全部拒むような冷たい顔の江利を思い出し、なぜか藤森の胸が詰まる。

(でも、俺には自分から声かけて——助けてくれてる)

その事実に、藤森はもやっとする。

不快とか、不信とか、そういう気分とは違う。

ただ、胸の辺りに違和感があった。そわそわして落ち着かない。

(嬉しい……のか?)

似たような気持ちを引っ張り出して、斟酌《しんしゃく》して、藤森は自分に問いかけてみる。

(微妙に違うか……じゃあ、感謝? か?)

これも似ている。江利の行動はありがたい。江利のくれたお守りのせいで部屋にいるアレが活性化したというのは困るが、彼の言うとおり、どのみち藤森は部屋の異常のせいで心身共に疲弊しきってしまっただろう。

(あいつ、いい奴だよな)

下心がある、と言い切っていたのに、宣言どおり、無理矢理何かしようともしないし。

（もしかして、下心云々は、単に俺の気分的な負担を軽くするために言った冗談じゃないか？）

ふと、そう思いつく。普通に考えて、そう親しくもなかった別の会社の人に、自分の都合で一週間も泊まってもらうなんて、申し訳がなさすぎる。でも江利が好意を前面に押し出してくれるから、藤森は通常なら感じたであろう引け目を感じずにすんでいる。

江利はすごく、いい奴なのだろう。

（……いい友達になれたら、いいよな？　頼りになるちょっと年下の友人……）

自分に呼びかけ、うん、とひとり頷く。

胸の中のもやっとしたものは、完全に消えはしないものの、それで少し小さくなったように思えた。

◇◇◇

江利から電話があり、着替えを持った彼と合流したのち、藤森は自分のアパートに戻った。喉元《のどもと》過ぎればというのか、少し前まではあんなに憂鬱《ゆううつ》だった帰宅が、今はまったく嫌ではない。もちろん江利が一緒にいるおかげだ。

自宅から戻ってきた江利は、フードコートにいた頃よりは普段どおりの様子に戻っているように見えた。ただ、口数がまだ少ない。きっと学生時代に遭った嫌なことを思い出してしまっているのだろう。それが気の毒で、アパートに戻る道すがら、藤森は努めて自分から話題を振ってみた。仕事のことや家族のこと。学生時代のことを聞くのは避けて、今のことを重点的に訊《たず》ねる。

が、気づくと藤森は自分のことばかり喋《しゃべ》らされていた。たとえば家族の話題になると、江利は露骨ではないが、やんわりと質問を逸《そ》らして藤森の方に問いを返し、自分については何も言わない。そこも喋りたくない部分らしいと察して、藤森は自分の恐ろしい姉や母や、影の薄い父親について話をした。藤森にしてみれば、まあ女性による恐怖政治を敷かれているとはいえ本気の虐待があるわけでなし、ごくありふれた家庭のつまらない話をしているつもりなのに、江利はとても興味深そうにそれを聞いていた。

何となく、江利は、学校だけではなく家にも居場所がなかったのかな——というようなことを、その様子から藤森は察してしまう。実家住まいだというのに一週間も外泊して平気なのは、あまり家が好きではないからかもしれない。

その代わり、ほぼ親代わりだったという祖母の話になると、江利の口は少し軽くなった。

「江利が、その、何ていうかアレ関係にアレなのは、そのおばあさんの筋なのか？」

幽霊、などという単語を口にしたくないのと、フードコートのことを思い出してこの話題を持ち出して平気なのか迷ったこともあり、藤森の質問はやたら遠回しなものになってしまった。

江利はあまり躊躇《ちゅうちょ》なく頷《うなず》いた。

「そうっすね、多分」

部屋に戻り、インスタントのコーヒーを淹《い》れて、床で寛《くつろ》ぐ。江利はいつもテーブルを挟んで藤森の斜向《はすむ》かいに座った。その位置じゃないとテレビが観えない。今テレビの電源は入っていなかったが。

「そういうの、やっぱ遺伝みたいなもんなのか……？」

「多少はあるんじゃないかなあ」

「だとしたら、うちの親だの姉貴だのも、俺みたいに、何だ、寄ってこられやすい体質……的なものがあったり……？」

「どうかな、実際見てないから俺にはわかんないすけど。でも藤森さんが一人暮らしをするまでは特に異変がなかったっていうなら、もしかするとだけど、ご両親のどっちかが寄られやすくて、どっちかがそれを上回って寄りつかれない感じなのかも。単純に、家がいい場所にあったり、何かの守りがあったりするのかもしれないけど」

「ふーん、そういうもんか……」

曖昧《あいまい》に頷きつつ、藤森は視線だけで、座った体を支えるために床についた自分の左手の辺りを、慎重に見下ろした。

さっきから、当たっている。

斜め向かいに座っている江利の右手が。

気になるが、じっと見下ろすこともできず、藤森は盗み見るようにちらちらとそれに視線を遣《や》った。

江利の指先が、藤森をからかうようにちょいちょいと指先に触れる。

大袈裟《おおげさ》に反応して手を引っ込めたりすることができず、藤森はお互いの指から、江利の顔へと視線を移した。

「ん?」

すると返ってくるのは、悪怯《わるび》れる気配もない江利の、いい笑顔だ。

「い、いや」

当たってるんだけど、とか、触るなよ、とか。

そう言って手を払い除《の》けるべきではないかと思いはするのに、藤森は、なぜか江利からただ目を逸らすことしかできない。

(わざとだよな)

江利が故意に藤森の手に触れているのは、その態度からして明らかだ。それがわかっていても、藤森は江利を邪険に突き放せなかった。多分江利がフードコードの一件で落ち込んでいるように見えるせいがひとつの理由。別のところで、『状況に波風を立てたくない』という悪い癖も出ている。

江利とはいい友達としてやっていきたい、と結論づけたばかりなのだ。

このまま知らん顔をしていれば、それが叶う気がしていた。

「藤森さんさ」

ちょっとずつ、一ミリずつでも遠ざけてみようと手を引きかけた藤森に、笑いを含んだ江利の声が呼びかけた。

「優しいよね」

「え……、な、何が」

妙な緊張感を持って藤森は答える。江利の顔を見ることができず、自分たちの手にも視線を遣れず、無意味にテーブルの辺りを眺める。

「俺がへこんでると思って、俺のこと邪険にできないでしょう?」

「……う、いや、別に」

そうですと頷くわけにもいかずに、藤森はもごもご口籠《くちご》もった。

「で、藤森さん的に、俺をいい奴だって判断下した辺りかな?」

「な」

何でわかるんだ、という言葉を呑《の》み込んだのは、あまりに見透かされすぎて愕然《がくぜん》としたせいだ。

「わっかりやすいなあ……」

江利は藤森が今手を振り払わない理由を、すっかりお見通しらしい。

落ち着かない心地になってきて、藤森は今度こそ江利の指がかすかに当たりっぱなしになっている手を引っ込めようとした。

が、それより早く、サッと江利に手を掴《つか》まれた。

「⁉」

「あのね、あんた忘れてるかもしれない……っていうか、故意に忘れたふりしてるみたいだから、言っとくけど」

「な、何」

「俺、あんた好きなの」

ずいっと、江利が藤森の方へと詰め寄ってくる。

藤森は江利の顔が見られないままだったが、相手がじっと間近で自分の顔を見ているのが、痛いほどわかる。

「聞いてる？　俺は、藤森さんが、好きなの」

「う……」

あまりにはっきりと明言されて、聞こえないふりもできない。

──そこも見透かされていたらしい。

藤森は、江利からの告白を冗談だと流して、なかったことにしたかった。

しかし江利は、そんなことは許さないという強さで藤森の手を握り、藤森の顔を覗《のぞ》き込んでくる。

「覚えててね。そろそろ襲うから」

「こ、困る」

「いや困るって言われても」

「おまえ、無理強いしないって言ったろ」

「そりゃ言ったけど、手を出さないって意味じゃなくて、合意なら喜んで押し倒しますって意味だけど？」

「……うう」

なぜ自分が江利の手を振り払って、突き飛ばして、逃げ出さないのか。

藤森は自分でも混乱した。

「……てか、そもそも俺のどこが好きなんだよ？　自慢じゃないけど俺、金遣い荒いし、自炊できないし、取り立てて性格がいいわけでもないし、日和見《ひよりみ》だし、ビビりだし」

「顔」

「あ？」

「と、体」

「……」

見た目はたしかにいい方だとは思うが、こうまで露骨に外見目当てだと断言されると、ムッとする。

つい江利を睨《にら》みつけたら、目が合って、相手が顔を綻ばせたので、藤森は狼狽《ろうばい》した。

「と、雰囲気、かな」

笑って、江利が言う。

「前も言ったと思うけど、藤森さんは明るくて、綺麗《きれい》なんだ。そばにいると気持ちがいい」

「……それって、別に俺の内面どうこうじゃなくて、体質？　みたいなもんがいいってだけじゃないのか？」

「それじゃ駄目なんですか？」

「いや、駄目っつーか……」

「中身も好きですよ。優しいところも。押しが弱いとこも、マイルドに我が強いところも」

全然褒められている気がしない。

「藤森さんに触れたら、気持ちいいだろうなと思う。その綺麗で、たまにすましてるふうにも見える顔が、俺に触れられて崩れる様子はすっげぇ興奮するだろうなと思う」

「……や、やめろ、何かおまえ今やらしいぞ、言い方とか声とか……」

「やらしいこと言ってるんすよ、やらしいこと考えてるし」

ぎゅ、と藤森の手を握る江利の指先に力が籠もる。ただ握っているだけなのに、声音のせいなのかいやらしいことをされている気分になって、藤森は動揺した。

（っておまえそんな、中学生でもあるまいし、手ぇ握られただけでおろおろするとか……）

自分の初々しさに気恥ずかしくなった。別に誰かと触れ合うことが初めてというわけでもないのに。

「俺のこと突き放せない辺り、藤森さん本当、優しいよな」

江利は笑いを含んだ、それでいてどことなく困ったような声で言う。

「俺のことなんか、気味悪い失《う》せろで追い払ったっていいし、それが普通なのに——」

「は？　何だよそれ」

そして相手の言い種《ぐさ》に、藤森は先刻よりもよほどムッとした。

フードコートで会った三人組と一緒くたにされているのなら、心外としか言いようがなかった。

「江利は気味悪くなんかないだろ、大体俺の方が頼んでここにいてもらってるのに、追い払うとか意味わからない」

「——ほら」

江利がまた笑う。藤森は怪訝《けげん》な気分で相手を見返す。

「そういう、隙《すき》だらけなところが、不安だし、つけ込みたくなるし、パッと見クールな美人なのに、口開くとユルユルなところに妙な色気を感じるわけで、こっちは」

「……変な性癖だな……？」

「いやいや。多分同じだと思うよ、ここにいる人も……」

そう言って江利が部屋の中を意味ありげに見回すもので、藤森はぞっとした。

「やっ、やめろよ、いないんだろ、今はいないんだろ、おまえが部屋にいたら大丈夫なんだろ⁉」

「あんたのそういう隙だらけなところがたまんないんだろうね」

怯《ひる》んで部屋のあちこちを忙《せわ》しなく見回していた藤森の頬《ほお》に、ちゅっ、と音を立てて何かが当たる。

それが江利の唇だと察した瞬間、藤森はさすがに相手の体を片手で押し遣った。

「おまえっ、だから無理矢理はしないって……！」

「多少藤森さんにも責任があると思うなあ」

「は⁉」

「俺が一生懸命我慢してるのを、単なる友情とか、冗談に挿《す》げ替《か》えられるのは、ちょっと心外っすよ。必要以上に怯《おび》えさせたり嫌がられたくないってつもりもあるから、なるべく平静を取り繕おうとしてたけど」

優しく微笑《ほほえ》む江利の顔が、どうも胡散臭《うさんくさ》く見える。いつもどおり好青年然とした笑顔なのに、思うところがある――というふうにしか感じられない。

「そのせいで油断されまくりなのは、お互いにとってよくないと思う。だから今後はもうちょっと、藤森さんに気がある素振りを前面に押し出していきますね」

「いきますね……って、いや、そんな宣言されてもやっぱ困るし……」

「俺の気持ちを無視されるのも俺は困ります」

きっぱり言われると、藤森は反論に苦しむ。

たしかに相手の告白を流して、なかったことにして、それでいて一緒にはいてほしいなどという態度は、江利に失礼だっただろう。

「で、で、でも、こう言っちゃなんだけど、俺にとっては迂闊《うかつ》にどうこうできないっていうか……もう本当にこう言っちゃなんだけど、別に優しいとか隙があるとかじゃなくて、俺だって下心っていうか……おまえがここからいなくなったら困るから」

「ああ」

言い辛《づら》くて歯切れの悪い口調になる藤森に、江利はすぐ納得したように頷いた。

「俺、藤森さんにフラれても、無責任にこの部屋放置してくつもりはないっすよ」

「えっ」

藤森が驚くと、江利が苦笑染みた顔になる。

「こっちも計算ではっきり言わなかったけどさ。安住と引き替えに体を差し出せとか、そういうセコいことは言わないよ。俺は単に、藤森さんがここで嫌な目とかやばい目に遭うってわかって放っておけなかっただけだから。藤森さんのためってより、自己満足っつーか、自分の安心のためで動いたわけだし」

「……そう……か……？」

江利の言い種は、少々偽悪的にも聞こえる。

おかげで藤森は、余計に後ろめたい気分になった。

「悪い……」

「えっ、何でここで藤森さんが謝んの」

「気ィ遣わせただろうなあと」

「――マジか……」

驚いたのか呆《あき》れたのかわからない調子で言って、江利が片手で自分の額を押さえている。もう一方の手は、藤森の手を握ったままだ。

「本当、大丈夫かなこの人？」

「何がだよ」

「チョロすぎる」

「ああ？」

「俺は本当に利己的な理由でしか行動してませんよ？　恩を売っときゃ、藤森さんが俺に惚《ほ》れてくれるかなって計算はちゃんとあるし」

「でも、俺がフッても、おまえは俺を助けてくれるって言ったろ、今」

「だからそれも、ただ俺が安心したいだけだって」

「おまえ……いい奴だなあ」

「えええええ」

江利は珍しく、狼狽したような様子を見せた。

俺はそんなに変なことを言っただろうかと、藤森は据わりの悪い心地になってくる。

「まいったな……マジでまいった、素でこれか……」

「だから、何がだって」

江利は藤森の問いに答えず、なぜか居住まいを正し、藤森と正面から向かい合う格好になる。

「あのさ藤森さん、キスしていい？」

「え⁉　何で⁉　駄目だけど⁉」

「本当に駄目？　どうして？」

「どうしてもこうしても、駄目だからに決まってんだろ、ってか困る！」

「駄目なだけで嫌じゃなければいいよね？」

「え――」

動揺する藤森の目の前に、江利の顔が迫る。

そんな場合ではないのに、緩く瞼《まぶた》を伏せながら近づいてくる江利の顔の端正さに、藤森はみとれた。

——が、寸前で我に返る。相手の唇が触れるか触れないかというところで、藤森はハッとなって、江利と自分の額の間に自由な方の手を差し込んだ。相手の額を押し遣る。

「困るって言ってんだろ、馬鹿！」

正気に戻ったのは、相手の唇の感触を自分の唇で感じたからだ。

掠《かす》っただけであっても、藤森は、江利とキスしてしまった。

「無理矢理はやめろ、無理矢理は駄目だ、次やったらマジで怒るからな！」

「もう怒ってるだろ、藤森さん」

額を叩《たた》かれるように押し退《の》けられた江利は、少し不機嫌な顔になっている。

（あれ、拗《す》ねてる？）

怒っているというよりは不貞腐《ふてくさ》れているような江利の表情は、やけに年下らしさを感じさせるような、つまりちょっと可愛《かわい》らしいものだった。

（待て、待て、ここでときめくな、おかしいだろ⁉）

藤森は慌てて、摑まれっぱなしの手を振り解《ほど》き、もう一度改めて江利の額を掌《てのひら》で叩いてから、勢いよく後退《あとずさ》った。

「おしまい、もう終わりだ、これ以上触るなよ」

「嫌だ」

相手を威嚇しているのか宥《なだ》めているのか自分でもわからない調子で言った藤森に、江利は即座にそう答えた。あまりに即答だったので、藤森は驚く。

「嫌だって言われても……」

「一週間の我慢って、相当っすよ？　想像してみなよ、好みの女の子が同じ部屋にいて、ちょっと寝返り打てば目の前に来そうな位置で寝てて、相手はユルユルの油断しまくりで無理強いしても流されんじゃねえか？　って思える状態で紳士的に振る舞うって」

「別に流されるつもりはないし今だって流されなかっただろ、俺は！」

「どーかなあ、本気で抵抗するつもりなら、殴ったり蹴《け》ったりしてもいいのに」

「そんな暴力ふるうわけないだろ」

「じゃあ、相手が見知らぬレイプ魔だったら？」

「えっ？」

「強姦《ごうかん》されそうになって、殴ったり蹴ったりしない？」

「それは……するだろ、滅茶苦茶《めちゃくちゃ》抵抗するって」

「じゃあ俺だから滅茶苦茶抵抗はしないんだ」

「……」

　どうも、このまま喋っていると、江利に丸め込まれそうな気がする。藤森は言い返したいのを我慢して、口を噤《つぐ》んだ。

　昔から口喧嘩《くちげんか》で姉や母親に勝てたためしがない。江利は彼女らのように弟なんだから口答えするな生意気なのよと頭ごなしに言い募ったりはしないが、うまいこと言質《げんち》を取ろうと誘導されているのではと疑わしくなってくる。

（でも江利だって今、無理矢理しようとはしなかったわけだし――やっぱりどっちかっていうといい奴なんじゃ）

「先回りして言っておくけど、ここまでこっちの意思表明したんだからもうなかったことにはできないっすよ？　残念ながら、次の機会には俺、藤森さん襲います」

江利は、また藤森の頭の中を見透かしたようなことを言う。

ぐっと喉を詰まらせて相手を見上げると、江利はまた好青年ぶった笑みを浮かべていた。

「どうしても嫌なら、またお守り作ってあげるから」

「……待て、お守りって、もう効かないんじゃなかったか」

「俺がここにいるよりは効かないだろうし、藤森さんが持っててどのくらい効力あるのかも不確かだけど。でもまあ、気休め程度にはなるんじゃない」

「おまえさっき、フラれても面倒見るって言ったじゃないか！」

「だからお守り作ってあげるよって。他にもいろいろやること教えてあげるから、フリたいなら、遠慮なくフリなさいよ」

江利は少し投げやりな感じに言った。

もしかするとまだ拗ねているかもしれない、と藤森は気づく。こっちが、江利の告白を流して、気持ちをなかったことにして、この一週間平然と暮らしていたから。

（え、でもそれ、俺のせいか……？）

何だか理不尽な気がする。

かといって、江利を責めるのもおかしな話な気もする。

「ぼやっとしてると襲うよー」

「っ、待て、ちょっとくらい考えさせろよ！」

急かされて、藤森は藤森で腹が立ってきた。

「こっちだっていきなり男に告白されて、戸惑いもするだろうが」

「いきなりって、一週間猶予があったんすよ？　俺はそのつもりで待ってたんだけど」

それもそうだ。藤森だって当事者でなければ、告白してきた相手を一週間も家に泊めて、そんなつもりじゃなかったの……なんて言う奴がいれば、アホかと思う。

「……考えてなかったのは、悪かったよ。ごめん」

しぶしぶと、藤森は江利に言って、小さく頭を下げた。

「でも、やっぱ……男と付き合うって、現実味がないっていうか……考えろったって、何をとっかかりにしていいのかとか、全然」

藤森はあくまでこの二十五年間、ノーマルな男性として生きてきている。

同性に言い寄られた時は、どう応えるかではなく、どう逃げるかばかりを考えた。女の代わりにされるなんて冗談じゃない。

(でも――さっき、江利にキスされかけた時……ていうかほぼされた時、別に嫌じゃなかった……ような……？)

そこで藤森の思考は止まる。これまでは考える必要もなく拒んできた男性からの好意を、どう受け止めるべきか考えなくてはならないのか――と思うと、混乱してしまう。

困って黙り込む藤森の耳に、やがて、江利の小さな溜息《ためいき》の音が届いた。

「――まあ、ゆっくり考えたいっていうなら、それでもいいっすよ。でも俺はそばにいたらもう藤森さんのこと急《せ》かさずにいられないし、答え出るまで、ちょっと距離置きましょう」

とすると、自分はやはりこの部屋で一人過ごさなければならないのか。

咄嗟《とっさ》にそう思い、怖くなったが、さすがにそれを口にするまでは藤森も愚かではない。

が、江利の方は藤森の不安をすぐに察したようで、もう一度溜息交じりに笑った。

「お守り以外にも、先住者が藤森さんに直接は手出しできないようにしてあげるから」

「大丈夫なのか……？」

「というかどっちにしろ、俺明日からそうそう泊まりに来るわけにはいかないんすよね。来週、ちょっと納期複数被ってて、会社の方に泊まり込みになるだろうから」

「そう……なのか……」

明日から、江利がこの部屋にいない。

そう考えると、急にまた部屋の温度が下がってくる気がして、不安で、藤森は我知らず心臓の辺りを拳《こぶし》で押さえた。

「とりあえずもう一週間くらい、猶予あげますから。せめてもうちょっと考えるくらいはしてください」

「……はい」

諭されるように言われ、なぜ俺が怒られるんだと思いつつ、藤森はしおしおと項垂《うなだ》れながら頷いた。

こうなると昨日までのように呑気《のんき》に江利と夜を過ごすこともできず、藤森はなるべく部屋で小さくなり、あまり話もしないまま、早めに床についた。

江利の方も、藤森の気持ちを解すように適当な雑談で場を和ませるようなこともせず、さっさと新しい客用布団を頭から被《かぶ》って、寝てしまったようだった。

4

月曜、朝目を覚ましたら、すでに部屋の中に江利《えり》の姿はなかった。

藤森《ふじもり》は熟睡しきっていたので、江利がアパートを出ていったことには気づかず、ぼうっと自分の他に誰もいない部屋の中を見渡した。

布団は綺麗に畳んであり、寝る時には畳んで隅に置いてあったテーブルが戻され、その上に破った手帳のページが置いてあった。

『当分近づけないよう、何とかしておきました。ただ、次のことは必ず守ってください』

冒頭を見ただけで、藤森は正直、ビビった。言い回しが怖い。

『①部屋はなるべく綺麗にする。隅に埃《ほこり》を溜《た》めない。できればミネラルウォーターで床などを水拭《みずぶ》きする。こまめに窓を開けて空気を入れ換える。

②難しいだろうけどできれば服や鞄《かばん》などを処分する。特に中古品、なおかつ使わずしまい込んでいるものは、部屋から出す。多分売ればそれなりに金になるだろうから、思い切ってオークションにでも出してください』

読みながら、藤森はムッと眉《まゆ》を顰《ひそ》める。趣味について人から口を出されるのは、もっとも藤森の気に入らないことだった。――が、執着に惹《ひ》かれやすいだの、溜まりやすいだのいう江利の言葉を思い出し、すぐに腹立ちよりも心許《こころもと》ない気分の方が強くなる。

『③これも難しいだろうけど、やたらに怖がらない。怯えない。アレは反応されると喜びます。』

二番目よりも、むしろこちらの方が藤森には困難な気がした。何しろ、この書き置きを読んでいる時点で、もう充分怯える心地になっているのだ。

『④中途半端な知識で余計なことをしない。オカルトの知識が微妙にあるみたいだけど、いらんことをすると逆に相手を力づけることになる場合もあります。盛り塩をする、経文を唱える、九字を切る等、シロウトがアホなことはしないように。』

そういうものなのか、危ない……と藤森は溜息をついた。江利が泊まりに来なくなれば不安だから、いっそ自分でも除霊の方法などを調べていろいろやってみるべきではないかと、ゆうべ布団に入りながら思い詰めていたのだ。

『何より大事なのは③です。とにかく、常にポジティブでいるよう心懸けてください。何か異変があっても徹底無視！　すること‼』

そうはいってもまた変な音がし始めたり、いないはずの人の気配でもし始めたら怯えない自信がないっての……とさっそく弱気になる藤森の見下ろす先で、江利からの書き置きはまだ続いている。

『楽しいことを考えようとしても無理そうなら、エロいことでも考えてください。』

何だそりゃ、と思いつつ、藤森は一応もう一度書き置きを頭から読み直すと、出勤の支度を始めた。

◇◇◇

今日は休憩時間にも江利と会わなかった。

いつも待ち合わせているわけでもないし、江利が部屋に泊まりに来ていた間はビル内では遭遇しない日もあったのだが、藤森は何となく「避けられてるのか？」と勘ぐってしまう。

何で避けるんだよ、と少し不満な心地になる。そんな自分に気づくと、藤森はぎょっとした。避けられて困ることはない。というよりもむしろ、江利に言い寄られて、返事を求められている自分の方に、相手を避ける理由があるはずなのに。

（いや、避けてるわけじゃなくて、猶予をくれてるってことかもしれないか……）

気を取り直し、午後の短い休み時間を休憩所で一服して過ごして、オフィスに戻ったところで、同僚に声をかけられた。

「藤森、これ、預かったんだけど」

同僚は小さな紙袋を手渡してくる。藤森は首を捻《ひね》りながらそれを受けとった。

「何だこれ。預かったって、誰から？」

「十階にある印刷会社のカード下げてたぞ、たしか、江野《えの》……じゃなくて、何て名前だったかな、渡してもらえればわかるって言って、すぐ行っちまった」

「……」

同僚は藤森に袋を渡すと自分の仕事に戻り、藤森は中身を確認したあと、乱暴に袋の口を閉めた。席に戻って、オフィスチェアに腰を下ろす動作も乱暴なものになってしまう。

（直接渡せっての！）

紙袋に入っていたのは、先日のものよりももう少し綺麗な布で綺麗に縫われた、大きめの『お守り』だった。前のやつは乾いた葉っぱか何かが入っている感触だったが、今回は、紙片のようなものも入れられている音がした。

お守りには事務用の付箋《ふせん》が貼りつけてあって、『中は開けないこと』と下手クソな爆弾マークまで描いてある。

江利は藤森の休憩時間を見越して、藤森がいない時間に、わざわざ藤森の同僚を捕まえてこれを託したのだ。

（やっぱ、避けられてるんじゃないか）

そう確信すると、不満を通り越して、腹が立ってくる。

この短時間にお守りを作ってくれたありがたさよりも、わざとらしく避けられたことに対する怒りの方が大きくて、自分でも驚いた。

江利はすべきことをしてくれたのだし、こちらが怒る筋合いはないのかもしれない。

が、腹が立つものは立つのだから、仕方がない。

（そっちがその気なら、俺だって、絶対自分から連絡とか取らないし）

むかっ腹を立てつつも、藤森はお守りを忘れて帰ったりしないように、デスクの抽斗《ひきだし》に収めておいた通勤用鞄の中にねじ込んだ。

◇◇◇

（あれ、この部屋、こんな暗かったっけ……？）

その日の夜、藤森は無理矢理仕事を作って残業し、その後もぐずぐずと寄り道してから、日付が変わる頃にようやくアパートに戻った。

そして、自分の部屋に入り、壁のスイッチで電気をつけて真っ先に感じたのがそんなことだ。

警戒していたが、ドアを開ける時に酷《ひど》い静電気は起こらなかったし、部屋の気温が下がっているということもない。

ただ――部屋の中、特に窓際の辺りが、妙に暗く感じる。

先日替えたばかりの電球が切れ、また新しいのに替えたばかりなのに。

「……」

つい、『先住者』のことを考えそうになってから、テーブルの上に置いておいた紙片に目を遣り、ハッとする。

（怖がるな。ポジティブに……）

藤森はさっさと歯を磨き顔を洗い、寝間着に着替えると、布団に潜り込んだ。

――そしてすぐに、それはやってきた。

ドン、ドン、と窓を叩く音が聞こえる。

（お守り……）

江利から渡されたお守りは、忘れず手に握ってある。最初は片手で、音が大きくなってきた頃、両手で握り締めた。

（収まってないじゃないか……！）

外から、呻《うめ》き声まで聞こえてくる気がするのは、恐怖に囚《とら》われているせいなのか。

ただ、江利が来る前よりは、それらの音が少し遠くに聞こえる。前は壁や床を伝って直接藤森の元まで届いていたのが、今は何というか、外から聞こえてくる感じなのだ。

（江利が追い出してくれたまま……に、なってるのか？）

『当分近づけないよう、何とかしておきました』と、江利の書き置きにはあった。何をしたのかわからないし知りたいとも思わないが、その効力か、お守りの効力かは、それなりにあるのかもしれない。

（そうだ、掃除しろとか、服捨てろって書いてあったんだっけ――）

それをしてから寝るべきではなかったか、何なら今からでも寝床を抜け出すべきだと思うのに、布団の中で身が竦《すく》んでしまって動けない。金縛りではなく、ただただ、体を動かすことが異常に億劫《おっくう》な感じだ。つまりビビって腰が抜けている状態なのかもしれない。

（くそっ、江利がいたら、平気だったのに）

何でだよ、と繰り返し頭の中で思う。何で俺が、何でこんな目に。怖い。腹立たしい。辛い。切ない。悲しい――憎らしい。

（――え？）

猛烈な怒りと悲しみと憎悪の念が、ちりちりと藤森の腹の辺りを焦がす。

しかし藤森には、そこまで激昂《げっこう》する理由などなかった。

（何だよ今の）

我に返って、ぞっとする。まるで自分のではない感情に振り回されたようだ。

自分のではない――誰の、と考えそうになって、藤森は慌ててそれを頭から振り払った。多分これは、考えてはいけないことだ。

（駄目だ駄目だビビるなビビるようなこと考えるな、ええと江利は、掃除しろとビビるなと服売れの他に、何を――）

　書き置きを思い返した藤森の脳裡《のうり》に浮かんだのは、

『楽しいことを考えようとしても無理そうなら、エロいことでも考えてください。』

　などという書き文字だった。

（エロいこと……ったってなあ……）

　そもそも藤森は、さほど性欲を覚えないタイプだった。恋人がいる時ならそれなりにその気にもなるが、女の子より好みの服や鞄を見ている時の方が、正直テンションが上がる。

　最も興奮するのがスーツなのだ。特に三《み》つ揃《ぞろ》えが好きで、形や色や素材、シャツやネクタイや小物との組み合わせには果てがなく、自分の手持ち分ですら何をどうコーデしていこうかと考えるだけで元気になる。

（っってもやっぱり自分の好みの服は、自分に似合わないっていうのがなあ……）

　暗い色のスリーピース、もちろんベルトではなくサスペンダーを使い、見えないところまで小粋に仕上げたいが、お気に入りのものを身につけてみても顔立ちや体格のせいでどうも借り物臭いというか、無理をしているようで、みっともない。ソックスガーターも好きなのに、脚の形に合わないのか、実際つけていると擦《こす》れて痛くて結局つけていられない。

（……江利だったら、似合うだろうな）

　お気に入りの一揃えを、自分が着ているところよりも、江利に合わせるところを想像してみた方が、何だかぐっと来た。

（あいつ自分じゃディンプルもまともに作れないくせに）

江利が泊まっていた間、ネクタイは貸してやったのだが、その結び方がまた適当だった。ダブルノットでぎゅうぎゅうに締め上げていたのを見かねて、江利の体格ならと太めのウィンザーノットで結び目の下に綺麗な窪《くぼ》みを作ってやって、満足しながら「このくらいはやれよ」と言ってやったら、「俺がやったのと何か違う？」と怪訝な顔をしていた。あいつは本当に勿体《もったい》ない、と、思い出すだに藤森は残念な気持ちになった。

（やっぱり今度無理矢理にでも店につれていって、似合うやつを一揃え見繕ってやる）

そう決心してから、藤森は、しかし江利が自分を避けているという事実を思い出して、少し胃が痛むような心地になった。

（……猶予とか言ってないで、別に、その気だったらもっとぐいぐい来ればいいんじゃないか？）

どうも、振り回されている気がして落ち着かない。追いかけられる立場であるはずの自分が、なぜ避けられて腹立たしく思ったり、うすぼんやりと寂しい気分を感じなければならないのか。

（昨日はあんなこと、しといて）

あんなこと、といってもたかが手を握られて、掠るようなキスをされたぐらいだが——。

（でも何か、触り方がいやらしいんだよ）

思い出し、藤森は知らずにお守りを握っている指に力を籠める。ゆうべ、江利の指が藤森の手にそうしたように。

（キスも、ちょっとくっつくくらいだったけど、近づき方とか……、……あんなふうに攻められたのは、初めてだな……）

目を伏せながら近づいてきた江利の顔、その作りは、やっぱりとても男っぽくて、今思い出しても、『ああ、格好いいな』と胸がざわつく。

（あれ、あのままちゃんとしてたら、どうなってたんだろう……）

江利の唇はそんなに厚くなくて、触れてみれば、女の子よりは硬いのだろうか。

厚みはないが横に大きくて、どちらかと言えば全体的に小作りな藤森の口なんて、ひと呑《の》みにされそうだった。

あの時かすかに江利の吐息が唇にかかった気がする。

「……」

その感触を思い出しながら、藤森は我知らず、唇を開いていた。開いた時、その唇が乾いていたせいで、ぴりっと痛みが走ったので、また無意識に舌を出し、唇を舐《な》める。

かすかに湿った唇を、お守りから離した片手の指で触れてみた時、ぎょっとなった。

（な、何やってんだ）

暗闇の中、どっと赤くなる。

心臓が早鐘を打った。

俺は馬鹿か、と恥ずかしさに混乱しながら寝返りを打とうとした藤森は、それがままならないことに気づくと、再びぎょっとした。

（え）

指先は唇に当て、反対の手でお守りを握り締めたまま、その指がぴくりとも動かない。

直後、ずしりと、全身を重たいものに押された。上から、背中を布団に押しつけられるように。

――生温かい風が唇を、それに触れる指を撫《な》でる。

（何で）

いつもは目を閉じたまま体が動かなくなるのに、今は勝手に起こった江利とキスする妄想に焦ったせいで、瞼を開いていた。

だからわかってしまった。

自分の顔の真上に、ひどく落ち窪んだ目をした人の顔のようなものが見えることに。

目には白目がなく、瞳以外が全部赤黒い。

瞳は暗闇の中でなお暗い漆黒。

「――」

叫び声を上げることもできない。喉も凍りついたように動かない。

胸と喉に圧迫感を感じて、呼吸が詰まる。

（エロいこと考えりゃ寄ってこないんじゃなかったのかよ、江利！）

恐怖と江利に対する八つ当たりで、頭の中がぐるぐるする。

（まだか、まだ足りないのか⁉）

藤森はやけくそで、さっき想像の中でした江利と、もっと熱烈なキスをするところを頭に浮かべた。何なら相手にしがみつくと、江利がやたらいやらしい仕種で藤森の腰を抱き寄せてくる。

『藤森さん』

笑いを含んだ、どこかからかうような、でもこちらへの好意を隠そうとしない、もう耳に馴《な》染《じ》み始めた江利の声は、簡単に頭の中で再現できる。

江利は遠慮のない仕種で藤森のスーツの裾《すそ》をたくし上げ、ズボンからシャツを引っ張り出してくる。ベルトではなくサスペンダーをしていたから、シャツはするすると簡単に引き出された。ネクタイももう外されている。雑な結び方をする江利の仕種は、解く時も雑だ。

（そう引っ張ったら、生地が傷むだろ）

想像の中の江利を叱《しか》りつけると、ごめん、と笑う顔が浮かぶ。ごめん藤森さん、じゃあ、俺のネクタイは藤森さんが解いてくれる？　そう唆すように言われて、藤森は『仕方ない』という態度で、促されるまま相手のネクタイに手をかける。

その間にも江利はせっせと藤森のスーツの上着を脱がせにかかっていて、素早いなあ、と呆れて上を見たところで、また江利の顔が近づいてきて、視界いっぱいにその男らしい容貌《ようぼう》が拡がって——、

「——って何ナチュラルにこんな想像してるんだよ俺は⁉」

二度目のキスを想像の中でしかけたところで、藤森は我に返り、声を上げた。

声が、出た。

「……あれ？」

圧迫されていたような胸や喉にも、何の違和感もない。

慌てて辺りを見回した時、耳許で、「チッ」と舌打ちするような音が聞こえた。

「……ッ」

藤森は大急ぎで頭から布団を被る。両手でお守りを握り直した。

(追い払ったのか？　俺が、追い払えたのか？)

がくがくと全身が震え、鳥肌が立っているのは、例によって気温が下がったせいなのか、それとも恐怖のせいなのか。

金縛りが解けたあとも耳許で舌打ちされたということは、部屋の中にまだ誰かが、何かがいるのかもしれない。

それでもひとまず、体は動くようになった。

（エロいことを考えたのがよかったのか、自分に腹立てたのがよかったのか……）

想像していた時は、恐怖に支配されていなかったことだけはたしかだ。

考えることはやめるべきではないのかもしれない。

藤森は途方に暮れつつ、再び江利と触れ合い、キスする想像を頭に浮かべてみた。

その間、また舌打ちや溜息や、床を叩くような音が聞こえてきたが、それが何なのかは絶対に考えないようにして、ただただ、江利の声や顔や仕種を思い出していた。

エロいことを考えるなら、別に相手は江利ではなく、豊満な肉体を持つグラビアアイドル辺りでもよかったのではないか。

そう気づく頃にはすっかり眠気がやってきて、藤森は「本当に何やってんだ俺」と悔やみながら、浅い眠りについた。

◇◇◇

次の日も、ビル内で江利と遭遇することはなかった。

だが却《かえ》ってそれでよかったかもしれない。

多分ゆうべの今朝で、藤森はまともに江利の顔を見ることができないだろう。

（……本当に何で、『エロいこと考える』で、江利が出てきたんだよ……）

前の日に手を握られたりキスされたりしていたとしても、だ。

咄嗟に浮かんだのが江利だということ、それに対して自分がまったく抵抗を感じていなかったことに、藤森はひどい頭痛を覚えた。

おかげで一日浮き足立つような気分で過ごし、仕事でミスも出て、上司に叱られた。どうにか業務をこなした時には、意図せずとも通常の退社時間を過ぎていたのが、よかったのかどうか。

藤森は会社を出ると、あまり食欲がなかったので夜間営業のカフェに立ち寄り時間を潰《つぶ》してから、とぼとぼアパートへ戻った。

が、玄関の前で、ドアに触れることもできず、立ち竦む。

(またあれを一晩中しなきゃならないのか?)

ゆうべはどうにかやり過ごせたものの、あの攻防をまた一晩、引っ越さない限りこの先ずっと――と考えれば、眩暈《めまい》がする。

携帯電話で時間を確認すると、もう十一時を回ろうとしていた。この時間から泊めてくれるような友人の当てもなく、実家に戻れば一晩くらい泊めてはもらえるだろうが子供が起きれば姉が激怒するのは目に見えていて、怖ろしい。幽霊も怖いが、怒り狂った姉も怖いし面倒臭い。

「……」

しばらく考えてから、藤森は来た道をそのまま引き返した。駅に向かい、終電にはまだ少し間のある電車に乗り、会社のあるビルへ。

表玄関はすでに閉まっているので、裏口からＩＤカードを使って中に入り、守衛に挨拶《あいさつ》して身分証明をしてから、薄暗い廊下を進んでエレベーターを使う。

降りたのは、日頃通っている自分のオフィスがあるのとは、別の階、三階上だ。

廊下の灯りは煌々《こうこう》と灯っているが、ビルの中はしんとしていて薄気味が悪い。知らず早足になりながら、藤森は突き当たりにあるオフィスのドアへ向かった。ドアの小窓からは灯りが漏れている。その灯りを見ながら、携帯電話を取り出して、アドレス帳に登録済みの番号にかけた。すぐに電話が繋《つな》がる。

『はい、江利です』

江利の声は平坦《へいたん》だ。嬉《うれ》しそうでも不快そうでもない。誰が電話をかけてきたのか、相手も藤森の番号を登録しているから出る前にわかっているだろう。

「藤森です。江利、今、どこ？」

『どこって……会社っすけど。泊まり、って言ったでしょ』

「よかった。じゃあ、開けてくれ」

『え？』

「仕事で手が離せなければ、待つけど……」

電話の向こうで、がたがたと、少し慌ただしい音がする。その音が、電話越しではなく、直接近づいてきて、藤森の目の前のドアがガチャリと開く。

江利はさすがに驚いた顔をしていた。

「びっくりした――え、藤森さんも、残業？」

「や、一回帰ったんだけど……中、誰かいるか？」

江利の他にも残業をしている人がいれば、邪魔になるだろう。小声で訊ねると、江利が首を振った。

「ちょうどさっき、俺以外の最後の一人が出てったところ」

「そっか……」

「……」

江利はそれ以上何も言わず、入口のところに立ったまま動きもせず、藤森は少し据わりが悪い気分で江利を見上げた。

「ええと……」

藤森は、ここに来るまでの間に江利に何を言うべきか考えておかなかったことを、今さら悔やんだ。

江利が会社に残ってるはずだから会いに行こう。そう考えたら、居ても立ってもいられなくなって、ここまでやってきてしまったのだが。

（差し入れとか、持ってくればよかったか？）

そうしたら陣中見舞いとかいう口実で、少しは格好がついたかもしれないのに。

(いや、全然関係ない俺が、余所《よそ》の会社の社員を見舞うのは、どっちにしろ変だろうけど)

少しの間続いた沈黙を先に破ったのは、江利の方だった。

「今、ちょっと作業の途中だから」

「あ――悪い」

邪魔だよな、としょんぼりと身を引こうとした藤森の肩を、江利が軽く摑んで引き寄せてくる。

「適当にその辺に座ってて」

江利は藤森をオフィスの中に引っ張り込むと、ドアを閉めた。ガチャリと、オートロックで鍵《かぎ》の閉まる音がする。

「いいのか?」

「いいも何も」

それだけ言うと、江利は作業途中らしいパソコンの前に座った。

あまり広くはないオフィスで、その半分の天井照明が落とされている。デスクのひとつひとつが低いパーティションで区切られていて、江利の席は部屋の隅の方だ。一番下っ端らしいので端っこの席なのだろう。藤森は、その隣の席の椅子《いす》へと勝手に腰を下ろした。

「見ててもいいか?」

「いいっすよ。盗まれて困るような案件でもなし……」

江利はスーパーか何かのチラシを作っているようだった。モニタに映し出されたその画面をじっとみつめながら、藤森には理解のできない操作をして、めまぐるしくかちかちとマウスをクリックしたり、キーボードを叩いたりしている。

「お守り効きませんでした？　もしかして」

手を止めないまま、江利が訊ねてくる。ああ、と藤森は頷いた。

「本当に、何かいるんだな、あの部屋……」

「そっか……すみません、やっぱり思ったより強くなってるのかな。できることはしたつもりだけど、気休め程度にしかならなかったかも」

「だから、ええと、その……俺もここに泊まっていったりしたら、まずいか？」

「ここって、うちの会社？」

「まずいかな」

「まずいかまずくないかって言ったら、そりゃ、部外者泊めちゃまずいだろうけど……」

「だよなあ」

自分でも、無茶なことを言っているとわかっている。

しかしどうしても、あの部屋に一人で帰るのは無理だ。

「他に行くとこないんですか、一時的にでも。実家とか、友達の家とか、漫喫とか」

「ない……ことも、ない」

藤森は正直に打ち明けた。別に、ここに来る以外の道がなかったわけではないのだ。

「でも、一番詳しいっていうか、頼りになるのは、江利だし……」

ひと気がなく、しんとしたオフィスで大きな声を出すことも憚《はばか》られて、藤森の声はぼそぼそと小さなものになってしまう。

それに江利は答えなかった。ものすごいスピードで画像を弄《いじ》ったり、テキストの位置を調整したりしている。

江利が集中しているようなので、藤森は邪魔をしないようにと息を詰めながら、その姿をひたすら見守った。

静かなオフィスの中で、マウスとキーを叩く音だけが響いている——と思っていたら、背後でピシリと鋭い音がしたので、藤森は驚いて腰を浮かしかけた。

「び、びっくりした……」

何か落ちたのか、割れたのか。そう大きな音ではなかったのだが、部屋がしんとしている分、やたら響いて心臓に悪い。

椅子に座り直して再び江利の作業を見守っていると、同じような音がまたどこからか聞こえてくる。

気味が悪くなってきて、藤森は何となく、椅子ごと江利の方へと近づいた。

「藤森さん、こう言うの、何だけどさ」

　江利が、久しぶりに口を開いた。

「え?」

「この事務所、っていうかこのビルにも、いるから」

「……な……何が……、いや、待て! いい、言うな、聞きたくない!」

　訊ねておきながら、藤森は答えようとした江利を慌てて制した。

「人が集まるとこって、結構寄りやすいんすよ。特にこの階、ちょっと曰《いわ》く付きっぽくて、同じフロアの人の間でも噂《うわさ》になってて——」

　藤森は必死に両耳を押さえて縮こまる。涙目で江利を睨んだ。

「やめ、やめろって、マジで無理、いい、わかったから!」

「て言っても大した悪さをするやつでもなくて、ただウロウロしたり、ちょっと存在を誇示するだけで害はないから、そうそう怯えないでくださいよ。ビビってると、来るよ」

「わー! 怯えてない! 大丈夫! 元気だ!」

『相手』に聞こえるように、藤森はことさら声を張り上げた。馬鹿みたいに空元気に満ちた声が、無闇に部屋の中に響いて、自分で首を竦める。

　江利が小さく噴き出した。そのまま、おかしそうに肩を震わせている。

　笑われて恥ずかしいし少しムッとしたが、それよりも、江利が笑ってくれたことに、藤森は

「まあまあ。俺がいれば、平気だから。社長がいたらもっと平気なんすけどね、うちの社長、あの手のやつを一切信じてなくて、一切寄せつけない体質で」

安堵《あんど》してしまった。

「……いいなあ……」

心の底から、藤森は呟《つぶや》いた。そんな体質に、自分だってなりたい。だったらゆうべも怖がらずに――変な想像をして、今江利のそばにいると少し後ろめたくて、恥ずかしくて、落ち着かない気分になったりせずに、すんだだろうに。

「すみません、お守り効かなくて」

溜息をつく藤森に気づいて、江利が言う。

「あ、いや、そもそもおまえのせいじゃない……、……けど、ちょっと恨みには思う……」

「え？」

「……何でもない」

部屋に変なものがいるのは江利のせいではないが、変な想像のせいで恥ずかしいのは江利のせいだ。

などと考えたら、ゆうべと同じ想像が頭に浮かびそうになって、藤森はうろたえた。そのまま立ち上がる。

「コ、コーヒーでも淹れるか？　人の会社で勝手に何だけど」

「ああ、向こうのパーティションの奥に、給湯室あります。カップとかコーヒーの粉とか、好きに使っちゃってください。これ俺の」

江利が自分の机の上に置いてあったマグカップを手渡してくる。受け取って、藤森は江利に言われた方へ歩き出す。

「あ、でも、水場は――」

背後で、江利が言いかけてやめる声がした。慌てて藤森は振り返った。

「水場が何⁉」

「や、何でもないっす。大丈夫大丈夫」

「……っ」

あまり大丈夫そうに聞こえないが、とにかくここには、江利がいる。

江利がいれば安全だろうという大雑把な信頼を盾にして、藤森は給湯室に向かった。

簡易コンロで薬缶《やかん》の湯を沸かし、江利のカップと、棚から取り出した客用カップにインスタントのコーヒー粉を入れる。その間にも、パシン、パシンと、遠くであの嫌な音が聞こえてきて、藤森はそのたび小さく首を竦めた。

(待て、もしかして、うちのオフィスにもいたりしないだろうな……?)

こことは階が違うし、大丈夫なのだろうか。考えるとどんどん怖くなってきて、藤森はまだお湯も沸ききっていない薬缶の火を止めた。

その時、背後に何かの気配を感じて、さらにその何かにするりと腰の辺りを撫でられて、藤森は悲鳴を上げそうになった。

「——っと、俺っす俺俺」

「……ッ、お、おまえ、何……！」

腰というか、尻《しり》を撫でてきたのは、江利だ。藤森は驚きを怒りに転じさせ、勢いよく振り返った。

江利はにこやかに笑っている。

「背中じゃなくてケツ触ったろ！」

「無防備で可愛い背中だなあ、と」

「油断してるから……」

なぜ江利の方に「やれやれ」と言わんばかりの態度を取られなければならないのか。

藤森は体を反転させ、江利に後ろを取られないよう、シンクに腰を押しつけた。

「今の、この状況で、わざわざ藤森さん自分から俺んとこ来るんですもん。期待に応えてあげた方が親切なのかなー、と」

笑いながら喋っていた江利は、藤森が何も言わずに押し黙っていることに、少し不思議そうな顔になった。

「ん？　また怒って言い返したりはしないんです？」

「き、期待とか、してないっての」

促されてやっと、藤森はそう反論した。

「期待はしてないけど、でも、……おまえの気持ちを軽んじて、なかったことにも、してないからな」

江利が小さく首を捻った。藤森の言葉の意味を測っているような雰囲気だった。

藤森は気恥ずかしさに江利から目を逸らし、目許が熱くなるのを感じながら、突慳貪《つっけんどん》な口調で続ける。

「期待とかは、断じてしてないけど、一応……でも、か、覚悟っていうか、そういうのは、してある」

「……」

今度は江利が黙り込む番だった。

藤森がそっと見遣ると、江利は少し視線をあちこちに彷徨《さまよ》わせてから、ああ、と納得したように頷いている。

「部屋で一人怖い思いをするより、多少俺に不埒《ふらち》なことをされた方がマシだな、みたいな判断を」

なるほど、と言って、江利が苦笑した。

「そんな心配しなくても、あと一日二日待ってくれたら、もうちょっと対策しますから。週が明けたらちょっと予定が変わって、思ったほど仕事詰まってなかったし」

「そうじゃなくて」

話す江利の態度を見ながら、藤森は胸がもやもやして仕方がなかった。

少し考えて、その原因に割とすぐ思い至る。

昨日、フードコードで感じたもやもやに似ていたからだ。

江利は積極的に藤森に近づくふりをして、でもどこかで少し諦めてもいる。

藤森が、自分を想い返すことなどないと。

なぜ彼がそう思うのか、単に藤森が生粋の異性愛者だから同性の想いを受け入れがたいというだけではなく——昨日のあの三人組のせいで、昔のことを思い出してしまったからじゃないかと、藤森は察しをつけた。

（だって、あんな顔してたんだぞ）

三人組の前で作っていた江利の冷たい、それでいて空虚な表情を思い出すと、藤森は喉が詰まるような気持ちになった。

人に否定されて、侮られて、それで江利が平然と過ごしてきたとは思えない。

だから江利は今、藤森がこの場を訪れた理由について、事実とは別のことを当てはめている。

いつも藤森の考えなど見透かしたようなことを言って、実際見透かしている江利が、見当外れなことを言っている。

たぶんそれくらい、昨日のことで落ち込んでいて、調子が狂っているのだ。

「そうじゃなくて……怖いのと嫌なことを天秤《てんびん》にかけて嫌な方を取ったとか、そういう話じゃなくて」

もやもやして仕方がない。そういう誤解をされるのはどうしても心外だった。

「ただ俺は、江利のところに行ったら、安心できるだろうなと思ったから……」

藤森は割と思い切って告げたつもりなのに、江利は怪訝そうに首を傾げているだけだ。

藤森は後ろ手にシンクの縁を摑み、指先にぐっと力を入れて江利を見上げる。

「おまえといると、安心するんだよ。おまえがそばにいて、同じ部屋で寝てると、怖いって気分が消えるから」

「そりゃあ……俺は、そういうことができるから」

「それもあるけど、そうじゃなくて」

もどかしい気分で、藤森は首を振った。

「安心するって以上に……き、き、気持ちいいんだよ！」

恥ずかしさのあまり何度も口籠もってから、藤森はさらにそう打ち明けた。

江利がかすかに目を瞠《みは》っている。

「手、握られて、キスっぽいことされて、嫌じゃなかった。だから、怖いことと嫌なことを秤《はかり》にかけたっていうのはおまえの勘違いだ。訂正しろ」

「……」

「――くそっ、こんなこと、言うつもりじゃなかったのに……！」

藤森は頭を抱えたくなった。そうだ、こんなことを江利に告げる気はなかったし、そもそも江利に触れられることが気持ちいいだなんて、まともに認識もしていなかったのに。

まったくのノープランでここまで来たのがまずかった。

江利が何となくゆうべから不機嫌な、どことなくやけくそのような態度を取っているのは、もしかすると自分から決定的に拒まれて楽になろうとしているんじゃないかと、気づいてしまったのがまずかった。

「し、信じてるし、頼りにしてる」

「でも藤森さん、ぶっちゃけ俺のこと苦手っすよね？　最初に会った時から、俺を見る目が引き気味っていうか、苦手だなあ、って態度丸出しにしてたし」

バレてるかもしれないと思ったが、引き気味だった態度は本当にバレていたらしい。

藤森は気まずさを感じつつ、ここで誤魔化《ごまか》しても今さら仕方がないと、溜息交じりに口を開いた。

「それは……苦手っていうか、羨望《せんぼう》っていうか、嫉妬だよ」

「嫉妬？　って、何で？」

「だっておまえ、俺の理想が合わない服着て歩いてるんだ。そんだけ背高くて、ガタイよくて、男らしい顔で、男らしい声で、こっちが欲しいもん持ってるくせに、安っぽいスーツとか着て、皺《しわ》つけやがって。腹立つわ」

「……」

江利は藤森の本音がまったく予想外だったらしく、戸惑ったようにぱちぱちと目をしばたたいている。

「まだ江利のこと好きとか、そういうのはわからないけど……でもとにかく、おまえといると安心する。そういうのがおまえの気持ちと釣り合ってるのか俺にはわからないけど、昨日も今日も避けられてるみたいなのに腹立つし、わざわざ他のやつ経由でお守り渡すのとか傷ついたし、とにかく、何て言うか――」

藤森は自分でもまとめられない言葉を、最後まで言うことができなかった。

ふらっと何かに引き寄せられるように近づいてきた江利に、前置きなく抱き締められたのだ。

「……うう」

思わず、呻く。

「……嫌だったら離すけど。藤森さんわかってないだろうけど、俺、あんたに気味悪がられたり嫌われたりするのがすげぇ怖くて、それでもあんたのこと助けたくて、死ぬ思いで声かけたんですよ？」

「……ち、違う……あまりに、自分の想像どおりすぎて」

「えっ？」

江利にしがみついたことはあれども抱き合ったことなどないのに、実際そうしてみれば、ゆうべ想像した時の感触とまるで同じだった。

江利の体はでかくてがっしりしていて、抱き締められると気持ちよくて、クラクラする。自分も煙草《たばこ》を吸っているのに、江利の煙草の匂《にお》いが妙に気懸かりだった。銘柄が違うからだろうか。不快なのではなく、むしろ、もっとそれを吸い込みたくて大きく息をしてしまう有様だった。

「……俺も、藤森さんに触ってると、安心する」

藤森が黙り込んでいると、溜息をつくように、江利が言った。

「藤森さんは、あったかいね。安心する。……生きてるって感じ」

「や、やめろその言い方、何か怖い」

触れ合った感想は自分と同じなのに、藤森は江利の言葉に少しぞっとしてしまった。

――だが、そう、触れ合っていると、抱き合っていると、安心する。

とても気持ちがいい。

想像と同じように、江利が強く腰を抱き寄せてくるから、藤森も想像と同じように、相手の首に両腕を回してしがみつくような格好になる。

男相手にこんなことをするなんてあり得ないとか、藤森の中の常識は、どこかに消え去ってしまった。

江利の体が温かくて、抱き締められるのが心地いいから、まるで犬のように相手に擦《す》り寄ってしまう。

(やばい……何だこれ、何だこれ……)

初めて江利が部屋に来た時、異音に怯えて相手に縋《すが》りついた時から、少しは気づいていた。

江利に触れている時の安心感は、筆舌に尽くしがたい。

「――藤森さん」

また想像と同じように、江利が耳許で名前を呼んだ。ただ想像と違って、その声はからかうような笑いを含んではおらず、どこか緊張と期待を孕《はら》んだ、張り詰めた響きに聞こえた。

そしてその声に、藤森は腰砕けになりかけた。

「……っ」

低音が耳にダイレクトに入り込み、たまらず相手の体に縋る腕に力を籠める。

なのに江利が逆に体を離そうとするのが不満で、藤森は相手を睨むためにその顔を見上げ――意図を察して、ゆるく目を伏せた。

同じように瞼を伏せた江利が近づいてきて、藤森は自分からも相手を迎え入れるために、小さく首を傾げた。

昨日のような中途半端な触れ合いではなく、もっとはっきりと、唇同士が触れ合う。

見たとおり江利の唇は大きくて、小振りな藤森の唇なんてひとのみにされそうな勢いで、そのまままるごと食いつかれた。

(食うなよ)

藤森はどうにか唇を開いて、自分も相手の唇を食《は》む。一方的にやられないようにやり返すのに必死で、気づけばやけに熱心な触れ合いになった。

「……ん」

息苦しくて吐息が漏れる。藤森の背中や腰を抱く江利の腕にどんどん力が籠もり、抱き潰されるんじゃないかと怖くなるほどだ。

(こ、こいつ、マジで、俺のこと好きなんだな——)

仕種でそれがわかって、正直な話、藤森はやたらと感動した。

胸を打たれた、というのか。

だがさすがに、ネクタイを強引に解こうとする相手の仕種に気づくと、それを慌てて止める。

「そう引っ張ったら、生地が傷むだろ」

「ごめん」

「——っていうか、さすがに職場で、これ以上は」

我に返ってみれば、余所様の会社の給湯室だ。決して誰かが抱き合ったりキスしたりするような場所ではない。少なくとも藤森の中ではそうだ。

「……生殺しっすよ……」

死にそうな声で言いつつも無理強いはしなかったから、江利にとっても同じなのだろう。

「――くそ、秒速で残りの作業終わらせる。そしたら藤森さんち帰ろう」

「あ、え、ああ、うん」

江利はすぐに身を翻し、パソコンの前に戻った。

藤森は淹《い》れかけだったコーヒーを淹れ直し、二人分のカップを持って江利のそばにまた座る。

そして秒速とまではいかなかったが、そのコーヒーを藤森が飲みきらないうち、江利がどうやら仕事を終えた。

「あれ、もうできたのか？」

「簡単な直しだけだったから」

「でも、元々は会社に泊まり込みになるくらいの予定だったんだろ？　思ったほどじゃなかったとは言ってたけど……」

「そんなの、口実っすよ。そうでもしないと、また連日藤森さんち押しかけて、無理矢理何かしそうな気がしたから」

別にしてもよかったのに、という正直な気持ちが零《こほ》れそうになって、藤森は慌てて自分の口を押さえた。軽々しく言うものでもないと思う。江利の方は真面目《まじめ》に考えていたようなので、特に。

「――っていうか藤森さん、確認したいんすけどね」

「おう」

「……あんたちょっとでも、俺のこと、好き……ですか?」

問われて、藤森は考え込んだ。

江利は固唾を呑む顔で藤森を見守っている。

「……正直、はっきりとはわからない。悪い」

そう言いながらも、藤森は一途な目で自分を見ている江利の姿に、ちょっとキュンとした。

「でも、ただ、やっぱり、江利といると安心するし、触ってるのは気持ちいいから……っていうんじゃ、駄目か?」

「押しに弱いから流されてるだけではない?」

「まあ、それもあるっちゃ、あるだろうけど」

江利が少し落胆したように眉を顰めるから、藤森は慌てて続ける。

「でも誰にでも流されるってわけでもないぞ、さすがに。……江利だから大丈夫、っていうのは、答えにならないか……?」

「……」

江利は返事の代わりに、椅子から大きく身を乗り出して、藤森にキスしてきた。

藤森も、何か答えの代わりになりゃいいなと思いつつ、また目を閉じて、今度は給湯室よりは大人しめのキスを交わす。

「……よし、帰ろう」

軽く触れただけで唇を離した江利が、そう言って、勢いよく立ち上がる。片手を差し出してくるので、藤森もすぐそれを取って、立ち上がった。江利は藤森の手を握ったままパソコンの電源を落とし、書類をまとめて、オフィスを出た。廊下を歩く間も、エレベーターに乗る間も、守衛室の前を通って外に出る間も、ずっと手を握り続けていた。

藤森もそれを振り払う気にはなれなかった。だが駅に着くと、改札を潜《くぐ》らなければいけないし、さすがに手を離した。藤森には、ちょっと名残惜しかった。

（だってこいつ触ってると、本当に、気持ちいいんだ）

ぎりぎり間に合った終電の車内はがらがらだったが、藤森も江利も座席には座らず、ドアに寄りかかるようにして向かい合った。そして、藤森も江利もお互い黙りこくっていた。藤森が話す気になれないのは、やたら緊張したり、昂揚《こうよう》していたせいだ。他人様の会社で自分が江利としたことを考えると、恥ずかしさと申し訳なさで頭を抱えたくなる。

江利が黙っている理由はわからなかった。ただ、何かを堪えるように眉を顰め、唇を引き結ぶ顔は、腹立たしいほど男らしくて格好いい。本当に、ひとえに、体に合わないスーツを着ていることだけが残念で仕方がない。

藤森が頭の中で勝手に江利を着せ替えて遊んでいるうち、電車が目的の駅に着いた。やはり無言のまま電車を降り、改札を抜けて、駅から少し離れたアパートに向かう。暗い道を足早に進む途中、江利が手探りで藤森の指に触れてきた。藤森は照れ臭くて怒りたい気分になりながらも、相手に手を摑まれるままにしておいた。気持ちよさに抗《あらが》えなかった。

黙って辿《たど》り着いたアパート、玄関の前で、江利がちらりと藤森を見下ろす。視線の意味を察して、藤森はポケットを探り鍵を出した。早く中へ、という江利の焦《じ》れた気分が伝わってくるのが少しおかしい。

そんなに慌てなくても……と言いかけた藤森は、ドアノブに手をかけた瞬間、それを悲鳴に換えた。

「痛……ッ！」

バチッと、ものすごい音がした。

火花まで散ったような気がする。

「痛ってぇ……」

「——あ、うわ」

涙目で手を上下に振る藤森の横で、江利が呻くような妙な声を漏らした。

「え？」

「まずいな、ものすごく怒ってる」

「え⁉」

藤森はドア越しに部屋の中を見透かすような目をしながら言った。藤森も同じ方を見たが、特に何もわからなかった。

——いや、ドア越しに、圧迫感というか、重たいものが押し寄せてくる気が、しないでもない。

「ごめん、正直、入りたくない」

ドアを見たまま江利が言う。

「ど……どうなってんだ……？」

「怒った大本の人に引っ張られて、一杯集まってる」

「——」

「そうか、そうだよな。何で忘れてたんだ、ここはそうなんだって」

ぶつぶつと一人呟く江利の様子が、すでに怖い。藤森はできるだけ江利にくっついて、自分からも相手の手を握り締めた。

「これは俺でも無理かもしれない。ここまで荒れてるとは予想外だった……朝が来たら大丈夫って感じですらない、もう」

「って、じゃあ、どうすりゃいいんだよ？」

「逃げたい」

「いや、逃げても仕方ないだろ……荷物そのまんまだし、どうしても引っ越さないとって言われても、このまま逃げるわけには」

「駄目っすかね、荷物放棄」

「駄目っていうか嫌だ、これだけは嫌だ、どうしても嫌だ」

藤森は強い口調で、江利の目を見て断言する。服やその他、今はもう手に入らないものもあるし、置いていくなんて死んでも無理だ。

「……そうか、本当に嫌なことは、ここまで頑固《がんこ》なんだな……」

江利は藤森を見て、額を押さえている。納得したような、困惑したような、微妙な態度だった。

「で、藤森さん、俺がここ出てったあとに何かしました？　一応書き置き残していったと思うんですけど」

「ああ——掃除しなかった、悪い。服も全然処分してないし」

「まあそんな予感はしてたけど、だからって、いきなりここまでなることもないはずなんだよなあ」

「何だっけ、塩盛ったり、お経唱えたりもしてないぞ？　それにゆうべは、お守りがあったのに変なことが起きたには起きたっていうか、アレに乗っかられてまた金縛りみたくなったけど、どうにかやり過ごしたし」

そうだ、大変ではあったが、自力で金縛りを解くことはできたのだ。これまでは一度体が動かなければ、動かないまま夜を過ごして朝を迎えていたのに、動けるようになったのだ。

「あれだ、書き置きにあったとおりのことやったら大丈夫だったんだよ。すごく大変だったけど」

「書き置き……、……エロいこと考えた？」

自分で書いたことを思い出したらしい江利に訊ねられ、藤森は頷いた。

「だから俺と江利で、部屋に入ってからエロいことを考えまくったら、逃げるんじゃないか？」

藤森は大真面目《まじめ》に提案してみた。まさか自分の部屋に入れなくなる日が来るとまでは思っていなかったのだ。金が貯まるまでは引っ越せないなどと悠長なことを言っている場合ではない気がする。とにかくそれで時間を稼いで、荷物を運び出して、逃げるにしても、そこからだ。

「参考までに聞くけど、エロいことって、どういうこと考えたんすか？」

「――」

江利に問われて、藤森が言葉に詰まらない理由がない。

「っていうかそれ、必要以上に恐怖心が膨れ上がって自滅しないための気休めみたいなもんであって、それでアレを排除できるようなもんでもないんだけどな……？」

江利は不審そうだ。藤森は、昨日自分が考えたことと、抱いた感情と、どこまでどう説明すればいいのかわからなかった。単にエロいことを考えたせいではなく、その後、そんなことを考えた自分に腹を立てたお陰で、動けるようになった気がしないでもないのだ。

「藤森さん？」

「……さっきみたいな」

しかしここで黙り込んでいては状況が打開できない。藤森は恥を忍んで、呻くように答えた。

「給湯室でしたようなことを、割と、詳細に」

「給湯室で……、……って、もしかして――俺と？」

自分自信を指差す江利に向けて、藤森はやけくそ気味に、深く頷く。

すると江利が手を叩いた。

「それだ！」

「え？」

「それだ藤森さん、部屋の人、藤森さんが俺相手にエロいこと考えたりするから、こんなに怒り狂ってるんだ！」

「ちょ、江利、声でか」

「……そうか、藤森さん、そんな妄想してたんだ……そうか……」

江利はやたらしみじみと、そうか、そうかと頷いている。

藤森は羞恥《しゅうち》のあまり走って逃げたい気分になったが、逃げるわけにはいかない。

「って、いうか、アレは人の考えてることまで読めるのかよ？」

「みんながみんなそうじゃないけど、そういうのができる、もう霊っていうか妖怪みたいになってるやつがいるのは、俺調べで」

「……ふ、ふうん」

あの妄想、いや想像を、生きている者ではないとはいえ他人に覗かれたと思うと、江利はますます恥ずかしくなった。

「よし、今なら何と戦っても勝てる気がしてきた」

江利の方は、なぜか自信に満ちた表情になっている。俺でも無理だ、と深刻な顔で言っていた時とは別人のようだ。

「戦うって、どうするんだよ」

「言ったろ、基本、全部気合だって」

「えええ」

頼りにしていいのかよくないのかわからない。困惑する藤森を余所に、江利はスーツのポケットから大振りのハンカチを取り出すと、金属のドアノブに被せた。静電気を警戒しているのだろう。

江利は、目顔で藤森に合図してから、一気にドアを開け放った。そのまま玄関に入っていく江利の後ろ姿を、藤森もおそるおそる追い掛ける。

「うわぁ……」

江利が電気をつけるが、ゆうべの比にならないくらい部屋の中が暗い。

あちこちでパシンパシンと生木を裂くような音が聞こえるし、男の唸《うな》り声は聞こえるし、女のヒステリックな笑い声が聞こえるし、黒い靄《もや》のようなものが渦巻いて人の形を作ったり、顔の形を作ったり、あまりに見事な霊現象すぎて、むしろ作り物の映像でも見ているような気分になった。

藤森は完全に怯んで江利の背中にひっつくが、江利はどうも、笑っている。

「不思議だな」

「な、何がだよ、っていうかおまえ、余裕だな⁉」

「全然怖くない。……本当は、俺だって怖かったんだ。舐《な》められるとつけ入られるから、怖くないって必死に言い聞かせて誤魔化してた。でも今は、全然怖くない。っていうか、藤森さんとの初夜を邪魔するこいつらに腹が立つだけっていうか」

初夜、などという言い種に動揺する藤森を、江利が抱き寄せてくる。

やけくそ気味に藤森もその背中を抱き返すと、異音や唸り声や笑い声がさらに激しくなる。

肌に触れる空気が冷たくて痛い。怖くて、藤森はますます江利にしがみついた。

「どうすんだよ、余計酷くなってるじゃないか！」

「大丈夫大丈夫」

泣き出しそうな藤森とは逆に、江利は気楽に応えてくれる。

「外野は気にしないでおこう。藤森さんは、俺のことだけ見て」

「そんな場合、じゃ……」

ない、と言おうとしたのに、こちらの顔を覗き込んでくる江利の顔に、藤森は結局みとれてしまう。仕方ない。どうしても、江利の姿が、好みすぎるのだ。

(そうか、自分がこういう姿になれても、鏡覗かなけりゃ顔なんか見えないけど——江利のそばにいたら、ずっとこの顔が見れる)

それはとても、幸福なことのような気がする。

だから江利の顔をみつめ続けていたかったのに、顔を寄せられ、藤森は自然と目を閉じた。周りは騒々しかったけれど、江利と抱き合って、キスしていると、不思議と気にならなくなってくる。

いや、うるさいな、と煩《わずら》わしい気持ちにはなるが。

(うるさい……邪魔するな)

江利のキスはどうも荒っぽくて、でもその仕種と感触に、藤森は夢中になる。食べられて、呑み込まれそうなのがおっかないのに、恐怖にすくみ上がる時とは違う。

こうまで求められているということに、怯えのせいではない震えが、ぞくぞくと背中を這《は》い上ってくる。

それをもっと味わいたくて、藤森は舌を差し出して江利の舌を探り、深く、深く、相手と繋がった。

どのくらいそうしていたのか。

息切れして、休息を求めるために少し江利の体を押し遣り、大きく空気を吸い込んだ時、瞼に灯りが当たっていることに気づいた。

目を開くと、さっきまであんなに暗く見えた部屋の中が、真新しい蛍光灯に煌々と照らされている。

(消えた……?)

安堵のせいか、それともずいぶん長かった気がする深い接吻《くちづ》けのせいか、藤森は膝《ひざ》から力が抜けてその場にへたり込みそうになった。

「——っと」

それを、江利が咄嗟に支える。そのまま脚を抱えられた。軽々抱き上げられ、驚いて、落ちないように江利の首に縋る。

「もう大丈夫」

江利は少し浮かれている感じがした。日曜からこちらの少し落ち込んだ風情はもうどこにも見えず、明るい目をしている。

そしてその目が、藤森のことを愛《いと》しくてたまらないというようにみつめている。

「本当は、もう少し手順がいると思ってたんだけど」

「手順？」

「先客を追い出すために。さっきくらいの状態になったら、もうちょっとさ、ばあちゃん直伝のいろいろ……道具とか支度とかあったんだけど、何か面倒臭ぇなって思って、すっ飛ばした」

「お、俺にはよくわかんないけど、それで大丈夫だったのか……？」

「大丈夫だったよ。大丈夫だと思ってたし。ずっと頭の中で、藤森さん愛してる、だからおまえらは邪魔だ、消えろ！　って念じてただけなんだけど」

「……」

そんなもんでいいのかよ、と思った言葉を、藤森は呑み込んだ。

前半はともかく、後半は、藤森も同じことを考えていたのだ。

「藤森さんといると、やっぱり全然怖くない」

「――そっか」

この部屋に来ても平然としているふうにしか見えなかった江利が、もしも自分と同じくらい本当は怖かったというのなら、その気分が払拭《ふっしょく》されたのはいいことだ。

藤森だって嬉しい気がする。

「よかったな」

何となく、江利の頭を撫でる。江利が少し笑って、身を屈めるように顔を近づけてきた。

てっきりまたキスされると思って目を瞑《つむ》りかけたのに、藤森は床に体が落ちていく感覚に、ぎょっとなった。

放り出されたわけでもなく、そこそこ柔らかいものの上に寝かされた。いつの間にか床に布団が拡げてある。どうも藤森を抱えたまま、江利が脚でやったらしい。

器用なもんだよ、と呆れつつ、今度こそ藤森は目を閉じた。

一度遠慮なく抱き合ってしまえば、部屋に戻るまでいくらかは残っていた抵抗なんて、綺麗に消え去ってしまった。

できれば転がる前に上着を脱いできちんとハンガーにかけたかった——などという無粋な言葉を呑み込む分別すら出てくるくらいだ。

（いや、でも、せめて皺にならないよう、片隅に……）

江利は寝かせた藤森にまた熱心なキスをしてくるばかりで、服については気に留めていないらしい。このままでは皺になる。脱ぎたい、と思って目を開いた藤森は、江利の頭越し、窓の方を見て心臓が止まりそうになった。

「うわぁあああ！」

「んっ？」

悲鳴を上げたまま、藤森は窓を指差す。

締め切ったつもりのカーテンは少し開き、その隙間から、赤黒い目が覗いていた。

「ま、まだいる、いる、そこにいる！」

「――ああ、平気平気。もうアレ、こっちに何の手出しもできないから」

取り乱す藤森とは対照的に、江利はうろたえもせず、やっと思いついたように藤森の上着に手をかけた。

「で、で、でも見てる、超見てる、すっごいこっち見てる！」

見たくもないのによくよく見てみると、部屋の中を覗き込んでいる目はひとつではない。ふたつでもない。もっと多くの目玉が、剝《む》き出しのままぎょろりとこちらを凝視しているのだ。

「大丈夫だって、見る以上のことはもうできないから」

江利は自分も上着を脱ぎ、ネクタイを外している。藤森のネクタイにも手をかけ、順調にお互いの衣服を剝いでいる。

「いや見られてるのも嫌だって！」

「――いいじゃないっすか。見せつけてやれば」

「はあ⁉」

江利は嬉しそうに笑っていた。

「そこで指くわえて見てろって話っすよ。藤森さんが、俺のものになるとこ」

「ものって、そういう言い方は、何かちょっと」

そんな場合かと思いつつ、藤森は江利の細かい言い回しが気になって、ムッと眉を顰める。

そっか、と江利が頷いた。

「じゃあ、藤森さんと俺が、めでたく結ばれるところを、みせつけてやりましょう」

「そ……それはそれで何かやっぱり、言い方が……」

「何でもいいって」

ちゅ、と音を立てて目許にキスされる。それだけで、金縛りに遭っているわけでもないはずなのに、藤森は身動きが取れなくなった。

（だっておまえ、その顔……）

江利の表情は甘ったるくて、間近でみつめられれば、もう些細《ささい》なことに文句をつけるのも野暮なんじゃと思えてきてしまう。

ぼうっと江利にみとれていると、優しく頰に触れられた。

「やっぱり藤森さん、あったかいな」

藤森は少し我に返る。

「人間は、普通、あったかいんだぞ。血が通ってるんだから」

「そうそう、人間は普通、あったかいんだよな」

藤森は、それ以上深く踏み込むのをやめよう、と決めた。本当は、あたりまえのように自分を組み敷く江利が、果たしてこういう行為にどれくらい精通しているのか、確かめておきたかったのだが。

(本当にいいのかな、俺)

いろいろな部分で不安を感じるが、それでも江利とまたキスを交わすうちに、どうでもよくなってきた。

江利は積極的だったし、藤森もそれを拒むことなく、むしろ進んで受け入れるように、お互い服を脱がせ合い、シャツをはだけて、ズボンのベルトもサスペンダーの留め具も外しボタンも外し、また抱き合う。

——窓の方に手を伸ばして、隙間の空いていたカーテンもぴっちりと閉め直した。

もう部屋の外にあるもののことに関して、全部ひっくるめて今は頭から追い出し、藤森は目の前の江利だけを見ることにする。

(ちょっとでも嫌がる態度なんて見せない方がいい気がする——実際、嫌じゃないなら)

部屋にいたアレと、実家の姉たちの他に、藤森にはどうももうひとつ苦手なものができてしまった気がする。

(……こいつのあんな顔、もう見たくない)

フードコートで見せたあの冷たい顔。あれは藤森に向けられたものではなかったが、誰に対してでも、江利があんな態度になるところを見たくない。

あんな顔をさせたくない。

そう決心してから、藤森はふと笑いを漏らした。

（もう、好きだってことか？）

触れ合うと安心して、気持ちよくて、顔を見ているとうっとりして、傷ついた姿を見せられると辛くなる。

そもそも素肌で抱き合うことに、嫌悪感のひとつも覚えない。

会社では、正直わからないと江利に告げたが、答えはもう出ていたのかもしれない。

「好きだよ、藤森さん」

もしかしたら、江利はその言葉を口にすることに、藤森が思っている以上の勇気や決意を持っていたのかもしれない。

ドン、と腹立たしげに窓を叩く音が聞こえたが、藤森も不思議ともう怖くはなかった。——さっきまでに比べると、だが。

「俺も——多分」

それでも往生際悪く『多分』などと付け加えてしまったのに、江利は嬉しそうに微笑んでいる。

それから江利は、もう何度目かわからないキスを藤森の唇に落としながら、シャツをはだけた素肌に直接触れてきた。それでまた藤森は身震いする。これも、窓の外から唸り声が聞こえてくるせいだけではない。

「……い、いや、でも、もうちょっとどうにかならないもんかな、外の人たち……」

「じゃあ藤森さんが余計なこと考えられなくなるくらい、頑張ろう」

「……っ」

江利は宣言どおり、藤森が窓の外など気にしている暇もないくらい熱心に、体のあちこちに触れてきた。

「ぁ……っ、ん……」

特に胸の辺りを念入りに撫でられ、掌に擦られて尖《とが》ってきた乳首を指や唇で摘《つ》まれ、吸われて、藤森は妙な声を漏らしそうになる。

「もっと声出してくださいよ、藤森さん」

江利の口調は砕けたり敬語に戻ったりするが、その法則性が藤森にはいまいち把握できない。ただ、今の呼びかけのわざとらしい敬語は、明らかに藤森の羞恥を煽《あお》るための意地悪だ。

「だ、駄目だろ、聞こえる……」

「聞かせてやりましょう、って」

「ちが、違う馬鹿、他の部屋の人たちにだ……！」

生きてないアレにだって見られるのも聞かれるのも嬉しくないが、生きている近隣住民に、あられもない声など聞かせるのは、絶対に嫌だ。

「ここ、安普請なんだぞ、隣とか上とかに聞かれたら、せっかくアレ追い出したって、この先どんな顔してご近所付き合いすればいいのか……っ」

「……んー……」

江利は指で藤森の乳首を捏《こ》ねながら、天井を見上げた。

「んっ、やっ、そこあんまり触るな……」

「——あ、平気、隣も上も誰もいない」

「んんっ、あ……っ、待て、そういう触り方——って、え、わ、わかるのか?」

「生きてる人の気配がしない」

「——ッ」

「って、藤森さん、そんなしがみついたら上手く触れないから」

「こういう時に、そういうこと言うか……!?」

「いや、藤森さんを心置きなく集中させようと思っただけなんだけど……」

「……んっ」

「だから声我慢しないで、って、藤森さん」

ぎゅうぎゅうにしがみつく藤森の胸から、江利の手は脇腹を下り、内腿《うちもも》の辺りを探ったあと、半端に脱ぎかけたズボンの中に潜り込み、下着の中で熱を孕み始めていた茎へと辿り着いた。

それをやんわり握られ、藤森は咄嗟に息を詰める。

「……ぁ……」

ゆっくりと、優しい動きで、江利の掌が藤森の茎を撫でる。また震えが来るほど気持ちよくて、堪えきれない声を抑えるために、藤森は自分から江利の唇を奪った。

江利もすぐ藤森の仕種に応えて、深い接吻けを施してくる。舌同士を絡め合うと、江利の手に触れられた部分に熱が集まる感じがする。

されっぱなしなのが悔しいのと申し訳ないのとで、藤森は目を閉じてキスを続けながら、手探りで江利のズボンに触れた。ジッパーを下ろし、相手と同じように、下着の中に手を差し入れる。すぐに熱いものが指に触れて、すこしびくっと手を引いてしまった。

その反応に江利が気づいて、無理するなとでも言い出したら面倒臭いので、藤森も思いきって相手の昂《たかぶ》りかけた性器を握る。同性と触れ合うのなんて初めてだ。どうするのが正しいのかわからず、とにかく江利の動きを真似《まね》る。

「んっ、……ん、ぅ……」

擦《こす》られて、擦るたび、呼吸が乱れて、キスを続けるのが苦しくなる。息苦しさに気を取られているうち、気づけば藤森はズボンも下着もまとめて取り払われて、両脚を剝き出しにされていた。

（あ、ああ、ズボン、皺に……いや、いいか……）

クリーニングに出せばすむことだ。つまらないことで止まりたくない。江利に触れられるとどうしても気持ちよくて、心も体も流される感じがする。そして、そうなってはいけない理由が、藤森には思いつかなかった。

「……ぁ……気持ちいい……」

喘《あえ》ぐような呼吸の合間に、素直にそう口にする。と、江利の手の動きが速く、執拗《しつよう》になったが、その快感がものすごくて、藤森は同じような仕種を取れなくなってしまった。

「あっ、ん……ッ、んんっ、ぁっ、待て、何か……」

触れられてそう時間も経っていないというのに、体の奥からもう強い射精の欲求が湧《わ》き上がっている。だから止まってほしかったのに、藤森の様子に気づいた江利は、茎を擦る動きをより執拗にするばかりだった。

「……ッ……あ……！」

堪えようとしても堪えきれない声を上げながら、布団の上で少し背中を浮かせ、藤森は江利の手の中で達した。

「……マジか……早い……格好悪い……」

藤森はどちらかといえば、自分は遅い方だと思っていた。今は妙に気が昂っていて、体もそれに釣られている気がする。

「悪い、江利、途中で……」

一方的にされるままになって、江利を気持ちよくするのを怠っていた。呼吸を整えてから改めて相手に触れよう、と考える藤森に江利は応えず、代わりに、藤森がついさっき吐き出したもので濡れた指で、ぬるりと尻の狭間を撫でてきた。

「……!?」

触れられて、咄嗟に藤森は身を強張《こわば》らせる。

（そ——そうか、江利とするってことは、そういう……）

男女でも、その場所を使う行為がないわけではないらしい。藤森にはする方もされる方も経験がなかったが、取り乱すな、と自分に言い聞かせる。

（慣れれば、気持ちいいとか、やみつきになるとか、聞いたような……）

正直なところ未知の世界すぎて怯みはしたが、それでも、何かこう、『逃げてはいけない、頑張ろう』という前向きな気持ちで、藤森は度胸を決めた。

——ことを、数分後には悔やむことになった。

「え……えり、やだ、嫌だ本当に、何か、き、気持ち悪……」

膝を曲げた脚を大きく開かされ、江利の目の前であられもない姿をさらし、とんでもない場所に指を入れられている。

江利は藤森の体液だけではなく、途中自分の唾液でもその場所を充分に濡らして、丹念に解《ほぐ》すように、指を抜き差ししていた。

「江利、待っ……、無理強いしないって、おまえ、言っただろ……!」

江利を悲しませないために拒むような態度はやめよう、とちょっと前までは思っていたが、今はもうそんな思いも吹き飛んだ。

恥ずかしいし、ぬるぬるして気持ち悪いし、気持ち悪いのになぜかさっきイッたばかりのペニスが反応してまた勃《た》ちかけているし、何もかもが耐えがたい。

藤森が泣き言を言うたび、苛立たしげに窓や壁を叩く音が聞こえるが、それがもう怖いというよりうるさい。鬱陶しい。

(おまえらのことなんか知るか、こっちは一大事なんだぞ⁉)

霊障だなんだなど、今の自分の状況の前では、些細なことだとしか思えない。

「でも藤森さん、絶対今、気持ちいいっすよね？」

微笑みながら訊ねる江利に、ますますそう思った。アレなんかより、江利の方がよっぽど性《た》質《ち》が悪い。藤森の抗議など笑って流し、もっと奥深くへと、指を増やしながら、どんどん入り込んでくるのだ。

泣き言を言っても、実際ぼろぼろ泣き出しても、江利はただただ楽しそうに、幸せそうに、藤森の中を弄るばかりだ。

「本当、藤森さん、たまんないなあ……最初会った時から、この綺麗な人が泣きながら身を捩《よじ》ってわけわかんなくなる姿見るの、最高だろうなって思ってて――」

「――⁉　な、何だそれ⁉」

聞き捨てならないことを聞いた気がして、藤森は泣き濡れた目を見開いて江利を見た。

「お、おまえ、俺のこと守りたいから声かけたとか、何とか、言って……ッ……あ、あっ、駄目だって、中、そんなとこまで……ッ」

「それはもちろん、っていうかそれが一番っすけど。それはそれとして、だから下心あるって最初から宣言してるじゃないっすか。俺は藤森さんを守りたいし、エロいことしたいし——ん、そろそろいけそう……?」

ぐるりと指の腹で内壁の深いところを探ってから、江利がようやく藤森の中から指を抜き出した。

だが、藤森が安堵する暇もない。脚を引っ張って抱え上げられ、座った江利の膝の上に、腿が乗り上げるような格好を取らされる。

指でしつこく掻き回されたところに、今は江利の昂りが押しつけられていた。

「まあどっちかを取れって言われたら、エロいことより、守る方選びはしただろうけど……」

そう言いながら、江利がゆっくりと、藤森の中に入り込もうとする。

そんなもんが入るか、と言いたかった藤森は、そう言う代わりに、きつく唇を噛《か》み締めた。

そうでもしないと泣き声だか、悲鳴だかわからないものが出そうだった。

「ん……んー……ッ」

「……でも、どっちも叶うなら、両方って……。力抜いて、藤森さん……」

「……っ」

痛いような、辛いような、でも指で刺激されたところをもっと熱くて固いものでまた擦られるのが、得体の知れない快感になっているような。

説明しがたい感覚で体も頭も混乱していた藤森は、江利が何か言っているようなのに、それを上手く呑み込めない。

「……よかった、藤森さんに触れて……」

ただ、その言葉がやけに藤森の胸に沁《し》みた。

中に入り込む江利の動きは強引で、辛かったのに、それでチャラにできそうだと思うくらいだった。

（もういい、何でも）

江利が幸福そうなので、藤森は文句を言う気をなくした。

苦痛だって快楽にねじ曲げられそうな勢いだ。

奥まで藤森の中に入り込んだ江利は、そのますぐに身を引いて、また打ちつける動きを繰り返し始めた。

「……んっ、うん……ぁ……、あ、あ……！」

中で江利が動くたび、どうしても苦しげな声が藤森から漏れる。本当にもう苦痛なのか、気持ちいいのか、苦痛なのが気持ちいいのか、わけがわからなかった。

必死に布団の布地を握り締め、中を掻き回される感触に翻弄されて大きな声を出しすぎないよう、堪える。

「……っ、く……」

江利も藤森の上で動きながら、吐息を乱している。

お互いの呼吸や、濡れた肌のぶつかる音が、部屋の中で響いている。

それに混じって、まだ未練がましそうな声や音が微かに聞こえてくるが、藤森はもうどうでもよかった。何ならもう自分と江利を祝うための拍手だとでも思っておくことにした。

そのくらいわけのわからない心地になりながら、藤森はその晩、江利と長い間繋がっていた。

◇◇◇

「……でも……まあ、引っ越すわ……」

気がつけば明け方だった。

夜中騒がしかった異音や唸り声などは、日が昇ると共に消え去っている。

「そうだなあ、その方がいいと思う。絶対」

藤森と江利は素っ裸で布団の上に転がり、長時間睦《むっ》み合った名残の疲労を引き摺《ず》って、ぐったりと、だらだらと、出勤までの時間を過ごしていた。

「まずは金貯めなきゃだけど、今年は夏のボーナスで服買うのはなるべく我慢して……」

「引っ越し資金が貯まるまでは、ちゃんと俺が泊まりで守るから。大丈夫」

隣に寝転ぶ江利の微笑を、藤森は少々胡乱《うろん》げに見遣ってしまった。

この夜を越えるまでだったら、相手の申し出を素直に、それなりの感動を持って受け入れたかもしれないが。

「……まさか毎晩、これやるとか、言わないよな……？」

江利は見た目どおりとても体力があって、行為の合間の休憩時に訊ねてみれば——一回ではすまず、二回、三回と、断続的にしてしまった——中高時代は周りに絡まれないよう帰宅部として放課後は家に引き籠もっていたが、大学からはそれなりに処世術も学び、体育会系のサークルで元気に汗を流していたという。

徹頭徹尾帰宅部の藤森が、それについていけるわけがなかった。もう起き上がるのも嫌なくらい疲労困憊《ひろうこんぱい》させられたのだ。

「いやいやさすがに。今日は夢中になりすぎたけど、毎晩これじゃ藤森さん持たないだろうから」

「当たり前だろ……」

咎《とが》める口調で言いつつも、江利と触れ合っているのはどうしても心地よく、藤森は自分から相手の方へと何となく擦り寄った。

仕種に気づいた江利が、嬉しげに藤森の体を抱き締めてくる。

本当に嬉しそうな江利の顔を見ていたら、藤森も、溜息をつきつつ笑わずにはいられなくなってしまった。

（冷静に考えたら、ゆうべの状況は異常でしかなかった気がするし、引っ越すまで何ら変わりがない気がするけど――考えないぞ……考えたら負ける……）

ラップ音を指して何が祝福の拍手だ馬鹿、と、夜が明けた今ではそう思いもするが、江利と結ばれたこと自体を悔やむつもりはない。

「江利がいたら安眠できると思ったのに、結局寝不足じゃないか……」

「もうちょっと寝よう、出るまでまだ時間あるし」

「……ん」

遠慮のない大欠伸《おおあくび》をしてから、藤森は江利の体をゆるく抱き返した。とにかく疲れて、とにかく眠い。

「おやすみ、藤森さん」

ちゅ、と音を立てて鼻面にキスされる感触がした。

藤森は笑って、目を閉じたまま相手にも同じ仕種をお返しすると、江利の体温を充分に感じながら、いやに満たされた気分でもう少しだけ眠りに就くことにした。

みんなのおうち

1

背中に温かい重みが掛かっている。

ノートパソコンの画面を見ながら、ふと、江利《えり》は笑みを零《こぼ》した。

「んー……やっぱそこそこの広さが欲しいと、駅から相当離れるよなあ」

江利の背中に寄りかかった藤森《ふじもり》からはぶつぶつと独り言が漏れている。

「でも駅からバス乗ってさらに徒歩十分とか、かったるいし……」

「藤森さん、スマホだと画面見辛《みづら》くないっすか？　ノートで見りゃいいのに、貸すから」

「んー」

江利が呼びかけても、藤森は曖昧《あいまい》に返事をするだけだ。

声が何だか眠たそうだった。さっきから、江利の体にかかる重みがどんどん増している。

「てか眠いなら、風呂入って、ちゃんと布団で寝ましょうよ」

「んー……」

ぐずるように呻《うめ》いて、藤森が江利の首の裏辺りにぐりぐりと頭を押しつけてくる。痛いのとくすぐったいので、江利は笑い声を上げた。

（子供みたいだな、この人は）

平日の夜。江利は藤森と彼のアパートで過ごしている。藤森は残業がなかったのに会社に居残り、江利の仕事が終わるのを待って一緒に帰り、途中で弁当を買って部屋で夕飯をすませた。

江利は平日はほぼ毎晩、藤森の部屋に泊まっている。

藤森がそうしてほしいと懇願していたし、江利自身頼まれるまでもなくそのつもりだった。

「風呂は朝でいいんだって……」

眠気に負けかけている藤森の口調は、やはり小さな子供みたいにあやふやで、可愛《かわい》らしい。甘えているようでもあるし、拗《す》ねているようでもある。江利よりもふたつ年上だが、その年上の威厳なんてあったもんじゃない。

上に二人姉がいると聞いているが、藤森は根っからの弟気質なのだろう。

「俺はさあ、江利と違って、癖っ毛だし、朝起きたら寝癖ひどいから、結局濡《ぬ》らす羽目になるって、何回言ったら……」

「まあ髪は朝洗うとして、シャワーくらい浴びたら？」

もう七月上旬だ。いくら日中は空調の効いたオフィスで働いているとはいえ、会社の行き帰りに汗もかくだろう。

藤森だって寝る直前になって「体がべたべたして気持ち悪い」と結局風呂場に行く羽目にな

るのだから、まだ目が覚めているうちにさっさとシャワーを浴びた方が効率的だと思うのに、いつもこうしてぐずってぎりぎりまで延ばして、挙句「シャワー浴びたら目が冴《さ》えて眠れない」などと不貞腐《ふてくさ》れるのだ。

「そんなにめんどくさいなら、俺が服脱がせて、隅々まで洗ってあげてもいいんだけど……」

江利が呟《つぶや》いた途端、脇腹に拳《こぶし》を当てられた。

大した力ではなかったが、絶妙なところを打たれて、江利は軽く噎《む》せる。

「ひってぇ」

「エロガキ」

それでも江利はまた笑いを零さずにはいられない。藤森の反応は素早かった。本当は、それほど眠たいわけではないのかもしれない。

要するに、江利に甘えまくっているのだ。それがわかって、江利がやに下がらないわけがない。

「ガキって、ひとつふたつしか変わらないじゃないすか。大体もうとっくに二十歳過ぎなのに」

「じゃあその変な敬語やめろよ、体育会系崩れみたいな」

どすどすと、江利の脇腹を拳で押しながら藤森が言う。

藤森は生意気な年下をいたぶっているつもりなのだろうが、江利にとっては仔猫《こねこ》にじゃれられているような気分だった。

とはいえ、藤森が自分にひっついてくるのは、純粋に気を許して甘えているからではない
——と江利もわかっている。

「まあ中途半端な体育会系だからなあ、俺……って、痛い痛い、さすがに痛い」

興が乗ってきたのか、脇腹を押す藤森の拳が力強くなってくる。さすがに慌てて、江利はその拳を上から押さえた。

「悪戯《いたずら》するならもっといいとこ狙ってくださいよ」

「……おまえ、オッサンみたいなセクハラ発言やめろよ」

「もっと痛くないところって意味っすよ。藤森さんがセクハラしたいなら止めませんけど」

藤森がなお脇腹を攻撃しようとしてくるので、江利は相手の拳を押さえたまま振り返った。

江利を見上げていた藤森と目が合う。

（あ、可愛い）

江利は考えるまでもなく藤森に顔を近づけて、相手の唇に自分の唇を重ねた。

藤森は嫌がるでもなく大人しくしている。

そんな二人の触れ合いに水を差したのは、不意に消えた部屋の明かりだった。バチンと音がして、シーリングライトが消えてしまった。

「はいはい」

藤森の体が強張《こわば》り、江利は宥《なだ》めるようにその背中を叩《たた》いた。

（邪魔臭い）

消えろ、と強く願うと、シーリングライトはすぐに明るさを取り戻した。

「……うう」

それでも藤森は怯《おび》えたように呻き声を上げ、江利の方に擦《す》り寄ってくる。

江利は苦笑しつつ、自分よりは小柄な藤森の体を、正面からすっぽりと抱き込んだ。

藤森がやたら江利にべたべたしてくる理由の半分は、つまり、こういうことだ。

この部屋には相変わらず家主の藤森以外の『もの』が棲《す》み着いている。怖がりの藤森は一人きりで部屋にいるのが嫌だと言って江利を誘い、江利にくっついていると安心するからと言って身を寄せてくる。

しかし藤森によこしまな好意を抱いている迷惑な同居人、要するにこの部屋で死んだ男の幽霊は、藤森と江利が親しくする姿を見せれば嫉妬《しっと》して、さっきみたいなちょっかいをかけてくる。

じゃあ江利はこの部屋に来ない方がいいのではと思っても、藤森が一人なら一人で男の霊は喜び勇んで彼を相手に霊障を起こすし、結局江利が藤森を守りに来るしかなくて、つまりは、悪循環なのだった。

「――いい物件、みつかった？」

最善の策は、言うまでもなくこの部屋から藤森が引っ越すことだ。

「う、うん、何個かよさげなところみつけたから、一応、チェックして」

なので藤森は江利にひっついて、幽霊と同居している恐怖を紛らわせながら、携帯電話で物件探しをしている。

「江利、内見、一緒に来てくれよ」

藤森は縋《すが》るような目で江利を見ている。

「もし行った先が変な部屋……あの、アレが、いるようなとこだったら、絶対、教えろ」

引っ越し先でも『先住者』がいたら同じことだ。家賃や間取りや立地条件はいくらか譲歩できても、そこだけは藤森的に譲れないのだろう。江利だって同じ気持ちだ。

「タチの悪いのがいたら、まあ教えるけど。でも藤森さんと相性よさそうな、害のないやつだったら、言わないでおくよ」

「……!? 何それ!?」

「いや、いるだけだったら、どこにでもホイホイいるんだよ。で、アレ自体に性質《タチ》のいいのと悪いのがいるけど、相性もあるから。誰かにとっては害のないアレでも、誰かにとっては同じ場所にいるだけで具合が悪くなったりするような、何ていうのかな、アレルギーみたいなもん？」

「あー、いい、もういい、説明はいい！」

藤森は携帯電話を投げ出し、耳を塞《ふさ》いでしまった。

「とにかく俺が平和に暮らしていけるように！　夏のボーナスが出次第、一緒に不動産屋に行って、いいとこがあったらその場で契約して即引っ越す！」

「うんうん、それがいい」

心の底から同意して、江利は藤森に頷《うなず》いた。

本当なら、今すぐにでも藤森を抱えてこの部屋を出ていきたいくらいなのだ。

（まあでも何だかんだ慣れてきてはいるから、この人、怖がりの割に順応性あるよな）

すぐに引っ越せない理由は、とにかく藤森に金がないからだ。

江利が見渡した先、部屋のあちこちにハンガーラックやら、靴箱やら、鞄《かばん》や帽子をかけるラックやらが並んでいる。それなりに収納も広いはずなのに、クローゼットや押し入れにも入りきらず、物で溢《あふ》れ返っていた。

（執着は物に溜《た》まるから処分した方がいい……って言っても絶対手放そうとしないし）

怖がりのくせに頑固な藤森は、好きな物を捨てたくないし引っ越しもできないしと、なかなかの我儘《わがまま》ぶりだ。

（これが藤森さん相手じゃなきゃ、とっくに見捨ててるな、俺）

危ないものには近づかない、というのが今の江利の信条だ。その境地に達するまで、痛い目も見てきたし嫌な思いも味わってきた。忠告に耳を貸さない人の方が多いことも知っている。

なのにそのポリシーを破って藤森の我儘に付き合っているのは、やっぱり、

(惚《ほ》れた弱みだよなあ)

と思う。何しろ初めて興味を持った相手なのだ。どうしても放っておけないし、見捨てられない。

それ以上に、怯えた藤森が自分にくっついてくるのが嬉《うれ》しいし、気持ちいい。本人はビビってるのに悪いなあとは思うのだが、そういう様子も可愛らしくて、ニヤつきそうになるのを、必死に堪《こら》えている。決して面白がっているわけではなく勝手に顔が弛《ゆる》むのだが、藤森が気づけば烈火の如く怒り出すだろうし、からかっているのだと誤解されそうだ。

「本当、早くボーナス出ねえかな、去年より遅れてるんだよ」

遠慮なく江利に凭《もた》れた藤森が、ぶつぶつと呟いている。本来であれば七月上旬にも夏のボーナスが出る予定なのに、半ばを過ぎた今もなかなかそれが振り込まれないらしい。

「あー、何か変な汗かいた。やっぱ、風呂入るか……」

「怖いなら、本当に一緒に入ってあげましょうか?」

勿論《もちろん》スケベ心たっぷりに江利が囁《ささや》くと、藤森が背中を叩いてくる。と同時にパシっと妙な音がして、嫌な予感を覚えながら江利がテーブルの上のノートパソコンを見ると、スリープモードに入ったわけでもないのに画面が暗くなっている。

「えっ、あれ、俺じゃないよな、今⁉」

藤森も気づいたらしく、慌てて振り返り江利のノートパソコンを覗《のぞ》き込んだ。

先刻部屋の灯りが消えたのと同じ現象だ。

「おまえこれ、仕事だろ？　……だ、大丈夫か？」

「仕事っていっても、作業してたわけじゃなくて、資料見てただけだから。必要なものはクラウドに保存してるし、藤森さんちから出れば直るだろうし」

藤森の部屋に棲み着いているのは、かつて同性との痴情のもつれが原因で自ら命を絶った男だ。その相手が藤森に似ているらしく、だから彼に執着している。

（ま、俺がいる限りターゲットが藤森さんじゃなくて俺になるのは、ある意味ありがたいよな）

初めはおそらく藤森を取り殺して死後の世界で結ばれようとか、生きたままでも藤森を犯そうとか、企《たくら》んでいたらしい。

だが江利の出現により、藤森を手に入れるより先に、江利の方を排除しようと思ってくれたようだ。

（藤森さんよりは、俺の方がまだ身の守り方を知ってる）

幼い頃からその手の相手に嫌がらせを受けてきたし、そういう時にどうすればいいのか教えてくれた人もいる。怯えて騒いで余計に霊を引き寄せる藤森よりは、落ち着いて対処できる自分が狙われた方が江利には気楽だった。

「……べ、別に、いいけど」

「え？」

今も、江利は強く気を張って、自分や自分の持ち物を害しようとしている輩《やから》を遠ざけている。

部屋には、男だけではなく、男の強い執着に引き摺《ず》られたり、元々そういう輩を引き寄せやすい藤森を目当てに集まってきた雑霊がいくつも棲み着いている。最も力が強いのはこの部屋の先住者である男だが、雑霊も数が多すぎて始末に悪い。

それらすべてを精神力で撥《は》ね除《の》けていた江利は、だから、藤森がぶっきらぼうに言った言葉が一瞬うまく呑《の》み込めなかった。

「何？　いいって？」

「……風呂！　怖くないけど、江利が一緒に入りたいって言うなら、いいって言ったんだよ！」

さらに怒ったように言う藤森は耳まで赤い。

江利も釣られて赤らみそうになった。

（こ、この人は……）

灯りが消えたこととパソコンが落ちたことで、すっかり怯えてしまっているくせに、それを隠そうとして強がっている。

「藤森さんさ……本当、チョロすぎて心配になってくるんだけど、俺」

「何が？」

「怖くないのに俺と一緒に風呂入っていいよって、エッチしたいから入りたいってふうに取っちゃうけど、いいの？」

ぐっと、藤森は言葉に詰まったようだ。やっぱりそこまで考えていなかったらしい。

そもそも江利がこの部屋に居座るようになったのも、怖がりな藤森に江利がつけ込んだせいだ。

江利は最初から藤森に好意と興味があって近づいた。ただのいい人のふりで部屋にまで上がり込むのはさすがに良心が咎《とが》めるし、かといって安全牌《あんぜんパイ》扱いで親しみを覚えられても困るので、「下心はあります」と宣言はした。

だが藤森は、基本的に人がいいのと、多分面倒臭いことを無意識に回避しようとする習性が発動して、江利の宣言をなかったことにしようとしていた。

最終的には『江利がいた方が安全である』と本能が理解したらしく、江利のことを受け入れてはくれたが。

(このまま流され続けてくれれば、そりゃあ俺にとっては都合がいいんだけど)

江利といると怖くなくなるからだけではなく、触れ合っていると気持ちいいから一緒にいたい、などと藤森は言っていたが、その理由を江利は知っている。江利が、藤森の怖いものを遠ざける力を持っているからだ。怖いものが消えた時の安心感を、藤森は快適さや快楽と誤認している。

そのうえ藤森は快楽にも流されやすい。

そして江利にとっては頭の痛いことに、それらすべてに無自覚なのだ。

「ほんと、このチョロいのが無傷で過ごせてたのが奇蹟《きせき》って気がしてくるよ。タチの悪いヤツの中には、取り憑《つ》いた相手に怪我《けが》させたり病気にさせたりするんじゃなくて、快楽を与える系のがいるんだよ。精気を吸い取る、ってやつ。取り憑かれた方は、怖いよりも気持ちいい方が勝っちゃって、好きにさせるうちにどんどん衰弱して、最悪死んじゃうんだけど」

うまく言い包《くる》めて誘導して、藤森を自分に頼り切りにさせることも、もしかしたらできるんじゃないだろうかと江利は思っている。それこそ『タチの悪いヤツ』のように、快楽の虜《とりこ》にさせるのだ。

実際藤森はそうなりかかっている気がする。最初は抵抗を見せた江利とのセックスに対して、回を重ねるごとに慣れてきている。怖がって擦り寄って来る藤森を宥めるために抱き締め、そのうちキスして、あちこちまさぐっても、最近は文句も言わなくなった。

それは江利にとっては都合のいいことなのだが、どうも、小さい子供でも騙《だま》しているようで落ち着かないし——少しだけ、寂しくもある。

「ここにいるやつもそういう要素持ってるんだよ。藤森さんがビビって動けなくなったところに気持ちいいこととして、まともに思考が巡らないようにしたり」

危機感の薄すぎる相手に対し、お説教のつもりで滔滔《とうとう》と話していた江利は、はあ、と大きな溜息《ためいき》を聞いて言葉を切った。

腕の中で藤森が身動《みじろ》いでる。江利が自分の腕の中から離れて立ち上がる藤森を大人しく見上げたら、いきなり、額を指で弾《はじ》かれた。

「痛てっ」

「もう、俺が怖いからってことでもいいよ」

藤森に腕を引っ張られ、戸惑いつつ江利も立ち上がる。

「いいよって藤森さんちの風呂場……狭くない？」

アパート全体はボロい割に、バストイレだけあとでリフォームでもしたのか、トイレも一緒になったユニットバスだ。小柄で細身の藤森がのんびり湯に浸かる分にはちょうどいいだろうが、江利は大柄だし、男二人が入れるような浴槽ではない。

そう言った江利を見上げる藤森の目は、なぜかちょっと冷たかった。

「そもそもおまえが一緒に入ってやるって言ったんだろ」

「そりゃ軽口ってもんで」

「……何かムカついたから絶対一緒に入る。行くぞ」

「って、えっ、俺はいいけどさ」

藤森は自分で言っておきながら戸惑う江利の手を引っ張って、風呂場まで連れていき、ドアの前でまず江利の服を脱がし始めた。

躊躇《ちゅうちょ》のない、大胆な行動に、江利はまた面食らう。いつもは江利の方が隙《すき》を見て藤森の体を触り、服を脱がせて、行為が始まる。

キスをしながら弱いところを探れば、藤森はすぐトロトロになって、江利にされるまま可愛い声を上げ始めるのだが。

「どーせおまえまた、俺が流されておまえに付き合ってるとか思ってるんだろ」

藤森は仏頂面で言いながら、着々と江利を裸にしている。

「全然そういう部分がないとは言わないけど。でも怖いのと引き替えにとか、気持ちいいからってだけで、こんな何回もやらないっての。……年下の男相手に」

不貞腐れた顔をしている藤森の目許《めもと》がほのかに赤い。

「江利だから嫌じゃないっつってんのに、おまえ全然人の話聞いてないのな」

「……」

江利はまじまじと藤森を見下ろした。

それから、何だかたまらない気持ちになって、自分の服を脱がそうとしている相手の体を抱き締める。

「何だよ、脱がせらんないだろ」

藤森は文句を言っているのに、声音が少し笑っている気がする。

「好きだよ、藤森さん」

藤森を抱き締めたまま江利が言うと、どこかでバチンと空気が裂けるような音がして、江利の腕の中で藤森の体がかすかに強張った。

消えろ、邪魔するな、と江利は全身全霊を籠《こ》めて念じる。

(消えなけりゃ、また見せつけてやる)

チッ、と、今度は忌々しそうな舌打ちの音が聞こえた。勿論藤森のものではない。少しずつ部屋の中を圧迫していた嫌な空気が、少しだけ遠ざかった感じがした。ざまぁ見ろ、と声に出さずに江利は思う。多分江利だけじゃなく、藤森も、部屋に居座る霊たちを追い払おうと、必死に頭の中で祈っているのだろう。

江利と、心置きなくいちゃつくために。

(――しかし本当、いちいちこれやるのも大変だし、藤森さんが早く引っ越してくれりゃいいんだけど)

心からそう思いつつ、江利は藤森を抱き締める腕を緩めて、相手の服を脱がし始めた。

◇◇◇

(やっぱ、格好いいんだよなあ)

狭い布団に無理矢理二人並んで寝転び、間近で目を閉じる江利の顔を眺めながら藤森はしみじみ思う。

藤森も江利も素っ裸だ。

シャワーを浴びながらさんざんじゃれ合って、藤森がのぼせる寸前にやっと風呂場を出た。汗を流すどころか、体を拭《ふ》いても拭いても汗が出てくる有様だったし、布団でもまたお互いの体のあっちこっちを探り合ったりしたものだから、バスタオルもシーツもびしょ濡れだ。

(今日はクーラーがまともに動いてて、よかった)

以前故障して、修理してもらったはずのエアコンだが、たまに調子が悪くなる。江利曰《いわ》く、藤森には口に出すのもおぞましいので指示代名詞でしか表現したくない『アレ』の仕業だ。

いちゃつき疲れて、先に藤森の方が寝入ってしまったらしいが、目を覚ました時には江利もすやすやと寝息を立てていた。電気がつけっぱなしだったが、起きて消すのも面倒なので、そのままにして藤森はまじまじと江利の姿を眺める。

寝入っていても、格好いい男は格好いいままらしい。だらしなく口を開けて涎《よだれ》を垂らすこともなく、鼾《いびき》をかくこともなく、ただ何となく眉間《みけん》のあたりが弛んでいて、安らかな寝顔だ。ちょっと可愛い。

藤森は何となくその眉間を指でつついてみたが、よく寝ている江利は起きる気配もなかった。

(何つーかまあ、本当、俺好みだよ)

好みというか理想というか。

江利はやっぱり、『自分がこうありたかった』という藤森の願いをそのまま形にしたような男だ。

高い背丈にがっちりした肩幅。鼻筋が通っていて顎《あご》もしっかりしている。藤森みたいに、顎が小さすぎて添歯《そいば》になってしまい、子供の頃に引っこ抜いて矯正しなければならないなんて過去はないだろう。江利の唇は薄くて大きくて、キスするたびに藤森は「食われそうだ」と思った。最初はそれがちょっとおっかなかったけれど、今は、ただただ、気持ちいい。

「……」

寝ている江利と向かい合うようにして、その寝顔を眺めながら、藤森はこっそり溜息をついた。

（こいつ、もうちょっとは俺のこと信用していいんじゃないのか？　そろそろ）

江利はどうも、藤森が相変わらず流されっぱなしだと思い込んでいる気がする。

（……もう割と、結構、普通に好きなんだけど）

江利に触れられるのは最初から気持ちよかった。

くっついていると気持ちいいのは、苦手なアレから守られる感じが心地いいせいもあるのだろうが、単純に江利の体の頑丈さや温かさや匂《にお》いなんかまで好みのせいだ。

（俺が女だったら話が早かったんだろうな）

その辺、藤森は特に悔やむ気もないのだが、こだわりもないので、軽い気持ちでよく考える。自分が女で江利が男だったら、さっさと付き合っていただろうし、結婚なんて話も出ているかもしれない。子供でも産んでやれれば安心するのだろう、きっと。だが江利も藤森も男である限り、無理な相談だ。

（見た目とか最初の印象より、めんどくさいよな、こいつ）

案外頭であれこれ考えるタイプらしい。だから、藤森が自分に『心底惚れ抜いているわけではない』理由をあれこれ思いつくのだ。

藤森にしてみれば、最初から運命の出会いなんてそんな映画やドラマみたいなことがあるわけでもなし、段々に仲よくなって、気づけば大事な存在になってる……というような感じでいいんじゃないのか？　と思うのだが。

（まあ五年も十年も一緒にいれば、それが当たり前になって、いちいち疑るのも面倒になるだろ）

と、大雑把に考えて、藤森は江利の方に擦り寄る。

途端、窓がガタっと大きく音を立てたが、きっと風のせいだ。断じて風のせいだ。藤森はますます江利にくっついた。

「ん……？　どうした？」

その気配で江利が目を覚ましてしまったらしい。

「な、何でもない、全然」

何かあってたまるかという気分で言う藤森を、江利が寝ぼけながら抱き寄せてくる。

「大丈夫、大丈夫。俺がいるから。おやすみ」

「……うん」

寝ぼけながらそんな台詞《セリフ》を言う男に惚れない奴がそうそういるもんか、と思いつつ、藤森は半ば無意識に頭を撫《な》でてくる江利の手の感触を堪能する。

江利の最初の印象は慇懃《いんぎん》無礼で、今でもたまに横柄というか大雑把というか、「生意気だな」とカチンと来る時はあるのだが、基本的には優しくて親切だ。

でも多分、自分が相手の時に限られるんだろうな――ということは、藤森も薄々わかっている。

たまに思い出す。以前、ホームセンターのフードコートで遭遇した江利の同級生と、彼らに対する江利の態度。

江利は他人に対してああいう顔をするんだな、と思うと、藤森はそれが怖いというか、少し悲しくなる。普段無駄に人懐っこい態度でこっちに近づいてくる分、ギャップがすごかった。

（昔のこと、さらっと話してはくれたけど……多分俺が聞いたのより、酷《ひど》かったんだろうな）

それも想像がついた。からかわれたとか、絡まれたとか、嫌がらせとか表現していたが、そんな軽いものではなかったんじゃないかと思う。でなければ、江利はあんな失礼な奴らなんて、笑って適当に躱《かわ》せたはずだ。

(——俺、あんまりこいつのこと知らないよな)

再び安らかな顔で寝入っている江利の顔を間近で眺めて、藤森は相手のことを考え続けた。

江利は平日の夜のほとんどをこの部屋で過ごす。半同棲と言っても差し支えない状態だ。土日は自宅に戻る。江利は実家住まいだと言うが、どの辺りに住んでいるとか、家族構成とか、基本的なことを藤森は知らない。話のついでに聞こうとしても、何となくぼかされて、逸《そ》らされて、気づけば自分のことばかり話す羽目になっているのだ。

(おばあさん子だった、ってのは知ってるけど)

江利が中学の頃に亡くなったという祖母のことだけは、そこそこ話してくれる。巫女《みこ》だか、拝み屋だかをやっていたという人。江利は彼女にアレから身を守るすべを教わったと言っていた。

そのおばあさんは家の離れに住んでいて、江利の両親とは折り合いが悪かったというような口振りだった。両親はとても現実的な人たちで、巫女だの何だの言う祖母を疎んじていたようだ。おそらく江利のこともそうだろうな、と、具体的に聞かされたわけではなくとも藤森は察していた。だから江利はおばあさん子になったのだ。両親のそばよりも祖母のそばにいる方が気楽だっただろう。小さな頃からアレを見たり、アレに被害を受けていたというのだから、その対抗手段を知っている祖母を頼るのは当然だし、子供の目から見てもわかるほど祖母を疎んじている両親に、江利が距離を感じるのも無理はない。

（でも土日になると、ちゃんと家に帰るんだよなあ）

本当のところ、藤森はこのアパートを引っ越すのなら、いっそ江利と暮らしたいのだ。

今だってほぼ同棲状態なんだし、何より江利は自分にベタ惚れなんだから、ちょっと誘えば食いついてくると思っていた。

だが、「江利が居座るんなら、おまえの着替え置く場所とか、寝る場所とかのことも考えた方がいいよな」と探るように言った藤森に返ってきたのは、

『俺は実家出られないから、俺の部屋とかそういうの考えなくていいっすよ』

というあっさりした江利の言葉だった。

どうせならもう一緒に住んじゃおうぜ、その方が俺も家賃とか助かるし——という流れに持っていこうとしていた藤森は、結構な肩透かしを食った。

『荷物は置いていったりしないから、邪魔にならないでしょ』

江利の言うとおりだった。着替えの下着やら寝間着やら、置いていけば楽だろうに、江利はそういったものを藤森の部屋に決して置きっ放しにしない。

それが単に性格のせいなのか、あるいはアレが出るこの部屋に自分のものを置いていきたくないとかいう理由でもあるのか——。

後者の方を想像して、藤森はぶるっと身震いした。何しろこの部屋には、当たり前だが藤森

のものが山のように置いてある。

（いや、でも、そんな理由だったら江利は俺に教えてくれるだろ……）

江利は自分だけ助かろうと、都合の悪いことを黙っているような男ではない。その辺り、藤森は江利のことをすでに疑うことなく信頼している。

（話しぶりからして、家っていうか、両親が好きって感じは、やっぱそれほどしないんだけどな）

ではなぜ江利が家を出ようとしないのか、結局藤森にはわからない。

言いたくない事情があるのだろうが、知りたいと思ってしまう。とはいえ聞いたところでうまく躱されてしまうし、本人が隠したがっていることを無理矢理聞き出すのも悪い気がする。

両親との間に何か口にもしたくない嫌なことがあって、江利が傷ついているのだったら、あまりしつこくするのもよくないだろうと思ってなるべく我慢している。

万が一にも、江利が再びあの同級生たちと遭遇した時のような顔になるのは、藤森だって嫌なのだ。

（まあいいや。もし江利の親が江利にとってよくない人たちだとしたら、俺がこいつを大事にしよう）

そう決心して、藤森は寝ている江利の体をぎゅうぎゅう抱き締めた。

「……ん……何……？」

そしてまた江利の睡眠を邪魔してしまったらしい。問いかけてくる江利の声音は寝ぼけていて、そしてちょっと笑っている。

「俺より先に寝るなよ」

わざと尊大に言ってみたら、江利が笑い声を零した。

「はいはい……おやすみ」

半分寝ぼけつつも、江利が藤森の額に唇をつけてくる。

遠くでまたガタガタと妙な音がしたが、藤森も何だか急に眠たくなってきたので、江利に抱きついたまま目を閉じ、すぐに気持ちよく寝息を立て始めた。

◇◇◇

夏のボーナスの額が予想を超えて悲惨なものであると知ったのは、七月も下旬に差し掛かった頃だった。

「やばい……これ、ボーナス払いで飛んでく……」

相変わらず物が溢れかえったアパートの部屋の中、明細書を握り締めて藤森は呻くように言った。

「あれ、ボーナス払いやめとくって言ってなかったっけ？」

江利の方は、勤め先のデザイン事務所からすでにボーナスなしを宣言されているという。元々知り合いが経営している会社に経験なしの縁故で入った新卒だから、夏はまるで期待していないと言っていた。

しかし藤森の方は、少なくても新しい部屋の敷金礼金くらいは出るものだと思っていたのだ。

「使わないぞーと決意する前に使った分でほぼゼロに」

「ま、まじか」

藤森の浪費癖を、まあその癖のせいで物が溢れかえった部屋で過ごしているのだから江利も嫌というほどわかっていただろうが、さすがに驚いたようだった。

「藤森さん、貯金ゼロって言ったっけ？」

「そんなもんがあったら、ボーナス待たずにとっくに引っ越してる」

家賃と光熱費とその他生活費、あとは趣味の服鞄靴のリボ払いで月々の給料は綺麗《きれい》になくなる。

「リボ払いやめようよ藤森さん。手許《てもと》にない金は趣味に回しちゃ駄目だろ」

「わ、わかってる、引っ越すって決めてからは一括以外使ってないから」

「カード払いもやめなさい。……って、今言っても仕方ないよなあ」

江利は頭を抱えんばかりだった。藤森も、自分のだらしなさにさすがに落ち込む。

「二、三件、引っ越し先の目処《めど》つけてたんだけどなあ……」

「……うーん」

江利にも打ち明けてあるが、恥ずかしい話、学生時代にもリボ払いで首が回らなかった分を両親に立て替えてもらい、それを月々返済している状況で、これ以上は何があっても貸さないと断言されている。

「最悪、キャッシングで引っ越し代だけ……」

「いやいや、リボもカードも使うなって言った矢先で何でキャッシングとか出てきちゃうの。藤森さんちょっとマジで金に関してはもうちょっとしっかりしなさい」

「わ、わかってる、っての」

頭ごなしに、しかもさっきから命令調で言われて、藤森はちょっとムッとする。

そんな藤森の反抗的な目に気づいたのか、向かいに座っていた江利が深々と溜息をついた。

「じゃあ絶対二度とカードだのキャッシングだの使えないように教えてあげるけど。――金遣い荒い人には、憑くよ」

「……え!? な、何……が？」

聞かずともわかる気がしたが、藤森は低い声で言った江利につい問い返してしまう。

江利はじっと藤森を見ている。

「執着に惹《ひ》かれやすいって言っただろ。余ってるところから使う分には全然いいんだ。ただ、ないところから捻《ひね》り出そうとして、いつも金のやりくりのことばっかり考えてるような人は、つけ入られやすい。『金を遣う』ってこと自体、酒とかギャンブルとか麻薬みたいに中毒性があるんだ。藤森さんそこにかかってるスーツ、本当に欲しかった？　必要だった？　それを手に入れる自分、そのために金を遣う自分に、快楽を感じなかった？」

「……う……」

別に江利に詰め寄られているわけでもないのに、藤森は何となく、座ったまましりじりと相手から後退《あとじさ》る。

「――浪費が原因で多重債務背負った挙句自殺した奴なんて、死んでからもその快楽を得るために、同じような人をみつけて取り憑くんだ。まともな思考を奪って、相手に同化して、ただ気持ちよくなりたいがために金を遣わせる。……藤森さん、本当に、金を遣ってるのは、自分の意思……？」

「わー、わー、わー、やめろ、やめてくれ、わかった！　もう二度と本当にカード使わないから！　身の丈に合った暮らしをするから！」

藤森は両手で耳を押さえて喚《わめ》き、涙目でその場に突っ伏した。

もう一度、江利が溜息をつく音が聞こえる。

「金に限らず、食べ物とか、セックスとか、暴力とか、快楽に未練を残してこの世に留《とど》まる霊魂ってのはいくらでもいるもんで……」

「わかった、本当にわかった、ごめんなさいもうしません！　欲しいものができたらちゃんと金貯めてから買うから！　よっぽど期間限定とかじゃない限りは！」

「……いや、もう、藤森さん実は本当にものすごく心が強いよね……」

三度、江利が大仰すぎるほどの溜息をついた。

「でも、この調子だと冬のボーナスもあやしくないすか？　いつになったら引っ越せるのか」

笑い声が聞こえた気がした。勿論こんな時に笑うのは江利でも藤森でもない。この部屋にいる他の『誰か』たちだ。自分や江利が落ち込んだところに、手酷い危害を加えようと待ち構えている気がして、藤森はぞっとした。

「……」

江利は少し顔を伏せ、額に拳を当てて、考え込むような格好になっている。

藤森は背筋の寒さに耐えられず、さっき後退って空いた分、江利の方へ近づいた。

「ちょっとずつでも、なるべく毎月、貯めるから。江利、これからもうちに泊まってくれよ？」

「――いや」

「え、嫌!?」

「藤森さんが毎月ちょっとずつなんて言ってたら、十年経っても引っ越しなんかできないでしょ」

江利の言葉に、藤森が反論できようはずがなかった。

江利が顔を上げ、何か決意したように口を開く。

「俺が引っ越し代、稼いできますから」

「稼いで……って、どうやって？」

江利だって、ボーナスが出ないくらいの会社で働いているはずなのに。

「バイトします。幸い中途採用で新しい人が入って、しばらく残業も休日出勤もそうなさそうだし。その分を副業に充てる」

「副業？」

「会社として受けるんじゃコストが見合わないけど、個人でやるならちょうどいい感じの案件がいくつかあるんですよね。社長の知り合いの小さい店のチラシとか、講演会のパンフレットとか、個人塾のウェブサイト作ったりとか。今まではかなり破格で請け負ってたけど、そろそろそういう仕事は切っていきたい、でも義理があるから切れなくて困ってるって話、ちょうどしてたんすよ」

そう説明して、江利が藤森に笑ってみせる。

「今までは給料分でやってたのが別個にギャラもらえるし、納品と同時に支払ってもらえれば給料日まで待つこともないし。それで稼いで、藤森さんに貸します。ってか、何なら俺が出資したっていいわけだし」

「いやいやいやいやそんなわけには」

出資、などと言われて、藤森はさすがに慌てる。

「俺のことだし、そんな……わけには……、……いやいや」

しかし申し出は魅力的というか、他に妙案があるわけでもないのに、簡単に気持ちがぐらつく。

無意味に視線をあちこちに彷徨《さまよ》わせる藤森の肩を、江利が片手で優しく叩いた。

「俺は藤森さんの彼氏なんだから、金出す権利はあると思うんだけど」

「い、いや、でもしかし、さすがに俺の男として年上としてのプライドが……というか人としてどうかと思うし……」

「何もせずにいて、藤森さんが危ない目に遭うとか、俺は嫌だよ」

江利が、うろついている藤森の視線を捉《とら》え、目を覗き込むようにして言う。

「う……でも、大変だろ、仕事しつつ、バイトとか……」

「でもこのままこの部屋に住み続ける以上に大変なことも、そうないと思うよ」

それもそうか、と藤森は頷きそうになってしまう。

「素人さんの作った手書きポスターを、データで作り直すってくらいの作業だよ。ここじゃちょっとパソコン使うの怖いから、会社の使わせてもらうか、自宅の使うことになるけど」

とすると、江利がしばらくこの部屋に来ないということだろうか。

それに思い至った藤森の不安を見取って、江利が安心させるように笑う。

「対策はちゃんとしとくし、少しの間、頑張って」

「が、頑張ってってそんな、軽く」

「――ってか、何かどうも、藤森さん一人の時の方が静かっぽい感じじゃない?」

たしかに、土日など江利が部屋に来られない時でも、以前ほど怪異な現象に悩まされることは減っている。思い返してみると、どちらかといえば、江利がいる時の方が、部屋にいるアレたちが元気かもしれない。

恐ろしいことに、この部屋の先住者であるアレは藤森に懸想《けそう》していて、前は藤森の肉体を手に入れようとしていたが、今は江利に嫉妬《しっと》して、江利を排除しようと頑張っているらしい。

部屋には男のアレだけではなく、それに引っ張られて他のアレも集まっているらしく、そのうち一度も恋をせずに死んでしまった女のアレは、「『リア充死ね』って叫んでる」という江利の談だ。藤森が一人でいる限りはそこそこ大人しいのだろう。

「俺が来られない日が続いても、しばらくは大丈夫だと思うんだよ。とはいえずっと来なけりゃ来ないで、また調子に乗るだろうし。何より、藤森さんに会いに来られないのは、俺が嫌だから」

江利が藤森の肩を両手で摑《つか》み、にっこりと笑う。

「ね?」

その笑顔は狡《ずる》い、と思う。あきらかに藤森を丸め込もうとしている態度だが、こういう時、丸め込まれてしまうのが藤森なのだ。

「……わかった」

どのみち他に手立てもない。藤森はしぶしぶと頷いてから、項垂《うなだ》れた。

「悪い。俺がもうちょっと計画的に貯金とかしとけば……」

「いいよ。これからおいおい直していった方がいいとは思うけど、そういうユルユルなとこ含めて、藤森さんだし」

その言い種に藤森がムッとして顔を上げ、相手を睨《にら》みつけるが、江利は笑ったまま藤森の方へ身を寄せてくる。

「俺は、そういう藤森さんが好きだよ」

甘い声で囁《ささや》かれて、藤森はあっさり腰砕けになってしまった。

「……俺も」

唇が触れ合う寸前、藤森は小さい声でこっそり呟いた。

——最初はあんなに警戒してたのに。ホモなんて冗談じゃないと思っていたのに。

(俺も、好きだ)

すぐに接吻《くちづ》けられたので、江利にその言葉が届いたかはわからない。だが熱心に触れてくる相手に、藤森も同じ仕種で応えたから、別に言葉がなくても充分伝わっているだろう。

江利の手が藤森の背中に回った時、ドン、と床を踏み鳴らすような音が聞こえた。

（うるせーな、邪魔すんな）

今は怯えよりも、無粋な妨害に苛立《いらだ》ちを感じる。あっちへ行け、と強く念じると、もう一度聞こえてきたドンという音は、さっきよりも少々控え目な響きになった。

——最初はあんなに怖がっていたのに。幽霊なんて冗談じゃないと思っていたのに。

（いろいろ、慣れるもんだなあ）

自分でも感心しつつ、藤森は江利の首に両腕を回して、相手とのキスに熱中した。

2

とはいえ、自分の問題なのに、江利《えり》ばかりに働かせるわけにはいかないのだ。

「おーい、そっち終わりましたー？」

「終わりましたー」

コードレスの業務用掃除機の電源を切って、藤森《ふじもり》は呼びかけてくる相手に応えた。

土曜の夕方、オフィスビルの一角。

オフィスビルといっても、藤森や江利の働いている複合ビルではない。

「じゃ、上行こっか」

藤森も、藤森に呼びかけてきた相手も、清掃業者のロゴが入った青い作業着と帽子を身につけている。手にはゴム手袋と、掃除機。その掃除機を傍らに置いてあったワゴンに乗せ、藤森は次のフロアに行くべくそのワゴンを押し、エレベーターの方へ向かった。

「藤森君は今日ここで上がりだっけ？」

隣に並んだ男に人懐こい調子で訊《たず》ねられ、藤森は頷く。

「うん、このまま上がり」

「そういや前も藤森君と一緒の時、夕方までだったよな。深夜帯の方が全然いい金になるんだから、時間ずらせばいいのに」

気軽に言う相手に、藤森は乾いた笑いを返した。

(冗談じゃない)

土日、藤森もアルバイトをすることにした。藤森の勤める会社は副業禁止なので、バレないようにこっそりと、短期契約の清掃業務だ。求人誌には『イベント会場等での清掃スタッフ』が主だと書かれていたのに、藤森が回されたのは土日は完全に社員の出入りが禁止されているオフィスビルだった。

今日の相棒である田口《たぐち》という男とは、先週も別のビルで一緒になった。見た感じ藤森と同じくらいの歳《とし》で、長い茶髪が邪魔なのかひとつに括《くく》る様子が少々軽薄な感じもするが、藤森はすぐに彼に馴染《なじ》んだ。田口は人好きのする気さくな雰囲気の男で、一応は社会人として礼儀正しく接しようと敬語で話しかけた藤森に「そんな固くならなくていいよ、お互いバイトなんだしさ」と笑って言った。

田口は学生時代からあっちこっちいろいろなアルバイトを渡り歩いてきたとかで、清掃業務も手慣れたものだった。就職するまでろくに働いたこともなければ、家の手伝いで掃除をしたこともない藤森は、仕事の一から十まで田口に教わらなくてはならなかった。

「深夜っていったって灯りはついてるし、昼間と作業はそう変わらないんだから、楽なもんだと思うんだけどなあ」

そして田口はなかなか怖い物知らずらしい。いや、俺が怖がりすぎるんだろうなという自覚は藤森にもある。

昼間のうちとはいえ、ひと気のないビルというものが、こんなに薄気味の悪いものだとは思わなかった。田口がいるからいいものの、これが一人で清掃をして回らなければならないのであれば、藤森は仕事を投げ出して逃げていただろう。

（人が集まるところはアレが寄りやすいとか、江利が要らない情報くれるから……！）

今は自分と田口と、詰め所に警備員がいる程度だから、人が集まっているわけではない。きっとアレだって土日は休みだ。そう自分に言い聞かせてみるが、藤森はしんとした廊下を若干緊張しながら歩く。

「ていうか藤森君、ひょっとして、ビビってる？」

次のフロアに移動するためエレベーターに乗り込んだところで、田口にずばり訊ねられて、藤森はいささかきまり悪くなった。そんなにわかりやすい態度を取っていただろうか、自分は。

「ビビってるとかいうわけじゃ……」

「まあ普段人がいっぱいいるところに誰もいないっての、結構気味は悪いよな。非日常感っていうのかな？」

咄嗟《とっさ》に誤魔化《ごまか》そうとしたものの、田口は藤森の臆病さを笑ったりもせず、むしろ同調するような口振りだったので、ほっとする。

「忘れ物して学校に取りに行く時なんか、怖かったもんなあ。怖いっていうか寂しいっていうか、いつも賑《にぎ》やかなだけに変な感じがして。……って学生だったのなんて太古の昔なのに、何だか甘酸っぱい気持ちになってきた」

軽口を叩く田口に、藤森は笑う。

「学生時代が太古の昔なんて歳に見えないんだけど、田口さん」

「ずっとフリーターだから、大昔な気がするんだ。根無し草やってると時間の流れが早くて」

田口も笑っている。

「藤森君は？　こないだ、平日の昼間は働いてるって言ってた気がするけど、バイトじゃなくて、ちゃんと会社勤めしてる人なんじゃない？」

「え……わかるかな」

副業禁止なので大っぴらに事情を話すのは憚《はばか》られ、前回シフトがかち合った時も、うまく誤魔化したつもりだったのだが。

「わかるわかる。会社組織に属してるヒト特有の感じするもの。で、休日にバイトしてるのはワケありって感じ。……コレ？」

エレベーターを降り、次のフロア清掃の準備を手早く始めながら、田口がいささか品のない

仕種で小指を立てて見せた。

「それとも、これ?」

今度は片手でハンドルを捻るような仕種だ。藤森は微妙な気分になりながら首を振った。

「いや、まあ、女でもギャンブルでもなく……何にせよ俺がだらしないせいなんだけど」

「ふーん、詐欺にでも遭った?」

田口は割合ずけずけと訊《き》いてくる。まさか霊障に悩まされて引っ越すための資金が必要なのだ、と打ち明けるわけにはいかない。いい歳をした社会人がなぜその程度の蓄えがないのかといえば浪費のせいだと正直に白状するのもみっともないので、藤森はただただお愛想笑いを浮かべるしかない。

「藤森君って笑うと可愛いよね」

そんな藤森を見て、田口もまた笑う。

「は?」

「モテるんだろうなあ、彼女とかいるでしょ?」

「彼女……というか何というか……」

藤森の脳裡《のうり》に真っ先に浮かぶのは、勿論あの年下の男だが、あれを彼女と表現するのもなかなか困難だ。

「まあ、付き合ってる奴はいるけど」

しかし彼女がいないと答えるのにも抵抗があるので、藤森はそんなふうに答えた。

「ん、ワケあり？」

「多少……でも、大したことじゃないかな」

ちょっと自分も江利も男なだけで、藤森自身はその辺りをすでに「まあいいか」と有耶無耶《うやむや》に流している。江利の方は、そもそも向こうから言い寄ってきたんだし、それが障害とは思っていないのだろう。

（ていうか、生きた人間を好きになれたのなら、よかったとか言ってたような……）

思い出してしまって、藤森はひっそり震え上がった。生きていない人間になら好意を持ったことがあるとでもいうのか、だがそんなものは聞きたくない。恋人の昔の恋の話を聞きたくないタイプの奴だっているから聞かなくていいんだ、と藤森はなるべく怖い方にいかない理由で自分を納得させる。

「藤森さんの相手ってなら、きっと美人なんだろうなあ」

藤森は廊下に面したはめ殺しの大窓の清掃を、田口は天井の清掃を始めながら、会話が続く。

「まあすごい美形ではあるかなあ」

どちらかと言えば二枚目とか男前とか評した方がしっくりくる造作だったが、藤森は田口に合わせてそう答えた。

「お、可愛い系より綺麗系って感じ？」

「可愛く……ないこともない、たまに」

「年上？　年下？　同い年？」

しかし田口の質問は矢継ぎ早だ。その間にもてきぱきと作業は続けているので、器用だし社交的なのだろう。ひと気のないビルで黙りこくって働くのは藤森も気が進まないので、田口があれこれ話しかけてくれるのはありがたい。

ただ、少々答えにくい話題なのは困るが。

「年下。二個下」

「たまに可愛いってことは、いつもは生意気かしっかり者？」

そして田口はどうも勘がいいというか、人の言葉に滲《にじ》んだニュアンスを読み取るのが得意なようだ。これも様々な職種でフリーターを続けてきたという経験のたまものだろうか。

「基本しっかりもの、すごく」

「藤森君ユルユルっぽいもんなあ」

まるで江利のようなことを言われて、藤森はムッとしかけてから、「会って間もない相手にわかるほどそんな具合いだろうか」と若干へこんだ。

「藤森君のこと放っておけないから！　とか言われて付き合い始めた流れじゃない？」

そんなことまで当てられてしまい、さすがに驚く。たしかに江利は、藤森が放っておけないからと声をかけてくれて、助けてくれたのだ。

「た、たしかに放っておけないとか向こうは言うけど……でも、俺だって、あいつのこと放っておけないし」

江利のことも自分のことも知らない相手に言っても仕方がないと思うのに、藤森はついそう釈明を試みる。

「そりゃあ俺はだらしないし、ユルユルって向こうによく言われるけど、あいつもたまに危なっかしいところあるんだよ。強いっていうか図太いくせに、急に弱いとこ見えたり……そういうの嫌で、辛い顔とかさせたくなくて、俺が何かしてやれたらいいのにって思うし」

昔の同級生のことを、江利は何でもない調子で話す。だが彼らと会った時の態度を思い出すにつけ、江利が平気だったとはまるで思えない。

家のことも、江利が気にしていなければ、話してくれるはずだ。

江利は自分の弱みを隠そうとする。藤森には教えてくれない。

今回のことも、江利は『自分がバイトをして金を出す』と一人でさっさと決めてしまった。

それが藤森のためであっても、江利の提案や主張がもっともであっても、本当は少し寂しかった。

（あ、そっか。それで俺、結構意地になって自分までバイトしてるのか）

年上のプライドとか、人としてどうかと感じる部分があるのも確かだが、何でも自分で片をつけようとする江利への抵抗もあったらしいと、藤森は今さら自分の気持ちに気づいた。

（俺だって江利の力になれる……とか何とか）

面と向かってそう啖呵《たんか》を切りたい気もするが、しかしそもそも今回のことは自分自身の不始末だ。せいぜい、少しでも早く引っ越し資金を貯めて、江利の負担をなくすよう頑張るしかない。

「よっぽどラブラブなんだなあ」

楽しそうな田口の声が聞こえて、藤森は我に返った。つい自分の思考に耽《ふけ》ってしまったが、そういえば田口との会話の途中だったのだ。

「思い詰めたような顔したと思ったら、ニヤニヤして。ほんと藤森君ってわかりやすいよ。恋人はきっと、大変だろうなあ」

田口は藤森が考え込んでいる様子を観察していたらしい。顔に出していたつもりはないが、一部始終を見られたらしく、藤森は恥じ入った。

（な、何かこの人、思ったよりやりづらいな）

人懐っこいのは結構だが、いささかずけずけしすぎている気もする。

そしてその感じが、藤森には少し懐かしかった。何だろう、と思い返してすぐ気づく。田口はどうも、出会った頃の江利を彷彿《ほうふつ》とさせる。距離感が近くて戸惑うのだ。

「――まあ俺の話はもういいとして。田口さんは？　付き合ってる人とかいないんですか、モテるでしょ」

「俺はずっと独り者だし、モテないよ。あ、そっち終わったら、向こうの端から床やっちゃおう」

やり返すつもりの質問はさらりと流され、仕事の指示を下されて、結局話題はそこで打ち切られる。

こういうところも、何だか江利に似ている。それとも自分がそういう扱いを受けやすいタイプなのだろうか、と考えて藤森はまた少しへこんだ。ユルユルだのチョロいだの、江利には前から言われ放題になっている。

（まあ江利と違ってこの人とは今日限りかもしれないし。俺も適当に、やり過ごそう）

単発バイトだから、また同じ現場に派遣されるとは限らない。藤森は暇潰《つぶ》し程度にほどほどの会話だけしようと決める。そういう上っ面の人付き合いは、どちらかといえば得意な方だ。

とにかく藤森は、バイト代のために、真面目《まじめ》に働いた。

◇◇◇

啜《すす》り泣きを堪えるような気配が、さっきから部屋の中で続いている。

その気配を意識の外に追い遣って、江利は目の前の男——大きなベッドで仰向《あおむ》けになり、土気色の顔できつく目を閉じている男をじっと見下ろした。

男は五十を過ぎたばかりの歳のはずだが、七十にも八十にも見えそうなほど面窶《おもやつ》れして、髪や伸ばしっぱなしの無精髭《ひげ》はすっかり白いものだらけになっている。苦悶《くもん》の表情でタオルを咥《くわ》えた歯を食い縛り、低く獣のような唸《うな》り声を上げていた。

「江利さん、主人は……」

堪えかねたように、江利の背後に控えていた彼の妻が問いかけてきた。苦しむ夫の姿を見ていられないようで、江利がこの家に来た時からずっと涙を零し続けている。

「ひとまず、これ以上は悪くならないよう処置はしておきました。しばらくはこうして眠り続けていると思います。ただ対症療法的なものなので、大元を壊さない限りはどうにもなりませんね」

まるで医者のような台詞だな、と思いつつ、江利は背後の女性を振り返って言う。女性はハンカチを口許に当てながら、繰り返し頷いていた。

「眠ってくれるなら、いいんです。ずっと暴れて、酷い言葉で私や娘を罵倒《ばとう》したり、電話でもそうなもので……」

彼女もひどく窶れていた。

「どんなお医者様にかかっても、原因がわからないと言うばかりでしたし。江利さんに来ていただけて、助かりました」

「ご主人のことはあまり刺激しない方がいいですから、ひとまず部屋を出ましょう」

江利が促すと、女性は気懸かりそうに何度も彼を振り返ってから、その寝室を出る。

屋敷の廊下はひどく暗かった。まだ日のある時間で、広い廊下には大きな窓が壁や天井についているから、建物の向きからしても、暗いなどということがありえるはずもないのに。

（……ここも、随分だなあ）

廊下の半ばで足を止めて、江利は辺りを見回した。広い家だ。屋敷、と呼ぶのが相応《ふさわ》しい立派な建物。主庭《しゅてい》に、中庭に、裏庭まである。

押見《おうみ》というこの家の主《あるじ》は、いくつもの会社を経営する資産家だった。

押見はこれまでの豪奢《ごうしゃ》な食生活がたたって肥満気味だという程度で、立派な健康体だったはずなのに、二ヶ月ほど前から急激に体調を崩したという。食欲が失《う》せ、豪放磊落《らいらく》で売っていたのが細かいことで怒るようになり、たった数週間で巨体が見る見る痩《や》せていった。無計画に新たな事業に手を出したり、恣意《しい》的な投資を始めて、あっという間に会社と個人資産が傾きだしたのも同じ頃だ。

押見の妻は人が変わったような夫の有様に、暴れて嫌がるのを無理矢理医者に連れていったが、どう検査をしても悪いところはどこもない。なのに食欲は落ち、痩せ細り、神経質さがさらに増し、被害妄想に取り憑かれ、誰彼構わずヒステリックに罵倒し続ける。結局押見に下ったのは『更年期障害』という診断だった。

処方された薬を飲んではみても、押見の様子は悪化するばかりだった。おかげで家事代行業者からは家政婦の派遣を断られ、家を訪れる客もいなくなり、溺愛《できあい》していた娘にまで手を上げるようになったので、今は家から出しホテル住まいをさせている。

今は押見と妻の二人きりが、広い家に住んでいる——ということろまでを、江利は夫人から聞いている。

「江利さん……何か?」

立ち止まったまま廊下や天井を見遣る江利に気づいて、夫人が不安そうに訊ねてくる。江利は彼女を見返した。

「なるべく空気を入れ換えて、こまめに掃除をしてください。奥さんお一人じゃ大変でしょうけど、今は家に他の人を入れない方がいいと思います。俺も手伝いますし」

「はあ……」

彼女にはまるで見えないのだろう。家中を覆っているこの淀《よど》んだ気配が。天井の隅や柱の陰など、黒い靄《もや》が掛かって、壁の色がわからないくらいだ。普通に呼吸をしていても、空気が粘つくように重たい。

(これがわからないとは、羨《うらや》ましい)

藤森がこの場にいたら気でも失うか、そもそも足が竦《すく》んで敷地の中に入れないだろう。

江利だって気分が悪いし、恐怖もある。

「あの、やっぱり、その……狐《きつね》が憑いてるんでしょうか、主人には」

家の状況をまるで把握できない夫人が、困ったように江利に訊ねてくる。彼女は医学ではどうにもならないと周囲に相談し、見舞いに来た親戚から、『あれはきっと狐が憑いたに違いない』と言われ、半信半疑のままその筋の伝手《つて》を頼り、江利に辿《たど》り着いたのだ。

「狐かどうかは、わかりません。雑霊の類《たぐい》が山のように溜まってますけど、ひとつひとつは力が弱すぎて、元がどんなものだったかもわかりませんよ」

説明したところで大抵の人は信じないだろうが、口を濁してもどうせ胡散《うさん》臭く思われる。だったらもっともらしく話した方がいい——というのは、江利が実体験から学んだことだ。

「わかるのは、ご主人が呪われてるってことです。自然に取り憑かれたわけじゃない。誰かがご主人を苦しめようという確実な意志を持ってます」

押見家の敷地に足を踏み入れる前から、江利にはわかった。ここには性質《タチ》の悪いものが意図的に集められている。嫌な感じのする辺りを探ると、押見の名が書かれた形代——人の形をした紙が隠されていた。敷地の外には積み石がしてあって、集められた雑霊が閉じ込められているのもわかった。

形代を火で焼き、積み石を崩して場を浄《きよ》めると、それまで獣のように吼《ほ》えながら家中のものを叩き壊していた押見が暴れるのをやめ、昏倒《こんとう》した。

押見の手脚は針金のように痩せ細り、江利一人でも寝室に運ぶのにわけはなかった。もし江利が来るのが数日遅かったら、押見は体力を削って暴れ続け、命を落としていただろう。

「さっきも言いましたけど、呪いの大元を取り除かないことには、元のご主人に戻ることは難しいと思いますよ。まあ、こんなこと言われたって、信じようがないでしょうけど」

「……いえ、信じます」

夫人が首を振り、溜息交じりに言った。

「主人はこんな家を手に入れるため、自分の会社を大きくするために、汚いことも狡いことも散々やってきましたから。人の恨みを買うのは当然です。私も、自分の親の会社のために、この家に売られたようなものですから」

では彼女も押見を恨んでいるのか。

だが、夫が苦しむ様子を見て涙を流す姿に、江利は嘘《うそ》を感じなかった。

「でも私も結局、あの人が他人様《ひとさま》を苦しめて泣かせて生んだお金で生活してきました。それが嫌で、娘が成人したら逃げ出そうと決めていたのに……でもこうなったあの人を、どうしてか、どうしても、見捨てられないんです」

夫人はそう言うとまた小さく啜り上げ、ハンカチで目許を拭《ぬぐ》った。

「どうか、主人を助けてください」

深々と頭を下げる夫人に、江利は「できるだけのことはします」とまた医者のように答えた。

この状態のまましばらくは押見と二人で暮らさなくてはならない夫人のために、江利はあれこれ注意すべきことを告げてから、押見の屋敷をあとにした。

（もうちょっと会社の方を調べるしかないなあ）

駅に向けて歩きつつ、江利は小さく溜息をつく。

会社のない土日に、個人でデザインの仕事を請け負って引っ越し代を稼ぐ――なんていうのは、藤森に対する建前だった。

その程度の仕事で短期間に金が手に入るわけがない。個人相手の小さな仕事を切り捨てられるようであれば、江利の勤め先は、社員にボーナスを出せる程度には儲《もう》かっているだろう。

我ながら咄嗟によくああまで口から出任せを言えたものだと、江利は密かに感心する。

（本当のバイトの内容がこんなのだって言ったら、藤森さん、嫌がるだろうしなあ）

江利の身を案じるだろうし、『アレ』に関わるような仕事をすること自体に怯えてしまうだろう。

だから藤森のボーナスが雀の涙だと知った時、この仕事のことに思い至っても、口には出さなかった。この先言うつもりもない。

（ハズレが引けたらよかったんだけど）

元はといえば祖母の伝手だ。

祖母が生きていた頃、彼女の暮らしていた離れに、こういう類の相談をしに訪れる者たちがいた。

江利の祖母は、ただ困った人を放っておけない人だった。娘時代から不思議な、恐ろしいことに出会《でくわ》すことが多く、それを打ち祓《はら》う力を持っていた。若い頃、どこぞの神社やら、拝み屋の許で修行したらしいことを、江利も子供の頃に聞いた。

両親は嫌がったものの、江利は祖母が好きで、彼女の離れにしょっちゅう入り浸っていた。そこで、祖母に相談する人たちの話を聞いた。

たまに訪れるそういう人たちのほとんどが、祖母曰く『気の病』の持ち主だった。あるはずのない祟《たた》りだの、呪いだのを、思い込みで生み出してしまうのだ。

『人の命にまで関わるような怖いことなんて、そうそうないのよ。生きてる人間の方が、強いんだから』

怯える江利を膝《ひざ》に抱いて、祖母は繰り返しそう言った。

大抵は悩み相談所のような役割だったのかもしれない。呪われていると思い込む原因が必ずある。精神や身体の不調のせいもある。祖母は相手から話を聞いてそれを見極め、医者やカウンセラーや、場合によっては興信所や弁護士なんかを紹介して、ことを収めていた。

どうしても祟りのせいだと信じ込む相手には、形ばかりの『お祓い』もした。思い込みには思い込みで対処だ。祖母が唱える呪《まじな》いの言葉に、飾られた榊《さかき》や振られる御幣に、相談相手はすっきりした顔になって帰っていく。

祖母が病に臥《ふ》せってからも、そして亡くなったあとにもそういった人たちが訪れ、断り切れなかった江利が、祖母の代わりに彼らの話を聞いていた時期がある。不動産の仲介業者に頼まれて、事故物件で暮らす実績を作るアルバイトをしていたのもそのためだ。

（ばあちゃんは、嫌がってたな）

危ないものに触れてはいけない。祖母は繰り返しそう言っていた。

『でも――おまえも、そういう性質なのかもしれないね』

困ったような、悲しそうな顔で、祖母が告げたことを江利は思い出す。

（でも俺はあなたよりずっと薄情だったよ、ばあちゃん）

江利に祖母の代わりは務まらなかった。祖母のように人助けをしたいと思っていたが、力が足りなかった。祖母が死んでから、彼女がどれだけ計り知れない力を持っていたのかを江利は思い知った。ばあちゃんにもできたんだから俺にも、なんてとんだ思い上がりだったのだ。

持ち込まれる相談の七度に一度は実際の霊障で、そのさらに何度かに一度は江利一人では手に負えないレベルの厄介ごとだった。

相談者の他にも、『自分の手には負えないから』とその厄介ごとを持ち込んでくる者がいた。要するに祖母の同業者みたいなもので、彼らとも江利は顔見知りだった。祖母よりは弱いが江利よりは強い霊能者に頼り、何度か場を収めてもらった。

厄介なのは死んだ人間が相手の時ばかりではない。祖母が亡くなった頃、江利はまだ中学生で、『気の病』の方の相談者も手に余った。子供のアドバイスに耳を貸す大人はそういない。祖母を頼ってやってきたのに、現れたのが十代前半の子供だと知って、それこそ何かに取り憑かれたように喚き出す人もいた。祖母の知り合いの医者や士業の人たちは、祖母に対する信頼で動いてくれていた。江利は彼らに相談者を引き渡すので精一杯だった。

(学校じゃ、痛い霊感少年だとかで、浮きまくるわ、いびられるわ……)

いいことなんて何もなかった。危ないものに触れてはいけない。死ぬ間際までそう言った祖母の言葉を、絶対に守るべきだったのだ。

痛いほどそれを実感して、江利が自分から厄介ごとに関わったのは高校時代の途中までで、大学生になってからは一切関わりを断った。

(でも結局また、手ェ出してるし)

藤森のためでなかったら、本当に、こんな仕事に二度と戻ろうなんて思わなかったのに。

(まあアタリ引いちゃったものは仕方ないし、さっさと終わらせよう)

かつて祖母と知り合いだった人たちの伝手を辿り、押見の話を聞いた時、江利は医者が下した診断と同じく『更年期障害か、脳に腫瘍《しゅよう》でもできて人が変わったってやつだろう』と思っていた。祖母のところに持ち込まれる相談で、同じことが何度もあったのだ。だから引き受けた。単なる体調不良を霊障と思い込んでいる類なら病院を紹介すればいい。稼業が不自然に傾いているのであれば、そこにあるのは呪いではなく裏切りだの裏取引だ。実情を調査するか、プロに頼んで調べてもらい、証拠を揃《そろ》えればそれで終わると思っていた。

だが、違った。押見家は当たりだ。

気の迷いになどしきれない酷い瘴気《しょうき》が押見を、家中を取り巻いている。

(早いとこ大元をみつけないと、押見だけじゃなくて、奥さんや娘までやられるな)

最悪なことに、押見の身に起きているのはただの霊障ではなく、祟りでもなく、呪詛《じゅそ》が原因だ。誰かが意図的に押見に不幸を押しつけている。つまり生きた人間が、そうなるよう工作している。あちこちに隠されていた形代や積み石が証拠だ。

(あんまり得意じゃないんだよな、ああいうの……まあ得意って奴もそういないだろうけど)

押見家に比べれば、藤森のアパートなんて可愛いものだと思う。あの霊は部屋に憑いているから、藤森が出ていけば避けられるし、建物自体を壊してしまえば居場所を失って勝手に消える。

だが押見は、彼個人が呪詛を受けている。押見の体をあの屋敷から移したところで意味がない。押見家に仕込まれていた呪具はすべて取り除いた。それでも押見が正気に返らないのであれば、もっと別の場所でも何らかの呪詛が行われているということだ。

(奥さんが金を出すっていうし、調査を急《せ》かそう)

押見に対する個人的な怨恨《えんこん》か、会社の利権絡みか。押見夫人が把握しているだけでは、敵が多すぎて、誰の仕業なのかがわからない。だが恨みを持つ相手が呪ったとは考え辛い。普通の人間が紙に人の名を書いたところで、何が起こるはずもない。

起こせる程度の力の持ち主が関わっているということだ。

「……」

道を歩きながら、江利は少し眉《まゆ》を顰《ひそ》めた。

（……嫌なこと思い出した）

祖母の離れを出入りしていた中に、その手の知識をひけらかす奴がいた。意図的に人を呪おうなんて輩《やから》にろくな奴はいない。そういう手合いが押見の向こうにいるとなると、江利の気も重くなる。決して軽率な気分で始めたことではないつもりだったが、やっぱり、軽率だっただろうか。

力尽くで霊を祓い除けたところで、呪いの大元、呪具が残っていればまたその辺りの雑霊が寄せ集められ、きりがない。人の手で集められた霊は、江利の感覚的に、粘着質で重たい。遠ざけるのに苦労する。形代や積み石に触れたせいで、すでに嫌な感じの疲労感があった。

（……藤森さんちに行こう）

押見家からはまっすぐ自宅に戻る予定だったが、江利はその気になれず、電車に乗ると藤森のアパートへ向かった。

途中メールで連絡を取ると、藤森もちょうど清掃のアルバイトが終わり、家に着いたところだと言う。今から行きたいと言うと、返信から嬉しそうな気持ちが伝わってきたので、江利は電車の中で妙に温かい心地になり、ひとり小さく笑みを漏らす。

アパートに辿り着き、出迎えてくれた藤森の顔を見ると江利はさらにほっとした。

「おかえり、お疲れ」

その上そんな言葉で労《ねぎら》ってくれたので、少しだけ疲れを忘れた。

「今週はもう会えないかと思ってた」

続いた藤森の声音は、ちょっと不満そうだった。押見家からの依頼を受けたのが先週、江利は平日の仕事が終わった後も、押見やその会社について調べなくてはならず、ここに来る時間がなかなか取れなかった。

これまで平日はほぼ毎日入り浸っていたのが、今週は水曜日に泊まったきりだ。

「風呂入るか？　何かすっげぇ疲れた顔してるぞ、江利」

心配そうに言う藤森も、どこかぐったりしていた。昨日の土曜日も今日も、慣れないアルバイトをしていたのだから当たり前だ。しかもビルの清掃なんて、体力を使いそうなものを。

「それとも飯食うか？　弁当買っといた」

藤森は自炊などできないし、江利も自分では料理をしない。藤森と食事を取る時は、外食か弁当ばかりだ。

「弁当食おうかな。腹減った」

本当は空腹など感じていなかったが、無理にでも食べなければ持たないのはわかっていたので、江利は笑って藤森に答える。

向かい合って弁当を食べる間、江利も藤森も言葉少なになった。やはり藤森も疲れているらしい。水曜日もそうだった。土日大きな掃除機を引き摺ってビル中を歩き回ったり、長い棒を振り回して天井やガラス窓の清掃をしたら、すっかり筋肉痛になってしまい、それがなかなか取れないと嘆いていた。今もその状態なのだろう。

「やっぱり、藤森さんはバイトやめなよ」

お茶を取りに立ち上がる時に「イテテ」などと腰を押さえる藤森を見兼ねて、江利は口を開いた。

「金なら俺が稼ぐって。うまくいけば今月中か、来月頭にはけりがつくから、藤森さんまで働くことない」

「いや、それは、前も散々話しただろ。俺の引っ越しのためなのに、俺が何もしないのは変だって」

藤森は何か少しむきになっている気がした。

その理由がよくわからず、江利は微《かす》かに苛立つ。

「変じゃない、俺は藤森さんの彼氏なんだから当たり前ってことも、散々言ったろ？」

「江利だけに負担かけるの嫌なんだっての。俺が少しでも稼げたら、その分おまえがチラシ作ったりする量が減らせるだろ？」

藤森は江利の嘘を疑っていない。個人的な仕事を請け負えば一件ごとに報酬が受け取れて、必要な回数をこなしたところでそれが終わると信じている。

押見の件が解決できれば、藤森が二回でも三回でも引っ越せそうなくらいの報酬が約束されているなど言えず、江利は返事に困った。

「水曜以外ここに来れなかったのって、本当は土日だけじゃなくて、毎日会社の仕事終わったあとにバイトしてるからなんだろ。そんな、疲れ切った顔して」

「いや、来られなかったのは、会社の仕事が忙しかったからって言ったろ？」

「だったらなおさら土日潰すのよくないって」

「藤森さんが心配するほど軟弱じゃないの、俺は」

嘘をついている後ろめたさと、食い下がる藤森に対する苛立ちのせいで、江利の口調は少しぶっきらぼうなものになってしまった。

それを受けた藤森が、ムッとするのがわかる。

「俺がおまえの心配したら悪いってのかよ」

「いや、そういう話じゃなくて」

「じゃあどういう話だよ、っていうかおまえ、今日やたら態度悪――」

藤森が箸《はし》を置き、テーブルを退《ど》けて江利に詰め寄ろうとしたところで、ガチャンと激しい音がした。

「ひぇっ!?」

「藤森さん！」

藤森が身を竦め、江利は咄嗟に相手の腕を引っ張り寄せる。音は壁の方から聞こえた。藤森を庇《かば》うように抱き締めながら外に面した窓の方を見遣ると、カーテンが風で揺れている。エアコンを入れているから窓は閉めていたはずだ。

床に、割れた窓ガラスの欠片《かけら》が落ちていた。

「な、なんだ、急に……⁉」

突然のことに、藤森はすっかりうろたえ、怯えている。江利は宥めるようにその背を叩く。藤森は遠慮なく江利にしがみついてきた。

「藤森さん、大丈夫、大丈夫だから落ち着いて」

狼狽《ろうばい》する藤森につけ込むように、割れた窓から黒い靄がかったものがするすると部屋に入り込もうとしている。靄の先端が渦巻き、揺らめきながら、人の顔を象《かたど》ろうとしている。その顔に江利は見覚えがあった。藤森に横恋慕しているこの部屋の先住者だ。

肩に顔を伏せる藤森をきつく抱き締めたまま、江利は大きく息を吸い込んだ。

「――失せろ！」

空気を切り裂くような声を出すと、腕の中で藤森の身がさらに竦む。同時に、彼に近づこうとしていた黒い靄も、何か熱いものに触れでもしたかのような動きで窓の外へと逃げていった。

最後に舌打ちのような音が聞こえたのが江利の癇《かん》に障る。

「もう、行ったよ。大丈夫」

「……本当か……？　本当に、本当か……？」

ぶるぶると小さな愛玩犬《あいがん》のように震えながら顔を上げた藤森は、すっかり涙目だ。怯えて自分に縋る藤森の姿が可愛くて、我ながら最低だと思いつつ、江利は泣いている相手の瞼《まぶた》と頬《ほお》と、最後に額にも唇をつけた。

ほぼ下心のみの仕種だったのに、藤森がほっとしたような顔になるので、多少胸が痛んだ。

「び、びびった……何だったんだ、急に……」

「ごめん。俺と藤森さんが言い合いっぽくなったのが、あいつら刺激したらしい」

あいつら、という言葉に、藤森がまた大きく体を震わせる。すっかり萎縮《いしゅく》してしまったようだ。

「藤森さん、大丈夫？」

「……っていうか……おまえが、大丈夫か？」

ひたすら江利に擦り寄りながら、藤森は、涙目のまま江利を見上げて頬に触れてきた。

「え？」

まさか問い返されるとは思わず、江利は首を傾《かし》げる。

「何が？」

「マジで、すっげぇ疲れてるように見えるぞ。目の下とか黒いし……」

頬を擦られて、江利は気づいた。

藤森と言い争いになったことだけが原因ではない。

(思ったより、俺も、それに藤森さんも、疲れてるんだ)

疲れて、弱っている。いつもなら江利は藤森の部屋にいる間中気を張って、あいつらが藤森に触れたりしないよう牽制《けんせい》している。

その力が弱まっていたのだ。お互いに。

(やっぱり、せめて藤森さんにはバイトやめてほしいんだけど)

藤森は元から霊を引き寄せやすい体質だ。それが、疲れているせいで、ますます顕著になっている。

だから藤森だけでも普段どおり元気に過ごしてほしいのだが、それを言えば、またさっきのような口論になってしまうかもしれず、江利は躊躇した。

「なあ、今日、泊まってけよ？　家に戻るとか言うなよ」

江利の頬に触れたまま、藤森が少し唇を尖《とが》らせて言う。

「この状態で放り出されたら泣くからな」

まだ明るいうちだが、藤森はすっかり怯えているらしい。

いや、怯えてる他にも——何となく、甘えたような色が相手の目に浮かんでいる気がして、江利は何だか頭がくらくらした。

「……疲れてるんだから、別に、何もしなくてもいいんだけどさ」

思わずその瞳をじっと見返すと、藤森は少し照れたような怒ったような顔で目を逸らした。目許がほのかに赤い。

その表情をもっと見たくて江利が覗き込もうとしたら、藤森が江利の脚を殴りつけてから、再び体に凭れてきた。

「……おまえのせいだからな」

「え……何が？」

不貞腐れた声で言う藤森の言葉の意味がわからず問い返したら、今度は背中を殴られた。割と痛かった。

「おまえが、うちに来て、来るたび……何かするだろ、俺に」

「うん、まあ、するけど」

何か、とは当然恋人同士の営みだ。最初に藤森と体を繋《つな》げて以来、江利はこの部屋に来るたび、同じ行為を繰り返している。残業があって時間のない時は、キスをしたり、触り合ったりするだけで、挿入まではしないこともあるが、何もしない日など一度もなかった。

「……でも、こないだは何もしなかったし……」

水曜に泊まった時は、お互い疲れ果てていて、弁当を食べたあとにすぐ寝てしまった。

「……べ、別にどうしてもそういうことをしたいってわけじゃないけど、全然そういうわけでもないけど、おまえが来たら、そういうのするんだろうなーって思ってたり……実際そういうのするから、しないと、何か」

藤森は江利の肩口に顔を埋め、やたら早口で、途中嚙んだりもしつつ、言い訳がましい口調で言っている。

江利はたまらない気分になって、自分に凭れる藤森を力一杯抱き締めた。

「しないと、何か、物足りない？」

「……」

無言でどかどかと背中をまた叩かれて、痛かったが、江利に文句など言う気は起きない。

「しよっか」

「……疲れてんだろ、江利。弁当食って寝ろよ」

「こんな可愛い藤森さん前にして、そんなことできると思って言ってる？　マジで？」

「……うう」

藤森は何か悔しげに呻き声を上げている。

「その前に、窓も塞がないとだろ」

「段ボールでも当てときゃいいよ。あとで不動産屋に連絡して、ガラス入れ替えてもらって」

言いながら、江利は藤森の背中を撫でた。服越しに撫でるだけの動きなのに、藤森の背中が小さく反れる。

ガラスが割れた時とは違う理由で、その体が強張っている。

（やばい……）

藤森はもう江利に触れられることを、与えられる快楽を期待して、反応している。

そんな相手の様子を見ていたら、江利の疲れなんて跡形もなく吹っ飛びそうだった。

「さ、最後まではしないぞ」

江利の体に顔を埋めて言う藤森に、江利は首を傾げた。

「え、何で？」

「疲れてるのに、余計疲れるような真似《まね》することないだろ」

「いやもう、全然元気だから——」

江利はいささか品のない台詞と共に藤森の腕を摑み、そっと自分の腰辺りに触れさせた。ズボン越しにもそこが膨らんでいるのがわかったのだろう、触れた途端、藤森がびくっと手を震わせた。

だが手を引っ込めたりはせず、むしろおそるおそるの仕種ながら、自分から江利の昂《たかぶ》りを掌《てのひら》で擦るような仕種になる。

「……ん」

江利がわざと甘い声を出すと、藤森の手の動きが熱心になる。

（やばい、可愛い）

体を重ねるごとに、藤森は最初のような抵抗（それも、口ばかりで、微々たるものだったのだが）を失い、江利のすることに文句を言うこともなくなった。

だが藤森からこんなふうに積極的に触れてくるのは珍しく、江利はそれが嬉しくて、相手を押し倒して一方的に構い倒したい気分を必死に堪える。

せっかく藤森が触ってくれているのだ。堪能しなくては勿体《もったい》ない。

顔を上げた藤森はまた涙目だったが、これも割れたガラスの音に怯えた時とは違う意味合いの涙だ。眼差《まなざ》しが少しとろっとしている。恐怖以外の感情が昂って、微かに呼吸も乱れている。

（見たかこの野郎。いや、見せたくないけど）

カーテンの向こうに追い遣った奴らに、江利は内心で勝ち誇ったように告げる。ドンドンと、空気が震えるような音がするが知ったことじゃない。

藤森はそんな音など聞こえない様子で江利の方に唇を寄せ、これも自分から触れ合わせてくる。

江利は唇を開くだけで藤森に全部任せようと思ったが、堪えきれずに舌を出し、相手のそれと絡めた。

「ん……ん」

キスに気を取られて藤森の手の動きがおろそかになり、江利がそれを指摘するように肘《ひじ》をついたら、慌てたようにまたゆっくりと藤森の掌が江利の膨らみを撫でさする。

慣れていないせいと、羞《は》じらいのせいか、藤森の動きは拙《つたな》い。

（童貞ではなかったんだろうに）

女の子を相手にしたことはあるだろうから、ここまでぎこちない動きになるのが、江利には少し不思議で——それにかつて彼が触れたことのある女の存在について考えると、チリッと、背中が焦げるような感じを味わう。

（おっと）

嫉妬に気を取られたら、ドン、と大きな音が響いた。忌々しいくらい、この部屋の住民は江利の感情の揺れに敏感だ。少し長く馴れ合いすぎているのかもしれない。

別にあいつらとわかり合いたくなんてないし、向こうだって、藤森とならともかく、江利の気分なんて知りたくないだろう。

「……江利？」

アレらが近づいてこないよう改めて牽制していたら、藤森が少し不満そうな声で呼びかけてきた。

「やっぱ、疲れてるんじゃないのか？」

「違う違う。——ギャラリーに、引っ込んでもらっただけ」

江利の言わんとするところをすぐ察して、藤森が一瞬怯《ひる》むが、それよりも江利に触れたい気分の方が勝ったらしい。

「み、見せつけてやっても、いいんだけどっ」

強がりを言いながら、江利のシャツに手をかけてきた。

「強くなったなあ、藤森さん」

心から感心して言ったのに、藤森は江利にからかわれたと思ったらしく、また背中を殴られた。

「今日は、俺がやるから。おまえは、じっとしてろよ」

それから、決意したふうに宣言された。

どうやら藤森は、江利を疲れさせないよう、全体的に自分が奉仕する覚悟を決めているようだ。

(やばい……俺だって藤森さんには大人しく寝てほしいのに……)

しかし藤森の拙い手つきに嬲《なぶ》られて、江利の性器は服の下で痛いほど張り詰めている。とてもこのまま終われそうになどなかった。

「じゃあ、たまには任せますよ、藤森さんに」

「……よし」

なぜか満足そうに頷く藤森を押し倒さないように、江利はまた必死に我慢しなければならなかった。

江利のシャツやズボンのベルトにかかる藤森の指先は、少し震えていた。怯えと、緊張と、期待が綯《な》い交ぜになって、平静でいられないらしい。

それでもどうにか江利のシャツを脱がせると、耳許や首筋に唇をつけながら、胸元を掌でまさぐってきた。

ちゅ、ちゅ、と音を立てながら肌を吸われるのがこそばゆい。江利は必死に笑いを堪えた。

江利が笑っているのに藤森が気づいて、軽くその眉根《まゆね》が寄る。思ったような反応が来ないので、不満なようだ。眉を顰めたまま、藤森が江利の胸元から腹へ、さらにその下へと掌を下ろした。

「……ッ」

直接性器に触れられると、さすがに江利も身を強張らせた。藤森がちょっと嬉しそうに口許を緩める。面白がっているふうにも見えた。

「すっごい、もう元気だな、江利」

どうやら頑張って言葉攻めに励もうとしているらしい。

「藤森さんが触ってくれるんだもん。元気にならない方がおかしいって」

本当はもっと羞じらったり、拒んでみせたりした方が藤森的には楽しいのかもしれないが、江利は羞じらう隙もない。ただただ、頑張って優位に立とうとしている藤森が可愛いばかりだ。

「……」

笑っている江利を、藤森がムッとしたふうに睨んでから、不意に、身を屈《かが》めた。

「――っじもり、さん」

ぬるりと、生温かく濡れた感触が、江利の性器の先端を包む。驚いて見下ろすと、藤森が、胡座《あぐら》をかいた江利の脚の間に頭を伏せていた。

口で咥えられている。

今まで江利が藤森のものを口で愛撫《あいぶ》したことはあっても、藤森がそうすることはなかった。抵抗があってやらないというより、いつも江利が全般リードして、藤森をよくしたいということばかりに心を砕くから、そういう行為が手順に入る隙がなかったのだ。

藤森は江利のペニスの根元を、少し拙い動きで擦りながら、先端を口の中でもぐもぐやっている。歯を立てないよう気をつけているせいか、感触は何とももどかしい。

「ん……ん」

しかし藤森が自分のものを咥えている、という状況は、なかなかすごかった。江利は自分がどれだけ嬉しくて、それがどれだけ気持ちいいかを伝えるために、わざと息を乱して声を漏らしながら、優しく藤森の髪を撫でた。

そうすると、心持ち、藤森の唇や舌や、指の動きが熱心になる。藤森は藤森で、わざと江利に聞かせようとしているかのように、一生懸命水音を立てながら口淫《こういん》に励んでいる。

「……う……」

途中、江利のものが口の中で大きくなりすぎたせいか、藤森が苦しげに呻いて、少し頭を引いた。

その隙に、江利は相手の頭をそっと掴み、自分の下腹部から顔を上げさせた。

不満そうな表情の藤森と、間近でみつめ合う。

「まだ、イッてないだろ、江利」

「もういいよ」

「何で。ちゃんと出るまで、藤森さんの中でいきたいし」

「だっていくなら、藤森さんの中でいきたいし」

笑って答えながら、江利は藤森の唇に指先で触れる。江利の性器の先端から滲《にじ》んでいた先走りの体液と、藤森自身の唾液《だえき》が混ざって、藤森の唇や顎の辺りを濡らしていた。

それが江利にとってどれだけ煽情《せんじょう》的な眺めなのか、藤森自身にはわからないのかもしれない。

(あいつらだって、みとれて騒ぐの忘れてるんじゃないのか)

邪魔が入らないのは幸いだ。

「俺に任せるって、言っただろ」

不満なのか、それとも恥ずかしいのか、よくわからない調子で藤森が言う。江利は頷いた。

「うん、続き、どうぞ」

「う……どうぞ、って」

藤森はしばらく悩むような素振りをしたあと、意を決したように、今度は自分の服に指をかけた。上着は脱いであるから、ネクタイを緩め、シャツのボタンを上から外す。江利がついじっと凝視してしまうと、藤森がおそるおそるという感じで江利の様子を窺《うかが》ってから、目許を赤くした。

「おまえ、見すぎ」

「見るよ。見ちゃいけない道理はないし」

「俺が、恥ずかしいんだよ」

江利はますます藤森から目が離せなくなった。

「だから、見るなって……」

弱ったような顔になって、藤森は江利の首に抱きついてきた。

「……ほ、方向を、間違った」

てっきり甘えているのかと思いきや、藤森の方が窓に向けて座っているものだから、何らかのよくないものが視界に入ってしまったらしい。

「見るな、恥ずかしいんだ、馬鹿」

江利に見られて恥ずかしいというより、部屋の片隅に潜んでいるアレらの目に見られて、恥じ入っているらしい。怖がるよりは恥ずかしがる辺り、藤森はもうだいぶ甘い雰囲気に浸っているのかもしれない。

「大丈夫。邪魔させないから」

江利は手早く、藤森のズボンのベルトに手をかけた。前のバックルを緩め、ズボンのボタンを外してファスナーを下ろすと、藤森は自分から少し身動いで、それを脱がすための江利の動きに協力した。

「腰、そのまま少し浮かして？」

耳許で囁くと、藤森は震えを堪えるような仕種をしてから、小さく頷いて、江利に促されるまま腰を上げた。江利は藤森のズボンと下着を一緒に引き下ろす。あまり丸みのない藤森の尻《しり》が顕《あら》わになって、江利だってこんな素晴らしいものを自分以外の奴らに見せるのなんて嫌だったが、仕方がない。

手探りで鞄を引き寄せ、中から行為の時に使うために仕入れたローションを取り出す。藤森がしがみついているので視界がうまくきかないが、慣れたことなので、江利は感覚だけでそのローションを自分の片手に振り注いだ。

濡れた手で、藤森の尻を撫でる。きっちり締めたはずのカーテンがほんの少し開いていて、窓ガラスには、下肢を剝《む》き出しにして江利にしがみつく藤森の姿が映っている。

そしてその様子を、隙間からみつめている何対かの、白目のない瞳も。

江利はぞっとするより、腹が立つより、ただただ優越感に浸って唇の端を持ち上げた。

「ひえっ」

江利が濡れた指を尻の狭間《はざま》に差し込んだせいではなく、藤森が妙な悲鳴を上げた。

「テ、テレビに、映ってて」

「テレビ？」

今はテレビなんてつけていないはずだ――と思って振り返ってから、江利は納得した。江利により窓の外と部屋の隅に追い遣られているアレらの姿が、テレビの暗い画面にうっすらと浮かび上がっているのだ。

「怖かったら、目ェ瞑《つむ》って俺にしがみついてていいよ」

「うんっ」

子供みたいに頷くと、藤森は必死の仕種で江利の首に絡めた腕へと力を籠めた。

ちょっと苦しかったが、ぎゅうぎゅう抱き締められて悪い気はしない。

おまけに藤森は床に膝立ちになって江利の方に縋っているせいで、剝き出しの尻を後ろに突き出すような格好になっている。

大変触りやすい姿勢だった。江利は遠慮なく、藤森の尻の窄《すぼ》まりに、濡れた指を差し込んだ。

「……………ん」

ひくりと藤森の腰が動く。それを見つめていた白目のない赤黒い目が、ぎょろりと動いてさらに藤森の姿を凝視した。

「――あんまり、見てるんじゃない」

見せつけたい気分と、見せたくない気分と半々だったが、後者の方に一気に傾き、江利は不《ぶ》躾《しつけ》で不愉快な部屋の先住者たちを睨みつけた。

人の形のような影が、怯《ひる》んだようにサッと姿を消す。

それでも視線はまだ感じたが、江利はもう構わず、ゆっくりと優しい動きで藤森の中を搔《か》き回す。

「ぁ……ん……、ん……っ……」

藤森は江利に与えられる感触を追うように声を漏らし、腰を震わせている。

「江利……中、きもちい……」

本当に快楽に従順な人だ。そうでありながら、多少羞じらっているような声なのが、江利にはたまらなかった。

行為を繰り返すうち、藤森の体は江利の指に慣れてきている。最初はいつも困ったような顔をしていたのに、今は声の感じからして、表情も蕩《とろ》けているだろう。

「ふぁ……ッ……あ、ぁ……、……って、やばい、声……」

遠慮なく声を出しかけてから、自分の部屋が安普請の木造であることに気づいたのだろう。

慌てて唇を嚙む気配がした。

「他の部屋の人たちはいないから、平気だと思うよ」

気配を探った限り、今アパートにいるのは、江利と藤森だけだ。江利は藤森が安心してくれるものと思ったが、さらにしがみつかれてしまった。

「いつも、思うんだけど……それ、どうやってんだよ」

「それ？」

「だから……ぁっ、待て、深……あっ、あ！」

「人の気配は、何となくだよ。生きてる人と、それ以外ので感触が違って――」

「やっ、あっ、やだ、やめろ」

「ん？　痛い？」

「ち、違う、そういう話を、やめろ、俺から聞いといて何だけどっ」

「はいはい――ここは、いい？」

「……ん……いい……」

江利が触れるところから、くちゅくちゅと濡れた音が響いている。藤森は何度も腰や脚を震わせ、江利にしがみついている。

しばらく中を弄《いじ》ったあと、そろそろ平気かな、と思って指を抜き出す時、藤森の内壁が名残惜しそうに江利の指を締めつけてきた。

「藤森さん、一回腰浮かせて……」

「……ん」

藤森の細い腰を両手で摑み、江利は一旦自分の体から離させる。藤森は息を乱しながら、江利の誘導に大人しく従っている。藤森が期待しているのが江利にも伝わってきた。その肉づきの悪い尻を両手で摑み、狭間を開くと、藤森は自分から江利の下肢の間をまさぐっている。藤森の痴態を見て昂り続けているペニスを、藤森はあっさりみつけた。根元を支えて、自分の体に宛てがおうとしている。江利も藤森の腰を摑んでそれを手伝った。

「あ……っく……」

江利のものを体の奥に受け入れて腰を落とす時、藤森は辛そうな声を上げた。

その声に、江利はぞくぞくと震えのようなものを覚える。

黙ってしゃんとしておけば、クールで美人な大人の男に見えるのに、怖がって気持ちよがって呼吸を乱して自分に縋ってくる藤森の姿は、いつ見てもたまらなかった。

素のところでは甘ったれなのはやはり弟気質のせいか、漏らす喘《あえ》ぎ声が鼻にかかって、江利こそ呻きたくなるくらいに可愛らしい。

「江利……えり、中、すご……いっぱい……」

舌足らずな声でそんなことを言われれば、まだ相手の中に収まりきってはいないペニスが、大きさと固さを増してしまう。

「腹、苦し……」

「――ごめん、藤森さんの中、気持ちよすぎて」

甘えた泣き声が耳許で聞こえて、江利は下手したら三こすりも必要なく果ててしまいそうな有様だ。何とか意地で我慢する。藤森はゆっくりだらだらと中を突かれるのが好きだ。荒っぽく感情と快楽に流されて貪《むさぼ》るより、繋がったままあちこち触れ合ったり、キスをする時の反応の方がトロトロしている。

「ぅ……ぁ、あ……」

藤森が体の奥深くまで江利のものを受け入れ、江利はその腰を掴んでゆっくり体を揺さぶった。藤森は江利に凭れながら、自分も微かに腰を揺らしている。江利の首の裏に軽い刺激がきた。どうやら藤森に甘嚙みされたようだが、痛くはない。

「藤森さん、嚙むなら、こっちにしといて」

笑いを堪えて言いながら、江利は藤森の頭を起こさせ、その唇を唇で探った。藤森はすぐに江利の唇に吸い付き、舌を出し、お互い呼吸を乱しながらその舌を絡め合う。

体のあちこちで濡れた音がする。

（本当、気持ちいい……）

江利の目には、おそらく藤森の意識の中にも、もうお互いのことしか入っていない。

お互いの存在と、それが与え合う快楽と幸福に満ちた心だけだ。

それらに繋がれながら、江利は割と長い間、藤森と共に愛しさに満ちた時間を過ごした。

◇◇◇

「うう、暑い……シャワー浴びてくる……」

クーラーがついていたところで、お互い汗だくだ。

最中はそれが心地よさや快楽を煽《あお》ってくれたが、ことがすんでみれば汗以外のものでもべたべたになった体が落ち着かないらしく、先に藤森が風呂に行った。

江利はその間に下着だけ身につけると、床に落ちたガラスの破片を片づけ、割れた窓を段ボールで塞《ふさ》いだ。

「……」

窓の向こうはそろそろ日暮れ時、薄暗くなった外の景色に、また恨めしそうな男の顔がぼんやりと浮かんでいる。

江利が睨《にら》んでみても、男は相変わらず恨めしそうに眉根《まゆね》を寄せたまま、だが口許《くちもと》だけがにやついて、ぎょろりとした目で江利を見返している。

「消えろ」

せっかく藤森と過ごしていた時間を楽しく反芻《はんすう》していたのに、面白がっているようなその顔に苛立《いらだ》つ。キッチンの冷蔵庫へと大股に近づき、冷やしてあったペットボトルのミネラルウォーターを取り出すと、江利はまた窓辺に戻り、中身をニヤニヤしている男に向けて振りまいた。

歪《ゆが》んでひび割れたような哄笑《こうしょう》を残して男の顔が消える。

江利は荒っぽく窓を閉め、カーテンを引いた。

「――江利？　どうした？」

シャワーを浴びて戻ってきた藤森が、そんな江利の様子を見て怪訝《けげん》そうに問いかけてくる。

「いや……虫が入ってきてたから、追い出した」

「うわ、マジで。そういや窓割れたんだもんな」

「とりあえず塞いどきましたよ」

「不動産屋に電話しないと……また何か壊れたのかって嫌味言われそうだな。まあいいや、江利も、風呂入れば」

藤森は江利との触れ合いですっかり満足したのか、窓が割れたことを思い出してもあまり怖がる様子がない。

窓の交換を頼むために藤森が電話をしている間に、江利も勧められるままシャワーを浴びた。

藤森と離れて温《ぬる》い湯を浴びるうち、心身の一時の昂揚《こうよう》が驚くほど急速に収まり、江利はただただ気怠《けだる》くなってきた。

先刻目が合った男の瞳が変に目に焼きついて離れず、それを見た時と同じくらいに苛つく。

(何か、疲れたな)

シャワーを浴びながら、江利はひとり首を捻《ひね》った。

やたら体が重たいし、頭の芯《しん》から痺《しび》れるような眠気まで生まれている。

(暑いのに、藤森さんとやりすぎたか……?)

風呂場でひっくり返りでもしたらみっともないので、江利は手早く汗だけ流すと、風呂場を出た。

「弁当途中だったんだよな、温め直すか？」

まだ濡れ髪だが、すでにシャツと部屋着のハーフパンツを身につけた藤森が、睦《むつ》み合う最中は部屋の隅に押し遣《や》っていたテーブルを戻し、その前に座っている。

「いや、いいや、面倒だし」

江利も藤森の向かいに腰を下ろし、食べかけの弁当に手を伸ばした。食欲はますます失《う》せているとはいえ、食べてしまいたい。

江利は冷たくなった白飯を無理矢理口に押し込んでいたが、藤森の方も、なかなか箸《はし》が進まない。鶏肉の唐揚げを見て、小さく溜息《ためいき》をついている。

「藤森さん、食欲ない？」

訊《たず》ねてみると、図星だったらしい。苦笑いが返ってきた。

「肉はなあ……ちょっとバテ気味なのかも」

やっぱり、疲れるようなら藤森こそアルバイトを辞めるべきなのだ。

そう言うか言うまいか躊躇《ちゅうちょ》する江利の様子を見取ったらしく、藤森が慌てたふうに唐揚げを口に放り込んだ。

「でも、食べる。ちゃんと食べる、食べないと、力出ないもんな」

「……藤森さん」

「仕事自体はさ、楽なんだよ。ひと気のないビルなんて薄気味悪いけど、炎天下のイベント会場でゴミ拾いとかするよりは、考えてみりゃよっぽど楽だったよな」

　空々しいほど明るい声で藤森が言う。江利が眉を顰《ひそ》めてもお構いなしだ。

「掃除機も、うちのビルじゃでかいドラム缶みたいなの引き摺《ず》ってるのに、コードレスの片手で持てるようなやつなんだ。まあ頻繁に溜《た》まった分捨てなきゃなんだけど、フロア中のゴミ引き摺ってくよりは楽だし。思ったより全然簡単なもんでさ。それに、そうだ、こないだも一緒になった人とあれこれ話してたから、時間もあっという間に過ぎちゃって。田口さんていうんだけど、清掃業務慣れてるらしくて、俺が五メートルやってる間に、向こうは二十メートルくらいやってるんだよ。これで同じ時給なんだからちょっと悪い気がする。あ、田口さんて、何となく会ったばっかの頃の江利に似てて」

　藤森の話は止まらない。

「ていってもその人もまあ見た目はいいんだけど、江利よりもっと華奢《きゃしゃ》っていうか、顔形じゃなくて雰囲気っていうか……ぐいぐいこっちに来る感じ？　何か、思い出してさ」

「……で？　次は、その男に乗り換えるつもり？」

「え？」

　藤森の両目が大きく見開かれた。

「それとも見せつけて嫉妬《しっと》させようっていうのか？」

何を言われているのかわからない、という表情でこちらを見る藤森を、江利は堪《こら》えきれない苛立ちを滲《にじ》ませた顔で見返した。

「あんたはいつもそうだよな。これ見よがしに俺の前に他のヤツの姿ちらつかせて、俺が傷つく顔見て喜んでるんだ」

「え……江利？」

戸惑ったように、藤森が首を傾《かし》げている。

江利は何だかひどく頭が痛んで、片手で額を押さえた。

「俺が養うって言ってるだろ。金ならいつも好きなだけ渡してるじゃないか。そうやって俺から絞り取っておきながら、まだ足りないって——」

頭だけではなく胸が痛む。喉《のど》が詰まって気持ち悪い。体中をどす黒い怒りと、妬《ねた》みと、憎しみと、悲しみの心が渦巻いている。

「江利、おまえ、何言ってんだ？」

不安そうな顔で藤森が伸ばしてきた手を、江利は咄嗟《とっさ》に、力一杯振り払った。

「痛て！」

「……ッ」

藤森の上げた声で、江利は我に返った。

急に呼吸ができるようになり、それまで自分がろくに息もしていなかったことに思い至る。

肩で息をしながら、信じられない気分で目を瞠《みは》る。

「マジか……」

たった今まで江利の中を占めていた感情は、明らかに、江利自身のものではなかった。

歪んだ、嫌な笑い声が耳許を掠《かす》る。またはっとなって部屋を見渡すと、夕暮れ時とはいえ灯りをつけているのに、不自然なほど暗い。

それに——エアコンをつけているせいではなく、異常なくらい気温が下がっている。

(どうして)

精神を、この部屋に居座るあの男に乗っ取られかけていた。

それに気づいた江利は大きく身震いする。

途中まで、それが自分のものではないなんて、疑いもしなかった。アルバイト先のことを、他の男のことを楽しそうに話す藤森に対する嫉妬と悲しみ。憎しみ。疑る心。そんなものが。

「なあ、どうしたんだよ、江利」

もう一度、さっきよりはおそるおそるの仕種《しぐさ》で、藤森が江利の方へと手を伸ばす。

「何か変だぞ、おまえ」

「……そう、変なんだ」

「え?」

「危ないところだった。藤森さんに横恋慕してるこの部屋の人と、共振しかかってた」

心を乗っ取られるというよりは、江利の中に芽吹いた感情を、力尽くで増幅させられた感じだ。

江利の中には、確かに嫉妬や疑心暗鬼があった。

(まるっきりない方がどうかしてるんだろうし)

藤森本人には自覚のない優しさや絆《ほだ》されやすさを、江利は元からいつも心配している。こんな可愛《かわい》い人が、他の女だの男だの、すでにこの世のものではない奴だのに目をつけられるのも無理はないと思うのだ。

恋人や好きな人がいて、欠片《かけら》もそういう懸念を持たない奴の方が異常だと思うので、それはいい。

「俺のちょっとしたヤキモチとか不安とかに、ものすごくつけ入られかけてた」

「えっ」

藤森がぎょっとしたように目を瞠る。江利は少々面目ない心地だった。今まであれほど藤森の方をユルユルだのチョロいだの言っておいて、自分が霊にいいように弄《もてあそ》ばれたのだ。

「嫉妬って、何で！」

——という辺りを攻められることを覚悟していたのに、藤森の方は、別の部分で心外そうな顔になっているようだった。

「あっ、田口さんって、男だぞ？　……って、今の俺がそう言っても意味ないのか、男のおまえと付き合ってんだし……でも、全然、そういうんじゃないぞ。俺は一応江利と付き合ってるつもりだし、そういう相手がいるのに他の奴にフラついたって思われるんなら、すっげぇムカつくんだけど」

「うん、ごめん。俺は心狭いから、藤森さんの口から他の男でも、女でも、楽しそうに名前出てくるとイラっとする」

「だから、そういうんじゃないって――」

「――けど、本気で浮気なんて疑うわけは断じてないし、大体言ってることが変だったろ？」

次はその男に乗り換えるか、とか。

金なら好きなだけ渡してる、とか。

「……うん。おまえ、疲れてるせいで頭がどうかしちゃったのかって、すっげぇ怖かった」

「まあ、疲れてるせいで、どうかしちゃったんだよ。俺じゃなくて、ここの先住者さんの記憶だ」

ビクッと藤森が震え上がり、江利の方に身を寄せてくる。江利は当たり前の仕種で藤森を抱き寄せた。

「藤森さん。真面目《まじめ》な話、この家すぐに出られないかな」

「え……だから、それが無理だから、俺もおまえもバイトとかしてるんだろ」

「引っ越しはひとまず置いといて。実家とか、友達の家とか、当分移れないっすか？　多分、俺たちこのままこの部屋にいたら、結構やばいんですよ」

「やっ、やばっ、やばいって、何が」

「万が一にも俺が取り憑《つ》かれたら、藤森さん、どうにもできないでしょ」

「どうって、どうするもんなんだ、そういう時。どうなるっていうか……」

「俺の心身……っていうか、力を乗っ取られたら、この部屋でたまに起こる怪異現象なんて目じゃないくらいの被害があっちこっち起こるだろうな。まず間違いなく藤森さんを殺しにかかるし、その前に滅茶苦茶《めちゃくちゃ》に犯すだろうし」

藤森はもう貧血を起こしたように真っ青だ。

「だから、そうなる前に俺の方を殺してほしいんだけど、藤森さんには無理でしょ？」

「無理！　無理に決まってるだろ！　冗談じゃない！」

残像が見えそうなほどの勢いで藤森が首を振っている。まあ、当然だろう。

「っていうか殺すとか、乗っ取られるとか、何だよそんな……タ、タチの悪いホラー映画みたいな展開……そんな、非現実的な」

「そういう反応になるだろうなーというのは想像がつくから」

苦笑して、江利は頷《うなず》いた。オカルト嫌いな藤森は、目の前で起こる現象は認めざるを得ないとしても、非日常や非現実的な事象に対しては懐疑的なのだ。

人一倍憑かれやすい霊媒体質にしか見えないのに、この部屋に来るまで一切霊現象に遭遇したことがないというのだから、仕方ないだろう。

「できれば、実家に戻っててほしいんだ。前にも言ったかもだけど、多分、藤森さんの家族の誰かが、藤森さんを護《まも》ってるんじゃないかと思うんだよ。その人のそばにいる間は、藤森さんは間違いなく安全だし」

実家にいる間は無事だったのはそういう理由なのだろうと、江利は見当をつけている。

「俺のバイトが一段落して、引っ越し費用が貯まるまでの間だけ。家族に頼んでくれないか」

「でも……俺も前にも言ったと思うけど、実家は出戻りの姉貴が子連れで居座ってて、俺は邪魔だから戻ってくるなって言われてるし」

藤森は気が進まない様子だ。二人いる姉は両方とも気が強い乱暴者だそうで、藤森は彼女たちが苦手らしい。戻ってくるなと厳しく言い含められているから、逆らい辛《づら》いのだろう。

（これだから、事なかれ主義は）

一瞬苛つきかけて、「違う違う」と江利は慌ててまた自分を取り戻した。押されると弱くて、揉《も》めごとを嫌い、その場その場をなあなあでやり過ごそうとする藤森の性格は、見ていて歯がゆいことはあっても、こんなに腹を立てるものじゃない。

自分の感情の昂《たかぶ》り方がいつもよりはるかに過剰なのは、やはりこの部屋にいるせいだと、江利は確信した。

「頼むよ。少しの間だけでいいんだ、半月……いや、一週間でけりをつける。それまで実家に戻ってくれ。部屋がなくたって、台所とか、廊下とか、寝る場所くらいはあるだろ？」

「そりゃまあ……邪魔だって蹴《け》り転がされはするだろうけど……」

藤森は困惑したように呟《つぶや》いてから口を噤《つぐ》み、しばらく考え込んでいたが、やがて諦めたように頷いた。

「わかった。きっと姉ちゃんには滅茶苦茶罵《ののし》られるだろうし、殴られたり蹴られたり使い走りにされたり地獄を見るだろうけど、この部屋にいるよりはマシって話なんだろ？」

江利はほっとして息を吐き出した。

「そう、そういう話。できれば早急に、今晩からでも」

「うう……わかった……」

藤森はまるで気が進まない様子ながら、江利の言葉に従って、当面実家で暮らすための荷造りを始めた。途中実家に電話を入れて、「しばらく泊まらせてほしい」と切り出した途端、電話の向こうで代わる代わる女性の声が文句を言い始め、それがなかなか手厳しい言葉ばかりだったので、勧めた江利が心の底から申し訳なくなるほどだった。

『やだ、あんたまた何かやらかしたの、温希《あつき》』

『またリボだのキャッシング摘《つ》まんで家賃払えなくなったとかじゃないでしょうね⁉』

『あんたの部屋うちの子が使ってるから、来ても叩《たた》き出すわよ？』

「いや、違う、違くて、ちょっとの間だけ、ええとアパートのガスが壊れて、コンロも風呂も使えなくて、修理に時間がかかるからその間……」

江利の入れ知恵で、あらかじめそういう理由を作ってはおいたが。

『あんたアパートの設備どんどん壊すって、不動産屋さんから電話あったのよ？　あんまり壊すようなら次は実費にしてもらうとか言われて、お父さんが保証人になってるんだから、迷惑かけたらぶっ飛ばすからね』

『ていうか不動産屋の言い種《ぐさ》も何か腹立ったけど大丈夫なの？　悪徳業者だったらあたしが行って話つけてくるけど』

『友達の友達に弁護士いるから連れてきてもいいわよ、費用はあんた持ちだけど』

「いや、いいって、大丈夫だって、ちゃんと修理してくれるっていうから。大丈夫だから！」

好き勝手に喋《しゃべ》る母親と長女と次女をどうにか説き伏せ、電話を切った時には、藤森は気の毒なくらい消耗しきっていた。

なかなか実家に戻りたがらない理由が、さすがに江利にも理解できた。

「でもまあ、藤森さん、結局すごい可愛がられてるよな……」

それが慰めになるかはわからないが、江利は床に頽《くずお》れるように座り込む藤森の肩をそっと叩いた。

藤森が事なかれ主義になった理由がわかった気がする。

あの勢いで年がら年中捲《まく》し立てられれば、逃げるだけで精一杯にもなるだろう。

藤森が涙目で江利を睨みつけた。

「否定はしないけど、俺がそれを喜んでないのも、わかるだろ」

「うん。――なるべく早く迎えに行くから、頑張れ」

「絶対だぞ。絶対、一日でも早く迎えに来いよ」

縋《すが》るように藤森に言われて、江利はただただ、神妙な面持ちで深く頷いた。

3

気の毒な藤森《ふじもり》は、本当に実家の台所で寝起きさせられているらしい。

「布団もなしだぜ。片づければ元の俺の部屋使えるはずなのに、姉ちゃんと子供のもので一杯になってて、触ったら殺すとか言われて……」

お互いの勤める会社のオフィスが入ったビル。

その休憩室で顔を合わせ、藤森はぐったりした様子で、深々と煙草《たばこ》の煙を吐き出している。

「俺が持ち込んだ服は邪魔だとかいってガレージに放り込まれるし。オイルの臭いでもついたらどうしてくれるんだ……」

「いや、それは、持てる限りの服だの鞄《かばん》だのを持って帰った藤森さんがいっそすごいと思うな、俺……」

「床にバスタオル敷いて寝て、体中バキバキだよ。朝風呂に入っても怒られるし、夜帰りが遅ければ閉め出されるし、ああもう、一回家出ちゃうと、実家暮らしなんて地獄だよ」

また溜息をついてから、藤森が苦笑する江利《えり》の表情に気づいて、慌てたように項垂《うなだ》れていた頭を起こした。

「って、俺のせいで忙しくさせといてこんな愚痴、悪い」

「気持ちはわかるって。電話越しだけど、凄《すさ》まじかったもんな、藤森さんちの家族」

「父さんだけ男が増えたって喜んでくれてるのが救いだけど、俺の味方したら袋叩きに遭うのわかってるから、基本書斎に引っ込んでるし。……おまえともここでしか会えないし、ストレス溜まる、正直」

最後は小声でぼそぼそと付け足された。分煙機のある休憩室には、ビルを使う様々な人たちが喫煙のために集まっている。今も江利たちの他に数名がいる。

江利だって、彼らの目を憚《はばか》って藤森といちゃいちゃできないのは、なかなかもどかしい。

「――多分、次の土日には終わるから。もうちょっとだけ待ってて」

週が明けてから、江利は平日も毎日押見《おうみ》家のことを調べて回った。押見を恨む理由がある者が多すぎるので、『容疑者』から絞ることは諦めた。

呪詛《じゅそ》を行うのなら、押見からあまり離れたところや、押見とまったく関わりのない場所では意味がない。だから江利は会社が終わったあと、夜中までかけて、押見の持つ会社や施設をひとつひとつ当たっている。

押見夫人に作ってもらったリストはすでに八割方潰《つぶ》した。残りのどこかに、押見を呪う道具や術の名残があって、その場所に行けば江利にはそれがわかるはずだ。

「土日か、俺も次の土日でバイトの契約が切れるんだよな。一ヶ月って約束だから」

「じゃあそのまま延期とかしないでおいて。……本当に、ちゃんと迎えに行くから」

お互い副業については秘密なので、これもこそこそと小声になりながら言葉を交わす。身を寄せ合って囁《ささや》いていた藤森が、安堵《あんど》と嬉《うれ》しさを滲ませた顔で笑って頷く。

（あー、今すぐどこかに連れ込んでせめてキスか抱き締めるくらいしたい）

間近で微笑《ほほえ》まれて、江利はそんな衝動を抑えるのに苦労する。出会ってしばらくは、明らかに江利に苦手意識を持っていて、腰が引けがちだったというのに。どうも藤森は日増しに可愛げが増していくから辛い。

喜ばしいことだが、人目があるのが辛い。

そんな江利の懊悩《おうのう》を知ってか知らずか、藤森がこっそりと手を伸ばし、膝《ひざ》の上に置いた江利の片手に触れてきた。

「ほんと、早くしろよ？　……って、俺のせいなんだから、俺が言うなって感じなんだけど、真面目な話」

どうしてくれよう、と頭を抱える代わりに、江利は自分も藤森の手を握り返した。

「ギャラ受け取ったら飛んでくから」

「うん」

――押見家に行って以来、藤森のアパートに足を運ばなくなってから数日経っても、江利の体からは疲労や気怠さが抜け切れていない。

だがそんなものは、藤森に会っていれば吹き飛ぶのだ。

(よし、本当に、とっとと終わらせよう)

決意して、江利は短い昼休憩を終えた。

◇◇◇

押見夫人の作ったリストを手に、日曜日の朝から、平日の夜も毎日、押見家所有の土地建物を巡り歩いて、金曜日の夜。

(——あった)

江利はようやく、それを見つけた。

ビルに入る前、その建物に近づいた時からすでに違和感を覚えていた。

金曜の八時を過ぎると正面玄関の鍵が掛かり、月曜の朝になるまで、警備や特定の清掃業者しか出入りができなくなるという、厳しいセキュリティのオフィスビル。

押見の会社の持ちビルで、そこは彼の屋敷のように、暗く淀《よど》んだ空気に包まれている。

(ウヨウヨいやがるなあ)

近づくたびに冷や汗が出た。もう間違いがない。あのビルに、押見を呪うためのものが隠されている。

江利はすぐに押見夫人に連絡を取り、ビルの中に入れるよう手配してもらった。

正直なところ、もうそのまま回れ右して帰りたくて仕方がなかったが、藤森の引っ越し費用のため、それに——こうまでなったものを放っておくわけにもいかず、意を決してビルに足を踏み入れた。

「ひふみよ、いむなや、こともちろらね」

ほぼ自分の精神力ばかりが頼りだった。幸いにというか、この場で使われている呪詛はすべて押見に向かい、江利を傷つけるような類《たぐい》のものではない。

(呪詛が行われたのは、最近だ。毎日少しずつビルを出入りする人の連れてきた雑霊だの、押見に対する悪感情だのを集めて、それを押見のところに送り込んでる)

今ならまだ江利にも手が出せる。手に負えなければ、押見が死ぬまで放っておくしかなかっただろう。

「しきる、ゆゐつわぬ、そをたはくめか」

気休め程度に、祖母から教わった言葉を口にする。やはり祖母が『除符《よけのふ》』と呼んでいた、絵なのか文字なのかわからないものを写し取った紙を懐に忍ばせている。

それにどれだけの効果があるかはわからないが、竦《すく》みそうになる足を前に出す気が起きる程度には役立った。

（藤森さんのため、藤森さんのため）

どちらかというと、内心で唱え続けている藤森の名前の方が、江利の気を奮い立たせる効果があったかもしれない。

灯りをつけてもらっているのに一寸先も見通せないほど暗いビルの中を手探りで進み、嫌な気配のする方へと、本能的に嫌がる体を叱咤《しった》して進んでいく。

随分な時間をかけて、江利はやっとその中心部に辿《たど》り着いた。最上階の一室、押見がこのビルを訪れた時に居座るであろう場所だ。机の中に堂々と収められていた。

江利が持参していた酒を机にぶちまけたら、灰神楽《はいかぐら》のごとく白い瘴気《しょうき》が湧《わ》き上がる。しばらく待つと、少しずつ瘴気が収まった。直接触れないよう、タオル越しにそれを摑《つか》む。窓から投げ捨てたい衝動を堪えて、中を確かめる余裕もなく、一目散にビルの外へ向かう。

（こりゃ、駄目だな）

手にしているだけで気分が悪い。ビルから外へ出たところで、外の灯りに翳《かざ》してみると、現れたのは小さな陶器だった。細長い皿のようなものの中心に、押見の氏名と生年月日、他に江利には読めない文字が記してある。

紙の形代は燃やせばすんだが、これは下手に叩き壊しでもしたら、おそらく江利に呪いが『返ってくる』。吐き気を堪えて陶器をタオルで包み直し、江利はまた足早に歩き出した。

背中の方から猛烈な圧迫感を受けるが、恐ろしくて振り返れない。押見の名の書かれた陶器目指して嫌なものが集まっている。ある程度集まったところで、この呪具を用意した者が、改めて押見目がけてそれを『飛ばす』のだ。これまでにも何度か同じことが行われてきたに違いない。

江利は途中でタクシーを止め、移動した。電車を使ってもよかったが、万が一懐に入れているもののせいで事故でも起こった場合、電車よりもタクシーの方が被害が少なくてすむ。

「あれ、何かハンドル重いなあ」

などという運転手の独り言に冷や汗をかきつつ、口の中でひたすら穢《けが》れを祓《はら》う呪い言葉を繰り返すうち、目的地に着いた。大きな川のそば。タクシーを降りてからも、なるべく民家から離れた上流に向かって川沿いの道を延々歩く。整った堤が切れて、石や雑草のごろごろしている河原が見えた。

土手を下りると、江利は川に向かって押見の名が書かれた陶器を放り投げた。

(――このまま何年も何十年も人に触れずにいてもらえれば)

壊せないのなら捨てるまでだ。川の水に浄《きよ》められ、呪いの効果は少しずつ薄れていくだろう。集められているのが主に人の念、押見に対する悪意だったのが幸運といえば幸運だった。人の出入りが激しいビルならともかく、泳ぐような物好きもいないであろう河原なら、あの皿はただの石ころとそう変わりはない。――呪詛を試みた者が拾い上げれば別だが。

(みつけようがないだろ)

ひとまず自分の手から皿が離れたことで、江利は大きく息を吐いた。体中にじっとりと嫌な汗をかいている。気力や体力をあれに吸い取られた感じがした。押見の家で形代を焼いた時より酷《ひど》い。

(押見も、少しずつ回復するはずだ)

陶器に惹《ひ》かれてビルから引っ張られてきた念は、あちこちに霧散している。

また同じ呪具を用意されれば、同じことが押見の身に起こるだけだろうが、まあ当分は平気だろう。呪詛を行った者は、それを破られたことに気づき、当分は呪詛返しに怯《おび》えて暮らすしかない。江利にそんなことをする力も術もないのだが。

「……よし。帰ろう」

とにかくことはすんだ。皿を捨てるところを見られたくなかったのでタクシーは帰してしまったから、車通りのあるところまでまた歩いて戻らなくてはならない。

再び土手をよじ登り、川沿いの道に出たところで、江利は人影をみつけてぎくりとした。

川沿いにはまばらにしか外灯がない。月の光で、辛うじてそれが若い男だと江利にもわかった。

「融《とおる》」

そして江利は、男が間違いなく自分の名を呼んだことに、驚いた。

「久しぶり」

江利は男に目を凝らした。暗くて顔がよく見えない。

だが男の声には覚えがあった。

「……蓜島《はいしま》？」

「おいおい、呼び捨てかい」

芝居がかって、男がガックリと肩を落とす。

（……やっぱり、か）

ここに現れたのがその男であることに、江利はそれほど驚かなかった。

形代を見た時から薄々予感がしていたのだ。呪具を使って本当に人を呪えるような力の持ち主を——依頼を受け、報酬のために人を呪い殺して平気でいられるような人間を、江利はこの男以外知らない。

「そうか。清掃業者になりすませば、押見のビルに入り込めたわけだ」

当然登録するスタッフの身元は調べられるだろうが、この男、蓜島はいくつも名前を持っている。蓜島というのが本名かも怪しい。

ただ、江利の祖母はこの男をそう呼んでいた。

「せっかくこっそり隠したのに、融が盗んじゃうんだもの」

まるで江利が酷いことをしたように、被害者ぶって、蓜島が言う。

「大丈夫だったか？　あれに触って。押見さん以外には害がないはずだけど、融は、感受性が強いからなあ」

「気安く人の名前を呼ぶなよ」

唾《つば》でも吐き捨てたい気分で江利は言った。あの皿を懐に持っていた時以上に気分が悪かった。

「あんた、よくもそんな態度で会えたもんだな、この俺に」

江利が蓜島に会うのは高校生の頃以来だ。

祖母が亡くなったあとしばらく、江利は祖母を目当てに訪れた人たちの相談ごとをこなすため、蓜島を頼りにしていた。

そうするしかなかった。

「え？　何が？」

責める調子でしかない江利の言葉に、蓜島はきょとんとした顔になっている。

ちっとも悪怯《わるび》れていない。これが演技ではないことを江利は知っている。

昔、江利は蓜島のせいで酷い目に遭った。蓜島の手にすら負えない厄介ごとが起こった時、彼はそれらすべてを江利に押しつけ、自分は綺麗《きれい》に逃げ去ったのだ。

江利は蓜島が投げ出した性質の悪い霊につきまとわれ、散々な目に遭って、命の危険にまで晒《さら》された。

だが蓜島の方は、それをちっとも気にしていないか、あるいはそんなことがあったこと自体忘れてしまっているらしい。

（そういう奴だよ、こいつは）

江利は舌打ちして、それ以上蓜島を詰《なじ》るのは諦めた。無意味だとわかっているからだ。

「まあいい。見てたんだろうけど、あんたが用意した呪具は、捨てたからな」

もしかしたら、ビルに入ったところから見られていたのかもしれない。観察されていたようで気分が悪かったが、とにかくあの皿は捨ててしまったのだから、蓜島がなぜ自分を止めずにいたのかなど気にすることはないだろう。

「結構な流れだから、もうどこかに転がっていっただろうよ。無駄だと思うけど、捜してみたら？」

「やだよ、面倒臭い。濡れるの嫌いだし」

蓜島は大仰に顔を顰《しか》めている。本当にその気がないようだった。

「あんたの仕業だったってわかれば、依頼人が誰だかもすぐ調べられる。どんなに隠したところで、誰かがあんたを紹介したのは間違いないんだから」

「わざわざ調べなくてもいいって、知りたいなら教えるし」

あっさり言った蓜島に、江利は眉を顰めた。

「とりあえず、押見が身動き取れなくなった時点で、うちのお客さんの目的はもう果たせたらしいからさ。押見の事業を横取りした奴が黒幕だよ。といっても別に悪事を働いたわけじゃないし、法に則ってだから」

蓜島の態度は余裕綽《しゃく》綽《しゃく》だ。蓜島の客が、呪いを使って押見の心身を衰弱させたと訴えたところで、取り合う者は誰もいない。事業が傾いたせいでおかしくなったか、おかしくなったせいで事業が傾いたかが論争になるくらいだろう。

「だから今回はもう、融が心配することもないよ。俺の仕事はおしまい。おまえも誰かに頼まれたんだろ、俺は別におまえの敵になるつもりはないからさ」

だからどの面下げてそんなことを口にするのかと江利は呆《あき》れ返ったが、言うだけやはり無意味な気がして、溜息をつくに留めた。

「そりゃ、ありがたいね。俺だって、あんたと無駄に争いたくないから」

本音を言うと、蓜島が少し眉を上げた。

「何か、おまえ——随分落ち着いちゃったなあ」

蓜島の声は、どこかがっかりしたような口振りにも聞こえた。

「昔はもっと手負いの動物っていうか、誰にも触られないように全方向に警戒して、ものすごい自己防衛本能丸出しだったのに」

たしかに、蓜島と付き合いがあった頃の自分はそんな感じだっただろうと、江利も思い出す。人にも、人ならざる者にも、嫌な目怖い目に遭わされ続けていた。祖母だけが心の支えだったが、彼女が亡くなってからは、自分が独りぼっちなのだと思い知らされていた。

（でも今は、藤森さんがいる）

藤森に出会う前からも、少しずつ、人と触れ合うようにしていた。高校まではひどい目に遭い続けたが、大学で出会ったのはいい人ばかりで、完全に心を許せる相手まではできなかったが、人並みの暮らしができるようになった。

おかげで今、一応はまっとうな社会人として働いているのだ。

大学の途中、二十歳を過ぎた頃からやっと、江利は自分の人生がそれほど悪くないと思えるようになった。

そして藤森と出会ってからは、悪くないどころか、人生っていうのが割と素晴らしいものなんじゃないかと信じられるようになったのだ。

「――なあ、もし友達だの、恋人だのを作ったんだったら、離れた方がいいよ」

さっさと帰って藤森さんに会いたい。そう思う江利に、蓜島が気の毒そうな声音で告げた。

江利は眉を顰めて相手に目を凝らす。

「は？」

「揺らいでしまえば隙ができるし、相手に被害が行くこともある。貴恵《きえ》さんの言いつけを守って、危ないものに近づかないでいられるならいいけど――おまえ、駄目だろ？」

同情でもするような蓜島の口振りが、江利の癇《かん》にやたらと障る。

「つい手が出ちゃうだろ？　あんなにきつく言われてたのにさあ。押見のこと助けようとかしちゃって。また昔みたいなことやるつもりか？　貴恵さん、草葉の陰で泣いてるぞぉ」

「祖母の名を気安く口にするな」

自分の名を馴《な》れ馴《な》れしく呼ばれるよりも腹立たしい気分で、江利は蓜島を睨んだ。貴恵は江利の祖母の名だ。蓜島は、祖母が生きていた頃、離れに何度も出入りしていた。江利はなぜ祖母が蓜島のような男を快く迎え入れるのか、その頃から理解できなかった。

「結局好きなんだよな、融も、俺と一緒で」

「……何がだよ」

「死んだ人間が、どんな恨みを引き摺ってるか。生きた人間の執念が、どこまで醜いのか。見たくて、触れないわけにはいかなくて、そういう世界から遠ざかってはいられないんだ」

わかったような顔で、蓜島と同列に扱われて、江利は心の底から不快になった。

「おまえみたいな下世話な奴と一緒にするな。俺はただ、必要があって」

「金か？」

蓜島は笑っている。いつの間にか月の光が強くなって、笑う蓜島の顔がよく見えた。

裏切られて逃げられてから何年も経つのに、蓜島は当時のまま、無邪気な子供のような顔で笑っているから、江利はぞっとした。

「それとも女か？　――ほら、やっぱり俺と同じじゃないか。自分の力で金を稼いで、周りの奴らから一目置かせるために力を誇示して」

「違う」

「違わないさ。それが必要だったら、何も貴恵さんがあれほど手を出すなって言ってた拝み屋稼業の真似事《まねごと》なんてする必要がないだろ？　それこそビル清掃だの、ファミレスで接客だの、宅配業者で肉体労働だの、短期間でいくらでも稼げる仕事はあるのにさ」

江利は言葉に詰まった。たしかに他に仕事はあったのに、江利が選んだのは押見夫人からの依頼を受けることだった。

「楽だし、楽しいから、わざわざ、あえて、選んだんだろ？」

――それが一番効率よく、手っ取り早く、金になると思ったから。

「まあいいじゃん、それで誰に責められる謂《いわ》れもないさ。でも、親切で言うけど、やるなら自分のためだけにやれよ？　誰かのため、なんて理由ができちゃったら弱くなるだけだ。融は大した力も持ってないんだし、自分の身を守るだけで精一杯だろ？　誰かを守ろうとして、自分が痛い目見たり、死にでもしたら、馬鹿みたいだ」

いつの間にか、江利はまた全身にじっとりと嫌な汗をかいていた。何だか頭がぐらぐらする。疲労が増している。今すぐ帰りたい。

藤森のところへ。

「実際おまえ、弱くなってるぜ」

気づけば、蓜島は江利の目の前にまで近づいていた。

「俺たちみたいな人間は、他人を利用しながら、結局は一人で生きていくべきなんだよ」

耳許で囁かれる。江利は気力を振り絞り、蓜島から一歩離れると、相手を睨み据えた。

「あんたと一緒にするな」

「——ふーん」

相槌《あいづち》を打つ蓜島の顔が、拗《す》ねた子供のようなものになる。その表情に江利は何かぎくりとなったが、蓜島はすぐに、パッと、妙に人の好《よ》さそうな笑みに戻った。

蓜島の性質の悪いところはこれだ。見た目だけなら、少し軽薄な、でも人好きのする男に見えてしまう。

「ま、いいや。俺はおまえの味方だってことだけ覚えておけよ。俺で何か役に立てることがあればいつでも連絡してくれ」

蓜島はポケットから取り出した紙片を、江利のスーツのポケットに強引にねじ込んだ。

何が味方だ、おまえが俺の役に立つことなんてあるもんか——と吐き捨てようとしていた江利は、その紙片に気を取られて一瞬蓜島から意識を逸《そ》らした。

そしてポケットに落とした視線を上げた時、目の前からはすでに蓜島の姿が消えている。

「……」

紙片を開くと、蓜島のものと思《おぼ》しき携帯電話の番号が記してあった。

江利はポケットから今度はライターを取り出し、丁寧に、その紙片を焼き捨てた。

「……帰ろ」

藤森が、アパートで待っている。

とにかく蔀島は押見の件から手を引いたのだ。

（俺ももう二度と、この手のことに関わらない）

昔、蔀島に裏切られて死にかけた時と同じことを、江利は改めて決意しながら、車通りのある道を目指して歩き出した。

◇◇◇

今日が最後の出勤日だ。契約は明日の日曜までだったのだが、江利が嫌がったので、藤森は今日の清掃業務でアルバイトを終えることになった。

（まあ、単身引っ越しパックを頼むくらいは稼げたかな）

敷金礼金に仲介手数料とひと月分の家賃は、江利が貸してくれることになった。父親にも、「悪徳不動産屋のせいで欠陥アパートに住む羽目になった」と、適当に脚色したり、いろいろな部分をぼかして訴えたら、母親や姉たちに内緒でいくらか都合してもらえることになった。

江利も父親も貸すのではなくくれると言ったが、やっぱりそれは社会人としてどうかと思ったので、次の給料分からコツコツ返すことを約束してある。

（明日から、本格的に物件探しだ――けど、江利は、大丈夫なのか？）

ゆうべ遅くに、江利から電話があった。無事アルバイトが終わって、あとはギャラの振り込みを待つだけだと言っていたが、その声が疲れ切っていたのが、藤森の気懸かりだ。

（ＤＴＰのバイトって、ああまで疲れるもんか……？）

藤森は江利にすぐにでも会いたかったが、お互い実家だし、江利に来てもらうこともできず、藤森が江利の家に行くには非常識な時間だった。

それでもこっそり会いに行けないかと訊ねてみれば、思いのほか強い語調で「悪いけど、無理」と断られてしまった。

（まあ、今日これが終わったら、会えるし）

その約束をしてある。夕方、食事でもしようと。

何かちょっとデートみたいでいいなと、藤森は浮かれた。アパートを離れてからも、会社では江利と顔を合わせていたが、ゆっくり過ごすのは久しぶりだ。

（っていっても外じゃ人目があるからいちゃつけないけど……男同士って、何かそういうホテルとか使ってもいいもんなのか……？）

「ちょっと、藤森君。まだそっちやってんの？」

一人でにやついていたら、苛立ったような男の声に叱責《しっせき》された。

藤森は慌ててモップを握り直す。今日は先週とは違うビルの清掃業務だ。床をモップがけしていたのだが、つい江利とのデートプランなどに気を取られて、同じ場所ばかりしつこく磨いていた。

「遅いよ、ったく、最近の若いのは格好ばっかり気にしてちんたらと要領が悪いったら……」

今日初めて組んだ中年の男性は、横暴だし頭ごなしだしやりづらかったが、バイト自体が今日で終わりだ。藤森はあまり気にしないようにした。

（でも、前に当たったの、いい人だったなあ）

最初と次に組んだ、田口《たぐち》という男。向こうも短期の契約だったのか、シフト表から名前が消えていた。距離感が近くて微妙に思うこともあったが、若者全般を目の敵にしている中年男性と二人きりで仕事をするよりははるかにマシだ。

理不尽なことで叱《しか》られ、嫌味を言われ、散々な気分ながら、とにかく仕事を終える。

社用車で清掃会社のオフィスがあるビルに戻り、備品やユニフォームを返して事務の人たちに挨拶《あいさつ》し、勤怠表を提出して、藤森は無事短期間のアルバイトを完了させた。

（江利との待ち合わせまで、結構時間あるなあ）

疲れているらしい江利をなるべく寝させてやりたくて、待ち合わせは夕飯時にした。今はまだ昼過ぎだ。

自宅に戻るのも面倒なので、どう時間を潰《つぶ》そうかと思案しながらビルを出たところで、不意に名前を呼ばれた。

「藤森君」

「え？」

振り向くと、覚えのある顔が立っている。青いつなぎのユニフォーム姿しか見たことがなかったので、私服姿で一瞬混乱したが、藤森はすぐに相手の名前を思い出した。

「あれ、田口さん？」

藤森を呼び止めたのは、アルバイトの最中に記憶に上らせていた田口だった。

「あ、会社に用事？」

やめたと思っていたが、休んでいただけで、まだ在籍していたのだろうか。

「うん、ユニフォーム返さないでやめちゃったから、届けに」

「そっか。俺もついさっき、返したとこ」

「ちょうどいいや、藤森君、昼食べた？　俺これからなんだけど、何か食わない？」

気軽な調子で誘われて、藤森はたしかにちょうどよかったと、頷いた。これで時間潰しができる。

田口が制服を返しに行くのを待って、藤森は彼と一緒に近場の喫茶店に入った。田口は食事を頼んだが、藤森はこれから江利に会うんだしと、コーヒーだけに留《とど》める。

田口とは、バイト中の思い出話になった。

「あのバイトさ、すごい怖かったよねえ」

パスタを口に運びながら、しみじみと田口が言う。藤森は少し意外な心地になった。

「俺はぶっちゃけものすごく怖かったけど、でも田口さんは、あんまり怖がってるふうに見えなかった」

「いやあ、内心ちょービビってたよ。藤森君の前で情けない姿見せて嫌われたくなかったから、頑張ってたけどさ」

人懐っこい顔で笑って、田口は藤森に対する好意を隠さない口調で言う。

（やっぱ、江利に似てるなあ、こういうとこ）

懐に入ろうとするやり方が似ている。自分はこの手のタイプに好かれやすいんだろうかと、いささか微妙な気分になる。

（っていうか江利、大丈夫かな）

そして田口と話しながらも、藤森が気になるのは、江利の調子ばかりだ。江利は電話越しの声でわかるほど疲れ切っていた。あれからきちんと寝られただろうか。食事はできただろうか。

「でも俺、惹《ひ》きつけやすい体質だから、やっぱどうしても怖くて」

江利のことを考えていた藤森は、田口の言葉を一瞬聞き流しそうになってから、頭よりも体が先に竦んで、その台詞《セリフ》の意味に気づいてしまった。

「え……な、何を？」

わざわざ聞くな馬鹿、と自分を責めるが遅い。聞かないのもまた怖い気がして、つい訊ねてしまった。

「だから、ビルなんかでふよふよしてる、幽れ」

「わー、わーっ！」

やっぱり聞きたくなくて、藤森は両手で耳を押さえて叫び声を上げた。周囲の客や店員が、何ごとかとじろじろ藤森を見る。藤森は赤らみながら、その視線を避けるように身を縮めた。

（き、聞かなきゃよかった）

「てか、藤森君も、同じだよね？」

テーブルの上に半ば突っ伏す藤森の方へ、自分も同じように身を伏せながら、田口が言う。

「え……わ、わかる？」

怖いからこんな話題を続けたくないのに、藤森がまたついつい訊ねてしまうと、田口が笑って頷いた。

「わかるよー、俺、そういうのわかる方だから」

「はあ……」

どうやら田口が江利と似ているのは、ぐいぐいと懐に入り込むような話術ばかりではないらしい。

「引き合うみたいなんだよね」

「何が⁉」

さらに怖いことが田口の口から飛び出す気配がして、藤森が過剰に反応すると、田口が今度は身を起こして仰《の》け反《ぞ》るように爆笑した。どっちみち人の視線を浴びてしまうが、田口は気にしていないようだった。

「そんな、ビビんなって。霊の話じゃなくて、そういうのがわかる奴の話。わかる奴同士が引き合うっていうか、集まるんだよ」

霊、などとはっきり言わないでほしかった。

「あ……あんまり、聞きたくないんだけど、その話っ」

「まあまあ」

何がまあまあなのか、田口はマイペースで続ける。

「俺は小さい頃からあっちに血まみれのオッサンがいるだの、ここに首がない女が座ってるだの、向かいの子供は肩にべったり黒いものが張り付いてるからもうじき死ぬだの、あそこの十字路で事故ばっかり起こるのは前に死んだ奴が引っ張ってるからだの、そういうことを言う子でさ」

怪談のようなものを話す割に、田口の口調も態度も明るかったが、藤森には充分怖い。

(帰りたい……)

田口の誘いになんて乗るんじゃなかった。さっさとコーヒーを飲み干して店を出よう。

そう思うのに、怖がりすぎているせいか、藤森はなかなかコーヒーカップが握れず、椅子《いす》に尻《しり》が張り付いたように身動《みじろ》ぎもできない。

（いや、ほんとビビりすぎだろ、俺）

「縁起が悪いってんでお寺に預けられたりしたんだけど、坊主になるのなんか冗談じゃないって、途中で本堂に火ィつけて逃げ出したり」

火をつける、という言葉に藤森はぎょっとした。田口はまるで笑い話のように語っているが、藤森にはまるで笑えない。

少し引き気味になっている藤森に気づいたのか、田口が少しだけ取り繕うような笑顔になった。

「まあいろいろあって、えーと、学校に通ってる時に、自分と同じような力を持つ奴と会ったんだ。エリって言って――」

「エリ？」

その名前を、藤森が聞き流せるわけがない。

「エリって……名前じゃなくて、苗字《みょうじ》がエリ？」

「あれ、よくわかったなあ」

田口が驚いたように瞬いてから、頷く。

「そうそう、名前が江利っていうんだ。周りからは、エリちゃんエリちゃん呼ばれてたっけな」

「……」

江利ちゃん、と馴れ馴れしく江利を呼んでいた彼の『同級生』を、藤森は嫌でも思い出す。ホームセンターのフードコードで行き合った三人組。

彼らを前にして表情を失っていた江利の姿も。

「俺は下の名前で呼んでたけど。そいつも小さい頃からその手のものが見えたり、呼び込んだりして……っていうかそもそもそいつのばあさんが相当強い、まあ巫女《みこ》さんみたいなことやってた人でさ」

江利という苗字。口に出したくもない『アレ』関連の力がある。巫女をやっていた祖母。

これで別人だと言われた方が驚きだ。

「その、江利って……名前、『融』？」

「え!?　なんでわかったの!?」

田口が、少し大仰に見えるほどに目を瞠って藤森を見返す。

「あれ、もしかして知り合い？」

「うん、まあ……」

知り合いかと言われれば知り合いだが、今はそれ以上の関係だ。

などということを田口に説明するわけにいかず、藤森は曖昧に頷いた。

「大学で一緒だったとか？」

「いや、今、同じビルで働いてて。会社は違うんだけど、飯とか休憩とかで顔合わすことあるから」

「へー、すっげぇ偶然！」

田口は元から人懐こい様子だったのが、俄然《がぜん》、距離感がまた近くなる。テーブルの上に身を乗り出されて、藤森の方はちょっと仰け反ってしまった。

「えー、マジで、こういうことってあるんだなあ。まさかバイトで一緒になった奴が、昔馴染《なじ》みと知り合いなんて。融、最近どう？　元気？」

藤森の脳裡《のうり》に浮かぶのは、少し疲れ気味の江利の姿と、掠れたような昨日の電話の声だ。

「まあ、元気……じゃないかな」

昔馴染みを心配させることもないだろうから、そう言って誤魔化《ごまか》したが。

田口は妙にしみじみした様子で、何度も頷いている。

「そっかー、じゃあ結構丈夫になったのかな。あいつ神経質だし、気が短いし、付き合うのちょっと大変だろ」

「ん？」

田口の言うことに、藤森は軽く首を傾げた。

（あれ、違う奴の話だったたか？）

藤森の知る江利は、どちらかといえばずけずけとこちらに踏み込んできて、遠慮のない男だ。そうして強引に藤森のアパートに上がり込んでおきながら、合意じゃない行為に興味はないと辛抱し続けた、気の長い男だ。

(同姓同名の別人……?)

しかし江利融などという、奇抜というほどではないが平凡ともいえない名前が、上も下も被《かぶ》ることがあるだろうか。

腑《ふ》に落ちない顔をする藤森を見て、江利も首を傾げる。

「融は、自分のばあさんに縋ってばっかりの、臆病で弱い子供だったよ。霊に悪戯《いたずら》されたって言っちゃ泣いて、怯《おび》えたせいで自滅して転んで怪我《けが》して泣いて」

藤森はもう一度首を捻《ひね》った。

(あれ、江利のおばあさんを知ってるんなら、高校よりも前の知り合いってことか……?)

江利の祖母は、彼が中学生の頃に亡くなったはずだ。以前遭遇したのが江利の高校時代の同級生だったから、田口もそうだと藤森は勝手に思っていたが、もしかすると中学の頃や、小学校時代の同級生なのだろうか。

江利は高校時代には親しい――普通の付き合いのできる友人知人もいないような口振りだった。

だが中学の頃までは、霊感少年と揶揄《やゆ》されるくらいには、他人と付き合いがあったようだ。

田口はその頃の知り合いなのかもしれない。

(でも、何か……)

「融は弱くて、頑《かたく》なで、不器用だろ。依存心も高いし」

田口の紡ぐ言葉が、藤森の中で何かいちいち引っかかる。

「『依存心』？」

何もかも、江利からはかけ離れた言葉に聞こえるのだ。

江利は不貞不貞《ふてぶて》しいし、まあ頑なところはあるかもしれないが、藤森に依存するようなこともない。

（へなちょこで、融通が利かなくて、不器用で、服とか……江利にも依存してるのって、どっちかっていうと俺じゃないか？）

などと自分で思うのも情けない話だが。

弱いとか臆病とか、とても江利の話とは思えない。

「そう、病気みたいな依存症。ばあさんが生きてる頃はばあさんに。死んでからは、俺に」

「――え？」

「頼りにしてたばあさんがいなくなって、融は身を守るすべを失った。大して力のない霊はばあさん直伝のやり方で追っ払ったり、逃げたり、どうにかやれたとしてもさ。ばあさんが死んだ悲しさで気持ちが弱ってるからつけ込まれる。だから俺が守ってやってたんだよ」

「……」

「ばあさんが教えなかった、ちょっと荒っぽいやり方も。ばあさんはとにかく『障りがあれば逃げろ、関わるな』を、融には徹底してたんだけど、それだけじゃ立ちゆかないからな。消したり壊したり、何なら自分に憑いたものを物や他人に押しつけるやり方を教えてやったのが俺だよ」

　少しずつ、田口の笑顔が変質していくような気がして、藤森は背筋が寒くなった。

　実際には人懐っこい表情は少しも変わらない。

　だが笑いながら話すにしては、薄ら寒い言葉ばかりが並んでいる気がする。

（守って『やった』とか、『他人に押しつける』とか……）

　やっぱり、店を出たい。今すぐ田口から離れて逃げ出したい。

　そう思うのに、うまく身動きできない藤森の方に、田口がまた体を寄せた。

「――な、見た感じ、やっぱり藤森君も相当好かれやすいだろ」

　笑いながら問われて、藤森はさらに体が強張《こわば》った。どうしてか、やたら怖い。

「教えてやろうか。そういうのから、身を躱《かわ》すやり方」

「……江利が教えてくれるから」

　唆すような田口の言葉に、藤森は頷けない。その必要もないと思った。

　田口がまた明るく笑う。

「融は駄目だ」

「駄目って……」

「あいつじゃ藤森君を守れないよ。弱いから。でも俺ならもっとちゃんと守ってやれる」

スッと、田口の手が藤森の顔の脇に伸びた。咄嗟に避《よ》ける間もなく、田口がその手をぎゅっと握る。途端、バチンと電気が弾《はじ》けるような音がして、藤森は身を竦めた。

「――ね？」

にっこりと、田口が笑う。藤森の目の前で開いて見せたその掌《てのひら》から、黒い靄《もや》が拡散して消えていく。

急に体が軽くなって、藤森は目を瞠った。自分でも気づかなかった程度のごくごく微量の不調が、田口の仕種で消え失せた。いつの間にか、江利が言うところの『雑霊』でも拾っていたのかもしれない。

体は軽くなったが、しかし、藤森の気分はむしろ重たくなった。

「融なんかより、俺を頼りなよ。乗り換えちゃえ」

茶化すような声音で唆す田口に、藤森は何となく気づいた。

田口が自分に声をかけたのは偶然じゃない。

最初から、藤森が江利の知り合いだと――ある程度親しい関係だとわかった上のことだ。

（って、いつからだ？）

田口がそれを知ったのは、アルバイトで顔を合わせた後なのか、それとも前なのか。

笑っている田口が、藤森にはどんどん得体の知れない、薄気味悪いものに見えてくる。

「昔のこと、俺は知らないけど」

まるでアレに遭遇した時のように怖くて仕方がなかったが、藤森はどうにか気持ちを奮い立たせて口を開いた。

話しながら、同級生に遭遇した時の江利をまた思い出す。

虚《うつ》ろな目。表情のない顔。もしかしたら田口の言うとおり、江利は昔、弱くて頼りない子供だったのかもしれない。

「でも今はすごく格好いいし、頼りになるし」

田口は藤森が江利とどういうふうに親しいのか、どういう関係なのか、もう知っている感じがした。どうやって知り得たのか、江利が話したのかもしれないし、藤森にはわからないアレ関係の何かで知ったのかもしれないし、その方法はどうでもいい。

「乗り換えるつもりなんて全然ないから」

ただ、そうきっちりと言っておきたかった。そうしなければいけない気がしたのだ。

「……ふーん。融のこと、随分信じてるんだなあ」

不意に、田口の目が細くなる。

「でもさ、じゃあその調子じゃ、気づいてないよな」

面白がっている調子に少し苛立ちもするが、江利のことなら、藤森にはどうしても聞き流せない。

「何を」

「あいつが、藤森君のその体質、利用してるだけだって」

「利用？」

意外な単語が飛び出してきて、藤森は何だかきょとんとしてしまう。

田口が大きく頷いた。

「そう。——藤森君は、多分自分が思ってるよりはるかに強い霊媒体質を持ってる。しかも器も頑丈だ。例えば悪い霊を引き寄せて、藤森君の中に閉じ込めるとか、利用価値はいくらでも」

「そんなことをして江利に何かいいことあるのか？」

田口が何を言いたいのか、藤森にはいまいちよくわからない。

「それが金になる時もある」

「金？　まさか」

藤森は笑い出したくなった。

「江利は俺がそんなことされるの嫌だって知ってるし、やるわけない」

「そう？　人間誰だって自分に利益のある方を選ぶもんだぜ？」

結局藤森は笑ってしまった。だって、ありうるわけがない。アレ関係でビビりまくり、怯えてばかりの藤森を、江利はいつも抱き締めて宥《なだ》めてくれる。

たしかに今回金が必要だったが、それも藤森のためだ。

「ないない、あるわけない」

冗談にしか聞こえなくて笑う藤森に、田口が少しだけ苛立つ様子を見せた。

かすかに眉を顰めて藤森を見てから、ちらりと、店の入口の方へと視線を動かしている。

藤森が釣られて同じ方を振り返ろうとした時、田口に、テーブルの上に載せてあった手を取られた。

「金以外にも、人にとって大事なものがある。何だかわかる?」

「いやまあ、そりゃいくらでもあるだろうけど……」

「何より大事なのは、自己保身だよ。融だって、自分の身が危なくなれば藤森君を利用して安全を確保しようとするかもしれない。企んで、じゃなくて、咄嗟にさ」

「いや、ないって」

しつこい田口に、藤森は藤森でイラッとした。

さっきから、田口はどうにかして江利を貶《おとし》めようとしているようにしか見えず、気分が悪い。

「あるんだ」

ぐっと、田口が藤森の手を強く握り締める。痛みを感じて、藤森は顔を顰めた。

「他の人は知らないけど、江利はないって」

「融こそ、そうするように教えられてるんだよ。ばあさんにも、俺にも、融自身の経験にも」

確かに江利は、危ないものには近づかない主義だと言っていた。部屋の異変で困っていた藤森に、まずはとにかく逃げろと忠告してきたのだ。

でも江利は藤森に、その忠告のために近づいた。

藤森が言うことを聞かなかったから、助けるためにお守りをくれたり、部屋に泊まり込んだりしてくれた。

疲れ果てるまで副業に励んだのだって、江利がアレまみれのアパートを出られるようにするためだ。

(……そうか、俺が考えてる以上に、江利はすごく思い切って、俺のそばに来てくれたのかもしれないなあ)

田口の主張のおかげで、藤森はそのことに今さら思い至った。

何だかしみじみする。しみじみと、江利が自分のことを好きで、大事にしてくれるんだなと実感する。

(やっと顔見知りって程度の俺のことなんて、放っておいてもよかったのに。でも、自分のポリシー曲げるくらい……俺にメロメロだったんだなあ)

そう気づくと妙に照れ臭い気分になってくる。

(おかげで俺もおまえにメロメロだ、馬鹿)

一人で勝手に目許を赤らめる藤森に、田口が怪訝そうな顔になった。

「いや、藤森君、人の話聞いて……痛って！」

田口が上げた悲鳴で、藤森は我に返った。

いつの間にか藤森の手から田口の手が離れている。そしてその手首を、誰かが力一杯摑んでねじり上げている。

「痛い、本気で痛い、融！」

「江利？」

田口の腕を捻っているのは、確かに江利だった。

しかしなぜ江利がここに、と藤森は驚いた。

江利は無表情に田口を見下ろしている。田口の方は、大袈裟《おおげさ》に痛がりながらも、微妙に口許がにやついている。

――田口が江利を呼んだのだと、その表情で藤森は気づく。

「何やってんだよ」

江利が田口から藤森へと視線を移し、口を開いた。

「何って……」

「俺に隠れて何をこそこそこんな男と会ってるんだよ」

江利には表情がない。

「――江利？」

何か様子がおかしい。

「今までも、バイトに行くふりしてこいつと会ってたのか」

「いや普通にバイト行ってたけど」

「誤魔化すな」

こんな江利の様子に覚えがある。藤森に、アパートを離れて実家に戻るよう言った日と同じだ。

（え、また、アレに引き摺られてる……？　アパートにいるわけじゃないのに？）

「落ち着けって、融」

藤森が混乱している間に、田口が大袈裟なほど困った様子で江利に告げている。

「ただ俺は、藤森君が霊障で困ってるっていうから、力になろうとしてただけだよ」

「え、いや、全然そういう話じゃなかったけど」

勝手に話をねじ曲げないでほしい。田口が何か企《たくら》んでいるように見えて、藤森は焦った。

「……ふうん。藤森さん、怖がりだもんな」

江利の平坦《へいたん》な声がする。

「そいつの方が、俺より力が強いし、知識もある。俺よりずっと頼りになるのか」

「江利、ちょっと待て。とりあえず、座れ」

気づけばまた周りの注目を浴びている。藤森はとにかく江利を自分の隣に座らせようとその

腕に手をかけたが、振り払われてしまった。

「だから乗り換えるのか。そんな奴に」

責める江利の口調に、彼の本心ではないのかもしれないとわかっていても、藤森はカチンと来た。

（や、本音が増幅してるとかだっけ⁉）

少しは疑われているということだ。

「馬鹿言うな、言っとくけど俺、そもそも男と付き合う気なんかなかったんだぞ」

声を潜めて訴えると、江利がさらに表情をなくした。

「だから別れるのかよ」

「じゃなくて、江利だから付き合ってるって話してんだよ」

言い争う調子になる藤森と江利を見て、田口が密かに笑っている。

それに気づいて藤森は腹立たしさを感じたが、今は外野に構っている場合じゃない。

「聞けっての！　俺は、江利の、アレを何かする力とやらだけじゃなくて、顔と体がそもそも好みだって言っただろ」

俺は一体何を力説しているんだと思いつつ、なるべく声を潜め、もう一度江利の腕を掴んで引っ張りながら藤森はそう主張した。

「体目当てかよ」

「それを責められる筋合いはないだろ？　実際好みなんだし仕方ないだろうが、俺だって、できれば江利みたいな格好いい顔とか体で生まれたかったよ」

　顔や体目当ての何が悪いと開き直り、藤森は力尽くで江利を自分の隣の座席に座らせた。普段ならばよっぽど相手の方が力が強いはずなのに、江利は少しふらついて、すとんと藤森の隣に腰を下ろした。

「あと俺、田口さんみたいなチャラついたタイプ、苦手なんだよ――って、すみません、別に田口さんの見た目を悪く言いたいわけじゃないんだけど、何かこう軽薄そうなところが自分に重なって……俺、自分の女顔が苦手なもんで」

　頬杖《ほおづえ》をついて傍観を気取っていたらしい田口が、眉を寄せて、瞬いている。

　それを放っておいて、藤森は江利に向き直った。

「そうか、おまえと田口さん、知り合いだったんだな。どうりでちょっと似てると思った」

「田口？　……ああ、そいつか。そいつが俺に似てるから、あんたは、そいつに」

「田口さんはいい人だけど、ずけずけしてるところとか、あと江利に失礼なこと言うとこは、苦手なんだよ。どっかしら多少似てたところで、俺は全然江利の方が好きだし」

「……おーい、何か俺、結構な言われようじゃないか……？」

「悪いけど田口さんちょっと黙ってて、大事なところだから」

　田口の茶々を振り返りもせずに切り捨て、藤森はとにかく江利の手を握り、その目を覗《のぞ》き込んだ。どうせアルバイトは今日で終わりだ。この近辺に寄ることもないだろうから、店の人や客たちにどう思われようが知ったことじゃない、と藤森は赤らみながらも自分に言い聞かせる。

「そりゃ最初は俺、男相手とか冗談じゃないって嫌がってたし、そういう部分で江利が俺のこと完全に信じられないのは、仕方ないかもしれないけど。でももし今、わけわからんアレの影響受けてそんなふうになってるなら、正気に返れ」

江利の手から片手を離し、藤森は掌で軽く相手の頰をぺちぺちと叩いた。

もしかすると今、アパートのアレが江利に取り憑いているのかもしれないと気づいても、不思議と怖くはない。

それよりも、腹立ちと、もどかしさと、寂しさの方が強かった。

「ちゃんと俺のこと見えてるか？　俺が誰だか、ちゃんとわかってくれよ」

江利は藤森を通して、かつてアパートで自殺した男を裏切った相手を見ている。

そのことが藤森には無性に寂しい。

だからその寂しさに任せて、ぺちっともう一度強く江利の頰を叩いてみたら、その瞳にパッと光が灯《とも》った。

「……あれ？」

「お、気づいた？」

注意深く江利の様子を覗き込むと、江利も、じっと藤森を見返してくる。

「……藤森さん、俺のこと好きって言った？」

「言ったよ」

藤森が頷くと、江利の顔が綻《ほころ》ぶ。

その表情があまりに幸せそうなので、藤森は江利にみとれてしまった。

「ちゃんと言ってくれたの、初めてだよな」

「……そうだっけ」

そういえば、先に好きだと言われて俺もと答えたことはあったが、自分から言葉にして言ったことはなかったかもしれない。

そのせいで江利を多少不安にさせてしまったのだろうか、と思ったら、藤森は申し訳ない心地になった。

（一応年上なのに、駄目だな）

やっぱり甘えているのは江利ではなく、自分の方だ。

それを田口にもう一度説明しなければと思って彼の方を振り向くと、田口は、すっかり鼻白んだ様子で藤森たちを見ていた。

「融、おまえ、ほんっと変わったなあ」

「は？　――あれ、あんた、いたんだ？」

幸せそうに蕩《とろ》けかけた表情から、さっと冷めた顔つきになって、江利が田口に言い放つ。

田口が「ひどい……」と芝居がかって傷ついた態度になったが、一割くらいは本当に傷ついているんじゃないかと藤森はこっそり思う。そんな様子に見えた。

「仕事終わったんだろ。さっさと消えろよ、言っておくけどあんたは俺以外にも評判悪いからな、あっちこっちで勝手なことばっかしてるだろ」

「あー、はいはい、邪魔者は去りますよ」

項垂れつつ、田口が椅子から立ち上がる。藤森の方を見た。

「どうにか藤森君に取り入って、俺が君のこと利用しようと思ってたんだけどなあ」

江利が色めき立つのがわかり、藤森は慌ててまた相手の腕を摑んだ。

「全然、そういう流れにならなかったから！」

当たり前だが、藤森にその気は欠片もない。

田口がそんなことを目論《もくろ》んでいるのにも今やっと気づいたほどだ。

「……あんたは俺を弱くなったって言ったけど、全然、逆だ」

一度大きく息をついて、どうにか気を静めてから、江利が田口に向けて言う。

「俺は藤森さん守るためなら、何でもやる。他に大事なものなんてないからな。あんたがもしこの人に何かしようなんて考えたら、どんな手を使っても止めるし、二度とその気が起きないようにしてやる」

低い声で告げた江利に、田口が軽く鼻を鳴らす。

「俺より弱いくせに、まあ」

毒突いた田口の口調には、だが、あまり力がなかった。

「いいけどさ。別に面倒を起こしたいわけじゃないし、消えますって」

諸手を挙げて、田口が席から離れようとする。

途中で振り返り、藤森を見て微《かす》かに苦笑してから、江利に視線を移した。

「他人信じるとか、馬鹿だなと思うけど。それで強くなれるとか勘違いできるとか……まあ、それはそれで、幸せなんじゃないの」

「うるさい、さっさと消えろ」

邪険に追い払う江利に、田口が肩を竦めて、今度こそ去っていく。

「何か……気の毒だな、田口さん」

「えっ、藤森さん、それマジで言ってる？」

田口の後ろ姿を見送りながら呟いた藤森を、江利がぎょっとしたように振り返った。

「いや、何か最後、羨《うらや》ましそうだった……ような」

「ないない。あいつに限ってそういうのない」

江利はいやにきっぱりと断言している。

「そうか？」

「そう。――あいつ、蓜島……藤森さんには田口とか名乗ってたのかな。田口は、ああいうふうに同情を引くのも手口だから」

そう言って、江利が田口との関係を藤森に説明した。元々は彼の祖母の知り合いであったこと。彼女が亡くなってのちは、しばらく田口に頼る羽目になったこと。その間に田口が依頼を受け、人を呪うために集めた霊を持て余し、まとめて江利に押しつけて逃げた過去があること。

そのせいで江利が瀕死の目に遭って、同級生からの嫌がらせのせいなどとは比べものにならないレベルで人間不信になったことなどを聞いて、さすがに田口に対する同情染みた気持ちは消え失せた。

「あの人は、まあ、あれでいいんだ。ある意味気の毒なのかもしれないけど、ああやって強《したた》かに一人で勝手に生きてくから、大丈夫」

「あ、やっぱり気の毒とは思うのか」

「そりゃ、気の毒だよ。あの人は自分自身のことだけが可愛くて……他人をこんなふうに大事だって思うような経験、死ぬまでできないんだろうから」

藤森を見て、江利が小さく苦笑する。

藤森は照れていいのか、田口にもそういう相手ができるよう祈ってやるべきなのか、決めかねた。

「っていうか……ごめん藤森さん、俺、また」

溜息をついた江利が、項垂れた。どうやらアパートのアレらしきものに気持ちが引き摺られていたことを思い出したようだ。

「いや、正気になってくれたから、いいんだけど……大丈夫なのか？」

「多分、もう平気。これも半分以上田口のせいだから」

江利は藤森には言わなかった本当のアルバイトの話も打ち明けてきた。

言わないつもりだったが、田口のこともあって、言った方がいいと判断したらしい。

自分のために江利が危ない仕事をしていたと聞いて、藤森はつい激昂《げっこう》した。

「おま……っ、おまえなあ、おまえが俺のこと危ない目に遭わせたくないって思うのと同じくらい、俺だっておまえにそんなことしてほしくないんだぞ⁉」

もう店中の注目を浴びようが構っていられなかった。

田口の呪詛とやらのせいで江利が弱り、そこをアパートの奴らにつけ込まれたと聞かされて、冷静でいられるわけがない。

「この際言っておくけど、江利のそういうところは、すごく嫌だ。大事にしてくれるのはありがたいけど、俺は別に江利の持ちものとかじゃないんだぞ」

「――ごめん」

江利がさらに項垂れ、ついでのように、藤森の肩に額を乗せた。江利の方も、周りからどう見られても構わないようだ。

藤森は自棄糞《やけくそ》気味に、相手の頭を片手でぐしゃぐしゃに掻き混ぜた。

「俺が度を超してビビりなせいで言えなかったってのもあるんだろうけどさ」

「それもあるけど……多分、ただ単に、俺が慣れてないだけなんだよ。こんなに大事なものできたの初めてだから、どうやって守ればいいのかわからなくて、先走った」

「まあ、そんなの、おいおい慣れてけばいいと思うけど。どうせずっと一緒にいるんだし」

「……そっか」

顔を上げて笑う江利は、妙に可愛らしかった。

だから藤森はそのまま相手にキスのひとつもしたくなったが、さすがに周りの視線が痛くなってきたので、どうにかこうにか、我慢した。

4

藤森《ふじもり》の新しい住処《すみか》は割合すんなりと決まった。

これまでの1DKより一部屋多い2DK。藤森のというか、藤森と江利《えり》の新しい部屋というべきだろう。

「やっぱり、俺、江利と一緒に暮らしたい」

藤森が思いきってそう切り出したのは、田口と入った喫茶店を出て、改めて別の店で夕食を取っている時だ。江利は少し首を傾げて藤森を見返した。

「引っ越し先は、ちゃんと俺が、変な先住者とかいないとこ見極めてあげるから」

「そうじゃなくて。江利がいた方が安心ってのもそりゃあるけど……単に、もっと一緒にいたいんだよ、おまえと」

喫茶店で散々恥ずかしいことを言ったので、藤森はすっかりいろんなことが突き抜けてしまった。

二人きりでいて、本音を口にすることに、まるで抵抗がなくなってしまったのだ。

「土日もさ。同じ家で暮らしたいの」

「……」

江利は考え込む様子になって、それから言葉数が減ってしまった。

食事をして、場所を移して酒を飲んで、ついでにもう一度場所を移して二人きりになれる宿泊施設で随分仲睦まじい時間を過ごしたあと、広いベッドに横たわりながら、江利が「わかった」と頷いた。

「え……何が?」

久しぶりに江利と、誰に見られることも邪魔されることもなく濃密なセックスをして、心地よい疲労に浸っていた藤森は、半分寝ぼけた声を出してしまった。

「藤森さんと、住むよ」

どうやら江利は藤森の申し出のあと、セックスの最中も、延々そのことについて考えていたらしい。

「マジで?」

「うん」

江利は嬉しくて、相手に抱きついた。

何か事情があって自分との同棲を渋っていたようだが、踏ん切りがついたのだろう。その理由はどうしても気になったが、多分そのうち江利の方から話してくれる気がしたので、気長に待つことにした。

「……ん？」

江利の方に身を擦《す》り寄せていると、背中を撫《な》でる相手の仕種が少しねちこくなってきたので、藤森は小さく身を竦めながら首を捻る。

「……もう一回やんの？」

「うん。もう一回やんの」

「マジかー」

すでに藤森は三回ほど達している。最初は部屋に入るなり江利に抱き竦められ、立ったまま服の中に手を差し入れられて、その手に擦《こす》られて。二度目はベッドで江利を受け入れながら。三度目は、二度目の続きでぐちゃぐちゃになった体の中をまた執拗《しつよう》に掻き混ぜられて。

おかげですっかりくたくただったはずなのに、体を起こした江利に再びのしかかられても、藤森は拒む気が起きない。

「同棲決定記念に、もう一回」

「……ゆっくりめにしろよ？」

江利は藤森の汗と体液にまみれた内腿《もも》を掌で撫で、脚を開かせようとしている。藤森は仰向けにひっくり返されて脚を大きく開かされる自分の姿の滑稽《こっけい》さにはあまり意識を遣らないようにしながら、大人しく江利にされるままになった。

「もう、出ない気がするなあ……」

三回もいかされた。三回目に射精した時にベッドの上に零《こぼ》れたのは、最初に比べてかなり薄い体液だった。

「ってか、おまえだって、まだいけんの?」

訊ねながら何となく江利の下腹部に目を遣った藤森は、まだまだ立派に上を向いて反り返った江利のペニスをみつけてしまい、ひどく赤らんだ。

「恨むなら、自分の度を超した可愛さを恨むように」

「い、いや、別に恨んでないし……、……んっ」

唇をキスで塞がれ、その感触に気を取られている間に、さっきまでも江利を受け入れてまだ少し疼《うず》いている場所に、もう一度熱いものが押し入ってくる。

解《ほぐ》されて濡らされて、柔らかくなっている場所は、すんなりと江利の熱を受け入れていった。

「あ……、あ……」

藤森の願いどおり、ゆっくりと、江利が体の中に入っては、少し引いていく。

「……あ……ん……、……江利……」

最初は甘ったるい声を漏らすことに抵抗があった。

でも今は、気持ちいい時はその感覚のまま声を上げれば、江利が喜ぶし、自分も気持ちが昂るのを知っているので、堪えるのをやめている。

ましてや今日は、いつもの部屋と違って、誰にも邪魔されない個室だ。

「藤森さん、可愛い……好きだよ」

江利の声も言葉も、今日は随分と甘い。

(何だ。喜んでくれてんのか)

一緒に暮らすことを渋り続けられていたので、自分がしつこいから折れたのかな——と藤森は頭の片隅で思っていた。

だが江利の触れ方も、声の感じからも、そうじゃないことが直接藤森の中に伝わってくる。

「大事にする。絶対、守るから」

「ん……」

江利の声が熱っぽくなるうち、その動きも力と速さが増してくる。

ゆるやかな快楽から少しずつ離れていくが、藤森は江利を止める気が起きず、相手の背中に手を回した。

「——俺も、江利のこと、守るから」

言われっぱなしなのは悔しくて、乱れる呼吸の合間に告げると、江利が少し驚いたように目を瞠ってから、笑った。

笑った江利の顔の方がよっぽど可愛かったので、藤森は背中から相手の頭に手を移動して、抱き寄せて、キスをした。

それから休憩を延長し、部屋の利用時間が終わるまで、藤森と江利は誰に憚ることもなく、思う存分お互いの存在を感じ合った。

◇◇◇

そうして翌日から物件探しを始め、会社からほど近いマンションをみつけて、あっという間に仮契約をすませた。

勿論、江利により、おかしな先住者がいないことは確認済みだ。

本契約のためには保証人が必要で、藤森の父親に頼むことになった。

仮契約をすませた翌日には、お互い仕事を終えたあと、藤森は江利を伴って実家へと向かった。

「母さんも姉ちゃんたちも死ぬほどうるさいけど、我慢してくれ。最初に謝っておくけど本当にうるさいから」

江利を自宅に連れてくること、というよりも強烈な母や姉たちに会わせることをためらって、父親だけを呼び出そうとしたのだが、江利が「ちゃんと家族に挨拶したい」と言い張った。

「ただの友人同士のルームシェアってことにするからさ」と笑って言われると、藤森はなんだかそれを拒めなくなってしまった。

「……ただいまー」

しかしあまり気は進まないまま、藤森は自宅の玄関ドアを開けた。

「江利？」

江利にも中に入るよう促そうと振り返った藤森は、相手がどこか呆然《ぼうぜん》としたような顔で家の中を見渡している姿を見て、首を捻った。

「すげぇ……」

江利は呆然というか、感動したような声を漏らしている。

「え、何？」

「この家、すっげぇ守られてる。こんなの、ちょっと見たことない」

「ええ……何だそれ」

藤森には江利の言うことが理解できない。藤森にとっては単に住み慣れた、今は姉により毎日追い出されかかっている我が家だ。

残業なしで早めに会社を出たというのに、家には両親ばかりではなく、なぜかいつもは仕事で忙しくしている下の姉までがいた。上の姉とその子供も揃《そろ》い、応接間のソファにずらりと並んでいる。

江利と並んで彼らの向かいに座りながら、藤森は妙に居心地の悪い気分だった。

「——というわけで、藤森さんとのルームシェアについて、ご了解をいただければと思いまして」

藤森と江利とが交互に同居について説明する間、家族は全員黙り込んで話を聞いていた。寡黙な父はともかく、普段はうるさすぎるほどうるさい母や姉たちが口を噤んでいるせいで、藤森の据わりが悪いのだ。

「えーと……は、話、聞いてた？」

相槌《あいづち》も打ってもらえないので、おそるおそる訊ねると、なぜか母と姉たちが揃って大きな溜息をついた。

「ルームシェアったってねえ。同居じゃなくて、同棲でしょ？」

母親がぼやくように言った言葉に、藤森は自分の耳を疑った。

「はぁ⁉　え、いや、ふ、普通に、同居だって」

「あんた本当、嘘《うそ》が下手ねえ。ねえ江利君、この子、チョロいでしょ」

上の姉も溜息交じりだ。江利は苦笑している。

「まあ、この人ならねえ」

下の姉も、何だかしみじみした口振りで言い、女三人が目を見交わして頷き合っている。

「え、待って、待って、何それ。何でそうわかり合ってる感じなんだよ、勝手に」

「だって、わかるもの。っていうかこの場でわかってないの、あんたと、この子と、父さんだけよ」

上の姉が、自分の膝で眠ってしまっている娘の頭を優しく撫でた。

「だから、何が」

「あんたたちが友達じゃなくて、恋人同士ってことよ。あと、江利君が、あんたにとってはものすごい守りになってくれるってこと」

「……待って、本当待って、全然頭が追いつかないんだけど」

藤森は頭を抱えた。江利が慌てもせずに悠然としているのが腑に落ちない。

「ほんっと温希《あつき》はバカだし鈍いし、いいの江利君、この子で」

「この人が、いいんです」

笑って頷いた江利が格好よかったので、まあ、許した。

「どうなってんだよ」

「本当に、わかってないのは藤森さんだけなんだな。あと、お父さんと。お父さんはまあ、単純に、全然感じない人みたいだけど」

「……何が？」

「前に言わなかったっけ、霊媒体質って遺伝なんだって」

そういえば、聞いたような気もする。藤森が家を出るまで異変を感じなかったのであれば、両親のどちらかが寄られやすく、どちらかがそれを上回って寄り憑かれない感じなのだとか。

あるいは、家自体に何かの守護があるのかもしれないとか。

「藤森さんのお母さんもお姉さんも、藤森さんと同じ体質だよ。それに——」

ふと、江利の視線が家の中空を彷徨《さまよ》う。

「お兄さん……かな？」

「⁉」

「あら、わかるのねえ、やっぱり」

「何⁉　マジで何⁉　怖いんだけど⁉」

「バカ！」

手加減のない力でクッションが飛んできた。下の姉が投げつけてきたものを、藤森は思いきり顔面に食らってしまう。

「あんたってほんっと鈍いわよね。あのね、あんたとあたしには、お兄ちゃんがいるの。お姉ちゃんにとっては上の弟！」

「はぁ⁉」

「——温希が生まれる前に、病気でいなくなっちゃったんだけどね」

少し寂しそうな顔で、母親が言葉を引き継いだ。藤森には聞いたこともない話だった。

「何言ってんのよ、ちゃんとお墓あるし、お仏壇にお位牌《いはい》もあるでしょ」

上の姉が呆《あき》れたように言うが、藤森が生まれた頃には父方も母方も祖父母が亡くなっていたし、墓や位牌なんて、全部ひと括《くく》りにご先祖様のものという認識だったのだ。

「私たちのこと、ずっとお兄ちゃんが守ってくれてるのよ、この家で。それをあんたは、変な音がするとか、変な気配がするとか、ビービー泣くし。お兄ちゃんなんだから怖くないはずだし、私たちが鍛えてやったのに、あんたビビりのままだしさ」

もしやそのせいで、自分は姉たちにいびられていたのだろうかと、藤森は察した。

怖がる姿を笑っていたのではなく、姉たちはどうも、怒っていたらしい。

「言えよ、そういう話、ちゃんと俺にも……！」

「言ったわよバカ。なのに温希は怖がって泣いて、おねしょして忘れちゃうんだから」

おねしょは余計な気がするが、そう言われると、そうだったかもしれないという気がする。

子供の頃にやたら聞かされた怪談の大半は、亡くなった兄のことだったのかもしれない。

「うちの家系は、女がそういう体質みたいでね。お母さんもだけど、お姉ちゃんたちも、十代の頃は霊だの何だのに振り回されて、大変だったのよ。温希は男だったせいか、お兄ちゃんの守りが一番強かったせいか、平気そうだったけど」

母親の説明に、姉たちが藤森を睨んできた。

「そうよ、こっちは大変だったのに、温希はボケーッとしてるし。オカルト否定派ぶって、ムカつくし」

「しょうがないのよ男は。うちの別れた旦那も、そういうの頭っから否定してたもの。……この子がひどい目に遭ってるのに、全然認めないで」

姉の子、藤森の姪《めい》っ子は、すやすやと健康そうな寝息を立てている。だが離婚してこの家に出戻ってきた時、姉も、姪も、ひどく窶《やつ》れていた。

（ちょっと前までの江利みたいだった気がする）

藤森の知らないところで、姉たちも、アレの被害にあっていたのかもしれない。

「家ってね、護る人がでんと構えてないと、駄目なのよ。うちはお兄ちゃんと、それにお父さんがいてくれるから、ものすごく安全なんだけど。別れた旦那は全然頼りにならなくて、こっちをノイローゼ扱いだのしてくるから、捨ててやったわ。これからはここで、私がこの子を守る」

決意した姉の態度は立派に見えて、藤森は素直に感動しかけてから、ハッとなった。

「いや、でもそれで俺追い出されて、俺が結構危ない目に遭ったんだけど……!?」

「だって温希が居座ってたら邪魔じゃない。あんた無駄に荷物多いし、男なんだからそのうち独り立ちしなきゃいけないいんだし」

「そんな、せめて全部事情聞かせてくれたら、ちょっとは状況が」

「変わらないわよー、あんた実際自分で痛い目見るまでわからなかったでしょ。説明しようとしたって、怖い話するなブスとか言って逃げちゃうんだから」

「……す……すみません……」

たしかに姉たちの言うとおりだったかもしれない。

姉たちがやたらとオカルト話を振ってくるのは、自分が怖がりなのをからかうためだとしか、藤森には思えなかった。

「まああんた、妙に運はいいから、そのうち守ってくれる人とちゃんと巡り会うだろうなって思ってたのよ。お兄ちゃんもそう言ってるし」

母が言い、父は微笑んでいるだけだが、姉たちは揃ってうんうんと頷いている。

この状況がすでに怖ろしい。家族揃って自分を化かしているんじゃないかとすら思ったが、そっと隣の江利を見遣ると、江利も笑っているので、どうやら本当のことだろうと藤森も納得した。

「跡取りならこの子が婿でも取るし、あんたはせいぜい、江利君に守ってもらいなさい」

上の姉の言葉に、母も下の姉も頷いている。さすがに父親は少々複雑そうな表情ではあった。

「……は、反対しないの？」

「しないわよ、むしろあんたにしちゃ上出来よ。江利君、この子ボケーッとしてるしバカだし頼りないけど、どうか、見捨てないであげてね」

女性陣のあんまりな言葉に、江利は笑って頷いている。

「任せてください」

こうして江利との同居も、新しい部屋の保証人も、何の問題もなく決まってしまった。

「でもさあ、冷たいと思わないか？　そりゃ俺がビビりすぎてたのは悪いんだろうけど、何とか宥めて事情説明するとか、いくらでもやり方はあるじゃんなあ」

藤森家をあとにして、駅に向かって歩きながら、藤森はぶつぶつとさっきから不満を漏らしている。

藤森家の人たちは江利に泊まっていくよう言ったが、江利は自分も両親に家を出ることを話さなければならないからと、それを辞退した。藤森は江利を駅まで送ってくれている。

「結果的には上手くいってるんだから、いいだろ？」

「でもさー」

藤森は家族の中で自分ばかりが蚊帳の外の扱いだった気がして、つまり拗ねているのだ。

それだけ彼が家族に愛されていた証拠なのは、江利の目にもありありとわかったので、笑うしかない。

藤森自身も、多分わかっているだろう。

「ビビりビビり言うけど、俺がビビりになったの、絶対姉ちゃんたちのせいもあるって。兄ちゃんのこととかいろいろあるっていうけど、半分以上俺が怖がって泣くの見て面白がってただけだろ」

それはまあ、江利も否定しない。何しろ怖がって泣く藤森は可愛い。彼の姉も、両親も、それを噛《か》み締めていたに違いない。

藤森自身には、たしかにひどい話だろうから、苦笑いを浮かべるしかないが。

「……あのさ、俺も、江利んちのご両親に挨拶とかした方がいいと思うんだけど」

ぶつぶつと家族に対する文句を言いながらも、藤森はどうやらさっきからそれを切り出すタイミングを計っていたようだ。

「仮にも大事な一人息子さんをお預かりするわけですし……」

なぜか妙に改まった態度になる藤森が、江利にはおかしい。藤森家では、何だか最終的に「末娘を嫁に出す」のような雰囲気になってしまったので、そのせいだろうか。

「いや、うちは、来ない方がいいと思う」

「……そっか」

江利が拒むことを察していたせいもあるのかもしれない。藤森はそれ以上食い下がらずに、大人しく頷いている。

少し、江利の胸が痛んだ。

「そのうち話すし、そのうち会ってもらうかもしれないけど、今はちょっと」

「うん。江利がそう言うなら」

藤森はどこか神妙な様子で頷いている。駅前までやってくると、江利は藤森の腕を引っ張って、すでに閉まっている店の陰に連れ込んだ。

江利が藤森を抱き締めると、藤森も同じように江利の背中を抱き返して、当たり前のような仕種でお互い身を寄せ合い短く接吻《くちづ》けを交わす。

さすがに藤森の地元で知り合いにでも会ったら申し訳ないので、江利はすぐに藤森から手を離した。物足りない気分しか残らなかったが、どうにか我慢する。

「……ま、引っ越したら、ずっと一緒なわけだし」

などと呟《つぶや》いている藤森も同じ気持ちなのだろう。

それがわかって江利は嬉しかった。

「じゃあ、とりあえずまた明日」

「うん、昼に契約な」

もう一度、素早く藤森の目許にキスしてから、江利は駅へと向かった。振り返ると藤森が江利を見ていて、手を振ってくれる。江利もそれに応えて家路についた。

電車を乗り継ぎ自宅に辿り着いた時、すでに日付が変わっていた。

玄関のドアノブに触れる前に、江利はスーツのポケットからハンカチを取り出す。その布越しにドアを開けた。鍵《かぎ》はかかっていない。開けっ放しでも別に危なくない。誰もこの家には入り込めないからだ。江利の家族以外。

「……ただいま」

小声で呟いても、返る言葉はない。代わりのように、廊下の奥にある居間からヒステリックな口論の声が届く。いつものことだ。江利は居間を覗くこともしなかった。覗いたところで、どうせもう江利に両親の姿は見えない。

（息苦しい）

江利は喉元を手で押さえながら、二階の自室ではなく、庭から繋《つな》がる離れに向かった。庭に出ると少しだけ息がしやすくなる。江利は何となく家を振り返った。二階建ての一軒屋。その全体を黒い靄が覆っている。

蔰島が呪具を置いたビルの暗さなんて、江利家に比べれば可愛いものだ。

これが自分以外の目には普通の家に映るのだから、江利には不思議で仕方がなかった。

藤森にはわかるだろうが、おそらく恐ろしすぎて近づけもしないだろう。

（もう、悪意しかない）

体質は遺伝する。江利の家もそうだった。祖母が強い霊能力者で、その血を継ぐ父も、それに惹かれた母も、同じように異形のものを引き寄せる体質だった。――本人は、まったく無意識のうちに。

それが不幸の始まりだったのだと思う。両親共に死んだ人間の魂なんて頭から信じなかったし、巫女だったという祖母を認知症扱いで嫌った。息子が霊を見て怯えたり、他の子供と同じように元気に遊び回れないことを、頭ごなしに叱り続けてきた。

決して信じないが、力はあるので、性質《たち》の悪い霊を引き寄せてはその影響で両親の悪意や虚栄心が肥大していく。悪循環を断ち切ることは、祖母ですら不可能だった。何しろそれで両親の健康を害するわけでも、家に不幸が起こるわけでもない。ただただ二人が常に口論し、それを江利が悲しむだけだ。

それでも祖母がいる間はずっとましだった。

彼女の存在を失ってから、家を覆う黒い靄は、染みのように取れなくなっていった。

(……これで俺まで出ていったら、もうどうにもならなくなるかもしれない)

ちっとも優しくなかったし、喧嘩《けんか》をする姿しか見たことがなかったけれど、それでも江利は両親のことが好きだった。見捨てることができなかった。江利が必死に靄を祓えば、数日は両親の姿が見える。笑ってくれる。

江利がこの家に住んでいる、という事実が、辛うじて両親の心身が靄に完全に呑《の》み込まれることを抑えていた。藤森のアパートから、土曜日曜は帰ってきたのはそのためだ。

藤森と暮らすためにこの家を出て、書類上でも転居の形を整えてしまえば、江利は完全にこの家から縁が切れる。

そうすればあとはもう、彼らは自分たちの虚栄心や、それが引き寄せた悪意たちに呑み込まれ、人ではなくなってしまうかもしれない。

(でも俺は、藤森さんを選ぶよ。ごめん、ばあちゃん)

離れに入り、いつも祖母の端座《たんざ》していた辺りを見下ろしながら、江利はもういない祖母に呼びかけた。

藤森の姉が弟よりも我が子を選んだように、江利も両親よりも藤森を選ぶことに決めた。

それが間違いだとは、もう思えない。

江利に守れるものなんて、本当にわずかしかないのだ。

――祖母が生きていた頃、家族ですら相性があるのだと聞かされた。

鼈島からも同じことを言われた。死んだ人間と生きた人間にも、生きた人間同士でも、合う合わないがある。合わない者同士は、そばにいるだけで不幸になってしまう。

血が繋がった親子だからといって、無条件で慈しみ合えるわけではないのだと。

祖母が亡くなり、鼈島にも裏切られて以来、自分を少しでも愛してくれる可能性があるのは両親くらいだと思って、どこかで縋ってきた。

だが藤森に会ったおかげで、その必要もなくなった。

(せめて、最後に、俺の持てる限りの力でこの家は綺麗にしていくから)

別れの挨拶くらい、両親の顔を見て、声を聞いて、きちんと終わらせたい。

随分骨の折れる作業だろうが、引っ越しの日までに、少しずつでも靄を晴らしていこう。

今まではどうせきりがないと諦めていたし、これから家を出る自分がそれをしたところで、やはり無意味だろうと思ってしまうが。

それでもすべてに訣別《けつべつ》して、藤森と幸せに暮らすため、そうしようと江利は決めた。

◇◇◇

カーテンの隙間から見える様子を見たくて、窓の辺りにはべったりと黒い人影が連なっている。

「ていうかぶっちゃけ、単に、羨ましいんですけど……」

溜息交じりに誰かが言った。

「なんか、だんだん、馬鹿馬鹿しくなっちゃったなあ」

「あー、全然引っ越しの準備とかしてないじゃん。またいちゃいちゃしてるじゃん……」

「いちゃいちゃっていうか、めっちゃしてる。セックスしてる。入ってる」

「ちょっと、子供がセックスとか言うんじゃないの」

「いいじゃん、もう死んでから何十年経ってると思ってるんだよ」

性別も形も、生命を手放す前にどんな性格だったかも、どうせみんな知らない。本人たちももうわからない。

理由の知れない執着や未練だけが、彼らをこのアパートに繋ぎ止めている。

少し前までは部屋の中に居座れていたのに、あの男が来てから、すぐに追い出されるようになってしまった。

「くそ……俺の……俺のなのに、あの男……くそ……」

ここは、元々自分の部屋だったはずだ。なのに追い出されて、そのうえ大事な、愛《いと》しい彼と別の男がまぐわっている様子など見せつけられて、悔しくて、苦しくて仕方がない。

自分の名も忘れてしまった、かつてここで自ら命を絶った男は、何度も舌打ちした。

「あんたのじゃないじゃん」

誰かに嗤《わら》われるが、男は聞き流す。だってあれは、あの綺麗な男は、自分のものだったはずだ。自分の美しさを、魅力を知っていて、自分以外にも同じように擦り寄り、金銭と体を捧げさせ、支配下に置いて満足する類の人間だった。

きっと今、別の男、自分たちを追い払うあの忌々しい男に組み敷かれている彼も、きっとそうだ。だって彼はかつて自分を裏切った男に似て——いや、あの青年こそが自分の恋人で——。

（そうだったか？）

記憶も意識ももう曖昧《あいまい》だ。男も、その妄執に惹かれて集まってきた他の霊たちも、自分の存在すらすでにあやふやになりかけている。

「あんただってさ、もうほんとは、わかってるんでしょ。あんたのこと捨てた奴と、あの子、全然違うって」

「……」

「あの子とエッチしてる方の子もさ。何か、一生懸命お互いのこと大事にしてて、いいなあ……あたしだって、彼氏にあんなふうに愛されたかったなあ」

羨む声は、本当は、自分のものなんじゃないかと男には思えてきた。

「あの二人見てたら、ずっとここに留まって、恨み言ばっかブツブツ言ってんのが、何か馬鹿馬鹿しくなってきちゃった。あたし、そろそろ行くわ」

「僕も。馬鹿馬鹿しいっていうか、何か恋っていいよなあ、みたいな……あー、生まれ変わって、素敵な恋がしたいなあ」

男のそばから、少しずつ仲間の気配が減っていく。最近ずっとこんな調子だ。

「ねえ、あんたも行こうよ。次はもっといい男みつけなよ」

誰かに腕を引っ張られた。いや、もう腕なんて、体もないんだから、そういう気がしただけだろうが。

「この何十年勿体《もったい》なかったけど、今からでもやり直せるって」

「……いや。俺は、最後まで見てる」

「あ、そう。どーせあの二人はどう邪魔したって別れっこないし、取り残されて、辛いだけよ。馬鹿じゃないの」

「いいんだ。見てたいんだ」

「……あっそ。どうせもうじきだろうから、付き合ってあげてもいいけど」

消えた仲間もいるし、残った仲間もいる。

そう、どうせあの二人は、もうじきいなくなる。

だからそれまでの間、見守ったり、囃《はや》し立てたり、ちょっとくらい邪魔したところで、バチは当たらないはずだ。

どうせもう、みんな死んでいるんだし、あとは成仏するしかないんだし。

◇◇◇

溢《あふ》れ返った服だの靴だの鞄だのを、どうにか全部段ボールに詰め終えると、まだ荷物は残っているのに、部屋は随分がらんとした。

「よかった、引っ越し業者が来る時間までに片づかないかと思った」

荷造りを手伝ってくれた江利が汗を拭《ぬぐ》っている。あと三十分もすれば、業者のトラックが来るだろう。荷物が多すぎて単身パックが使えず、結局ファミリー用のトラックを手配しなければならず、藤森もさすがに自分の買い物癖を猛省した。

「ちょっと小耳に挟んだんだけどさ」

残った荷物もとにかく段ボールに詰め込む藤森に、江利が言う。

「このアパート、近々取り壊されるんだって」

「え……!?　マジで？」

「近々っていっても、年明け以降にはなるらしいけど。不動産屋で聞いてきた。藤森さん以外にも結構引っ越す人出てきたみたいだから、潰して駐車場にするって」

「……そっか……」

そう言われると、怖いことばかりだったはずのアパートなのに、藤森は急に寂しい気がしてきた。

「あ、取り壊すなら、ここにいた人たちも成仏できるんだっけ？」

だが以前江利から聞いたことを思い出し、少しほっとする。部屋に取り憑いたアレを祓うには、燃やすか、壊すか。人ではなく建物に憑いているから、その建物を浄化してしまえば、執着も恨みも消えていくのだと。

「藤森さん、あれだけ怖い目に遭っておいて……」

江利は少し呆れた顔になりつつ、すぐにそういう藤森が愛しい――という目になった。それがわかって、藤森は妙に照れ臭くなる。

江利は前から臆面のない男だったが、最近一際、相手の感情がストレートにわかるようになってきた気がする。

「うちもいっそ、壊れればよかったのかな」

「え？」

「俺の両親。ずっと離婚するのしないので揉めてるけど、引き留めないでぶっ壊してみたらよかったのかも……そうか」

江利が不意に何かに気づいたというように呟いているが、藤森には意味がわからない。首を捻っていると、江利が笑う。

「今度話す。とりあえず全部詰めちゃわないと」

「そうだった。……てかこの荷物、あの部屋に入るかな、全部」

「ここに入ったんだから入る……はずなんだけど、どうもこの部屋のキャパと藤森さんの荷物が釣り合ってないような」

「あ、怖い、何か怖い、やめようこの話」

「すげぇな、藤森さんの服に対する執念が謎の空間を作り出したとか」

「やめろマジで」

藤森が江利を黙らせようとその背中を小突きかけると、気配に気づいた江利が藤森の手を捉え、結局またいちゃいちゃとじゃれ合ってしまう。

この調子でなかなか引っ越し作業が進まなかったというのに、どうも懲りない。

「すげぇ便利な才能じゃん」

「いや絶対気のせいだから、そんな――」

次第に相手をくすぐろうとする攻防戦に移ったところ、ドスンと、大きく足を踏みならすような音がして藤森は飛び上がった。あまりに大きな音に、江利もさすがに驚いた顔をしている。

まるで藤森たちを急《せ》き立てるように、ドスンドスンと床が揺れる。

「……追い出そうとしてないか、これ」

「まさか。引き留めたいんじゃないの、藤森さんのこと」

「わー、やめろっておまえ、最後まで」

もう一度、今度は床といわず壁といわず震えている。駄目だと思いつつ藤森が振り返ると、カーテンのない窓に、四、五人ほど人の顔がべったり張り付いていた。

どれもこれも笑っているように見える。恐怖のあまり失神しかけたものの、藤森は笑い顔の彼らが自分に手を振っている気がして、思わず目を凝らした。

「あ、藤森さん、トラック来たっぽい」

江利もなぜかいつもなら即座に追い払うのに、窓の外に張り付く先住者たちを無視している。

(こ、怖がっていいいんだか、名残惜しく思うところなんだか……)

混乱しつつ、江利はとにかく部屋に残った小物を段ボールに詰め、ドンドンと響き続ける音に急かされるように、ほんの三ヶ月だけ住んだその部屋を飛び出した。

あとがき

今回、小説キャラさんに掲載していただいた分に書き下ろしを加えて、文庫にしていただきました。ありがとうございます。

わたしは怖い話がとても好きなんですが、藤森《ふじもり》にひけをとらないビビりなので、その手の本や雑誌を買ってはチラ見してページを閉じ、袋にしまい込み、家に置いていくのが嫌で友達に預けるくらいのチキンぶりです。チキンの方がホラーを楽しめる…。

それほどホラー部分重視という話でもない気がするんですが、チキンなので書いてる途中で怖くなってきて、気を取り直すためにエロいものを読んだりする…を繰り返していました。『怖い目に遭った時はエロいことを考えるといい』っていうのは人から教わって、割と実践してるんですが、とてもオタク向きな方法で思いついた人はすばらしいなと思いました。好きなエロなどを想像しているとそっちに気持ちが移って、怖いのを忘れられます。お試しください。

でも怖いものとエロいものは、表裏一体なイメージがあります。怖いものはエロいというか、エロいものは怖いというか。と言いつつ今回書いてみたら、エロシーンがちょっと面白くなってしまって、エロスなホラーを書こうと思っていた最初の目論見《もくろみ》からはずいぶん遠ざかってしまいました。何でだろうと考えると藤森のせいな気がします。藤森が思った以上にゆるい人になったおかげで、二人が最終的にものすごいバカップルになってしまった…でも二人とも幸せにできた気がするのでよかった。

お話を作った時に、ＢＬとさほど関わりない部分でもあれこれ設定を考えて一人でニヤニヤしていて、書き下ろしでそのあたりをちょくちょく書けたのが楽しかったです。江利《えり》の方が割とシビアな人生だったんですが、藤森がユルいおかげでこの先はハッピー続きだと思うので、本当よかったね！　と思います。

イラストを、乃一《のいち》ミクロさんにつけていただきました、ありがとうございます。雑誌の時の扉も、文庫のカバーも、ホラーの本！　て感じですごく嬉しいです！　藤森が吊《つ》り目の美人でビビりっぽいのと、江利の落ち着いた感じがイメージどおりで舞い上がりました。本当にありがとうございます。（ご迷惑お掛け通しで申し訳ありません…！）

とても楽しく書いたので、読んでる方にも少しでも楽しんでいただけると幸いです。

ではではまた、別のところでもお会いできると嬉《うれ》しいです。

渡海《わたるみ》　奈穂《なほ》

この本を読んでのご意見、ご感想を編集部までお寄せください。

《あて先》〒105－8055　東京都港区芝大門2－2－1　徳間書店　キャラ編集部気付

「彼の部屋」係

■初出一覧
彼の部屋……小説Chara vol.30(2014年7月号増刊)
みんなのおうち……書き下ろし

彼の部屋

【キャラ文庫】

2015年9月30日　初刷

著者　渡海奈穂
発行者　川田 修
発行所　株式会社徳間書店
〒105-8055　東京都港区芝大門2-2-1
電話　048-451-5960(販売部)
03-5403-4348(編集部)
振替　00140-0-44392

印刷・製本　図書印刷株式会社
カバー・口絵　近代美術株式会社
デザイン　百足屋ユウコ+松澤のどか(ムシカゴグラフィクス)

ISBN978-4-19-900814-6

渡海奈穂の本

好評発売中

「学生寮で、後輩と」

イラスト✦夏乃あゆみ

寮生同士の不適切な関係は即退寮──!?　高校３年生の春菜《はるな》は、美人で成績優秀だけど人嫌い。誰もが遠巻きにしていたのに、なぜか後輩の城野《しろの》に懐かれてしまう。自宅生なのに毎日寮に押しかけては退寮時間ギリギリまで居たがったり、図書室で待ち伏せたり…。皆の人気者がどうして俺にかまうんだ!?　未経験な感情に心もカラダも戸惑う恋愛初心者と一途な後輩の、密室で育む甘い恋♥

渡海奈穂の本

好評発売中

「小説家とカレ」

イラスト✦穂波ゆきね

横暴で尊大、口を開けば悪態ばかりの幼なじみ——小説家の芦原《あしはら》は、そんな高槻《たかつき》にずっと片想いしている。けれど高槻は、昔からなぜか小説を書くことに大反対!!「おまえの小説なんて絶対読まない」と言っては、執筆の邪魔をしにやって来る。それでも時折武骨な優しさを見せる高槻が、芦原は嫌いになれなくて…!? この気持ちを知られたら、きっと傍にいられなくなる——大人同士の不器用な恋♥

キャラ文庫既刊

英田サキ
[DEADLOCK] Ⅲ：高階 佑
[DEADHEAT DEADLOCK2]
[DEADSHOT DEADLOCK3]
[SIMPLEX DEADLOCK外伝]
[恋ひめやも] Ⅲ：小山田あみ
[ダブル・バインド] 全4巻 Ⅲ：葛西リカコ
[アウトフェイス ダブル・バインド外伝]
[欺かれた男] Ⅲ：乃一ミクロ

秋月こお
[王朝春宵ロマンセ] シリーズ全4巻 Ⅲ：唯月 一
[王朝ロマンセ外伝] シリーズ全3巻 Ⅲ：唯月 一
[幸村殿、艶にて候] 全7巻 Ⅲ：九號
[スサの神謡] Ⅲ：稲荷家房之介
[公爵様の羊飼い] 全3巻 Ⅲ：円屋榎英

洸
[捜査官は恐竜と眠る] Ⅲ：有馬かつみ
[サバイバルな同棲] Ⅲ：和鐵屋匠
[常夏の島と英国紳士] Ⅲ：みずかねりょう
[灼熱のカウントダウン] Ⅲ：小山田あみ
[闇を飛び越えろ] Ⅲ：長門サイチ

いおかいつき
[隣人たちの食卓] Ⅲ：みずかねりょう
[探偵見習い、はじめました] Ⅲ：小山田あみ
[これでも、脅迫されてます] Ⅲ：兼守美行

池戸裕子
[鬼神の囁きに誘われて] Ⅲ：黒沢 椎
[人形は恋に堕ちました。] Ⅲ：新藤まゆり

犬飼のの
[暴君竜を飼いならせ]
[翼竜王を飼いならせ 暴君竜を飼いならせ2] Ⅲ：笠井あゆみ

鳥城あきら
[檻―おり―] Ⅲ：今 市子

榎田尤利
[歯科医の憂鬱] Ⅲ：高久尚子
[ギャルソンの躾け方] Ⅲ：宮本佳野
[アパルトマンの王子] Ⅲ：緋色れーいち
[理髪師の、些か変わったお気に入り] Ⅲ：二宮悦巳

音理 雄
[先生、お味はいかが?] Ⅲ：三池ろむこ
[犬、ときどき人間] Ⅲ：高久尚子
[親友に向かない男] Ⅲ：新藤まゆり
[最強防衛男子!] Ⅲ：むとべりょう

鹿住 槇
[ヤバイ気持ち] Ⅲ：穂波ゆきね

華藤えれな
[フィルム・ノワールの恋に似て] Ⅲ：小椋ムク
[黒衣の皇子に囚われて] Ⅲ：Ciel
[義弟の渇望] Ⅲ：サマミヤアカザ

可南さらさ
[左隣にいるひと] Ⅲ：木下けい子
[先輩とは呼べないけれど] Ⅲ：穂波ゆきね

神奈木智
[その指だけが知っている] シリーズ全5巻 Ⅲ：小田切ほたる
[ダイヤモンドの条件] シリーズ全3巻 Ⅲ：須賀邦彦
[御所泉家の優雅なたしなみ] Ⅲ：円屋榎英
[若きチェリストの憂鬱] Ⅲ：二宮悦巳
[オーナーシェフの内緒の道楽] Ⅲ：新藤まゆり
[愛も恋も友情も。] Ⅲ：香坂あきほ
[月下の龍に誓え]
[烈火の龍に誓え 月下の龍に誓え2] Ⅲ：円屋榎英
[マル暴の恋人] Ⅲ：水名瀬雅良
[恋人がなぜか多すぎる] Ⅲ：高星麻子
[マエストロの育て方] Ⅲ：夏珂
[守護者がめざめる逢魔が時]
[守護者がささやく黄泉の刻 守護者がめざめる逢魔が時2]
[守護者がつむぐ輪廻の鎖 守護者がめざめる逢魔が時3]
[守護者がさまよう記憶の迷路 守護者がめざめる逢魔が時4] Ⅲ：みずかねりょう

楠田雅紀
[史上最悪な上司] Ⅲ：山本小鉄子
[俺サマ吸血鬼と同居中] Ⅲ：Ciel
[やりすぎです、委員長!] Ⅲ：夏乃あゆみ
[二代目の愛は重すぎる] Ⅲ：高緒 拾

剛しいら
[顔のない男] シリーズ全3巻 Ⅲ：北畠あけ乃
[ブロンズ像の恋人] Ⅲ：兼守美行

ごとうしのぶ
[熱情] Ⅲ：高久尚子

榊 花月
[見た目は野獣] Ⅲ：和鐵屋匠
[綺麗なお兄さんは好きですか?] Ⅲ：ミナヅキアキラ
[オレの愛を舐めんなよ] Ⅲ：夏珂
[気に食わない友人] Ⅲ：新藤まゆり
[七歳年下の先輩] Ⅲ：高緒 拾
[暴君×反抗期] Ⅲ：沖銀ジョウ
[どうしても勝てない男] Ⅲ：新藤まゆり

キャラ文庫既刊

桜木知沙子

[となりの王子様] ill:夢花 李
[金の鎖が支配する] ill:清瀬のどか
[プライベート・レッスン] ill:高星麻子
[ひそやかに恋は] ill:山田ユギ
[ふたりベッド] ill:梅沢はな
[真夜中の学生寮で] ill:高星麻子
[兄弟にはなれない] ill:山本小鉄子
[教え子のち、恋人] ill:高久尚子

佐々木禎子

[治外法権な彼氏] ill:有馬かつみ
[アロハシャツで診察を] ill:高久尚子
[仙川准教授の偏愛] ill:新藤まゆり
[妖狐な弟] ill:佳門サエコ

秀 香穂里

[くちびるに銀の弾丸] シリーズ全2巻 ill:祭河ななを
[チェックインで幕はあがる] ill:高久尚子
[誓約のうつり香] ill:海老原由里
[禁忌に溺れて] ill:亜樹良のりかず
[烈火の契り] ill:彩
[他人同士] 全3巻 ill:新藤まゆり
[大人同士]
[恋人同士] 大人同士2 ill:新藤まゆり
[堕ちゆく者の記録] ill:高階 佑
[桜の下の欲情] ill:汞りょう
[なぜ彼らは恋をしたか] ill:梨とりこ
[闇を抱いて眠れ] ill:小山田あみ
[恋に堕ちた翻訳家] ill:佐々木久美子
[盤上の標的] ill:有馬かつみ
[年下の高校教師] ill:三池ろむこ
[閉じ込める男] ill:葛西リカコ
[ブラックボックス] ill:金ひかる
[双子の秘蜜] ill:高久尚子
[仮面の秘密] ill:小山田あみ
[刻淫の青] ill:砂河深紅
[このカラダ、貸します!] ill:左京亜也

愁堂れな

[身勝手な狩人] ill:蓮川 愛
[コードネームは花嫁] ill:汞りょう
[行儀のいい同居人] ill:小山田あみ
[月ノ瀬探偵の華麗なる敗北] ill:亜樹良のりかず
[法医学者と刑事の相性]
[法医学者と刑事の本音] 法医学者と刑事の相性2 ill:高階 佑
[嵐の夜、別荘で] ill:二宮悦巳
[入院患者は眠らない] ill:新藤まゆり
[極道の手なずけ方] ill:和鐵屋匠
[捜査一課のから騒ぎ]
[捜査一課の色恋沙汰] 捜査一課のから騒ぎ2 ill:相葉キョウコ
[仮面執事の誘惑] ill:香坂あきほ
[家政夫はヤクザ] ill:みずかねりょう
[猫耳探偵と助手]
[猫耳探偵と恋人] 猫耳探偵と助手2 ill:笠井あゆみ
[孤独な犬たち] ill:葛西リカコ
[月夜の晩には気をつけろ] ill:兼守美行
[吸血鬼はあいにくの不在] ill:雪路凹子
[ハニートラップ] ill:麻々原絵里依
[あの頃、僕らは三人でいた] ill:yoco

菅野 彰

[毎日晴天!] シリーズ1~12巻 ill:二宮悦巳
[高校教師、なんですが。] ill:山田ユギ
[かわいくないひと] ill:葛西リカコ
[1秒先のふたり] ill:新藤まゆり
[愛する] ill:高久尚子

杉原理生

[親友の距離] ill:穂波ゆきね
[きみと暮らせたら] ill:高久尚子
[息もとまるほど] ill:三池ろむこ
[恋を綴るひと] ill:葛西リカコ
[制服と王子] ill:井上ナヲ
[星に願いをかけながら] ill:松尾マアタ

砂原糖子

[シガレット×ハニー] ill:水名瀬雅良
[灰とラブストーリー] ill:穂波ゆきね

春原いずみ

[警視庁十三階にて]
[警視庁十三階の罠] 警視庁十三階にて2 ill:宮本佳野
[略奪者の弓] ill:Ciel

高岡ミズミ

[人類学者は骨で愛を語る] ill:汞りょう
[闇夜のサンクチュアリ] ill:高階 佑
[鬼の接吻] ill:禾田みちる

高尾理一

[鬼の王と契れ]
[鬼の王を呼べ] 鬼の王と契れ2 ill:石田 要

高遠琉加

[神様も知らない]
[楽園の蛇] 神様も知らない2
[ラブレター] 神様も知らない3 ill:高階 佑

田知花千夏

[男子寮の王子様] ill:高星麻子
[はじめてのひと] ill:橋本あおい

キャラ文庫既刊

谷崎 泉

[諸行無常というけれど]
[落花流水の如く 諸行無常というけれど2] ill：金ひかる

月村 奎

[そして恋がはじまる] 全2巻 ill：夢花 李
[アプローチ] ill：夏乃あゆみ

遠野春日

[高慢な野獣は花を愛す] ill：汞りょう
[華麗なるフライト]
[管制塔の貴公子 華麗なるフライト2] ill：麻々原絵里依
[砂楼の花嫁]
[花嫁と誓いの薔薇 砂楼の花嫁2] ill：円陣闇丸
[玻璃の館の英国貴族] ill：円屋榎英
[芸術家の初恋] ill：穂波ゆきね
[欲情の極華] ill：北沢きょう
[獅子の系譜]
[獅子の寵愛 獅子の系譜2] ill：夏河シオリ
[蜜なる異界の契約] ill：笠井あゆみ
[黒き異界の恋人] ill：笠井あゆみ
[真珠にキス] ill：乃一ミクロ
[疵と蜜] ill：笠井あゆみ

中原一也

[仁義なき課外授業] ill：新藤まゆり
[後にも先にも] ill：梨とりこ
[居候には逆らえない] ill：乃一ミクロ
[親友とその息子] ill：兼守美行
[双子の獣たち] ill：笠井あゆみ
[野良犬を追う男] ill：水名瀬雅良
[ブラックジャックの罠] ill：小山田あみ
[媚熱] ill：みずかねりょう
[検事が堕ちた恋の罠を立件する]

ill：水名瀬雅良
[悪癖でもしかたない] ill：高緒 拾

凪良ゆう

[恋愛前夜] ill：穂波ゆきね
[求愛前夜 恋愛前夜2] ill：穂波ゆきね
[天涯行き] ill：高久尚子
[おやすみなさい、また明日] ill：小山田あみ
[美しい彼] ill：葛西リカコ
[ここで待ってる] ill：草間さかえ

成瀬かの

[世界は僕にひざまずく] ill：高星麻子

西野 花

[溺愛調教] ill：笠井あゆみ
[陰獣たちの贄] ill：北沢きょう

鳩村衣杏

[両手に美男] ill：乃一ミクロ
[友人と寝てはいけない] ill：小山田あみ
[歯科医の弱点] ill：佳門サエコ
[学生服の彼氏] ill：金ひかる

樋口美沙緒

[八月七日を探して] ill：高久尚子
[他人じゃないけれど] ill：穂波ゆきね
[狗神の花嫁]
[花嫁と神々の宴 狗神の花嫁2] ill：高星麻子
[予言者は眠らない] ill：夏乃あゆみ

火崎 勇

[荊の鎖] ill：麻生 海
[牙を剥く男] ill：汞りょう
[満月の狼] ill：有馬かつみ
[刑事と花束] ill：夏珂
[足枷] ill：Ciel

[龍と焔] ill：いさき李果
[理不尽な求愛者] ill：駒城ミチヲ
[理不尽な恋人 理不尽な求愛者2] ill：駒城ミチヲ
[ラスト・コール] ill：石田 要
[哀しい獣] ill：佐々木久美子
[ぬくもりインサイダー] ill：みずかねりょう

菱沢九月

[小説家は懺悔する] シリーズ全3巻 ill：高久尚子
[夏休みには遅すぎる] ill：山田ユギ
[本番開始5秒前] ill：新藤まゆり
[セックスフレンド] ill：水名瀬雅良
[ケモノの季節] ill：汞りょう
[年下の彼氏] ill：穂波ゆきね
[好きで子供なわけじゃない] ill：山本小鉄子
[飼い主はなつかない] ill：高星麻子

松岡なつき

[NOと言えなくて] ill：果桃なばこ
[WILD WIND] ill：雪舟 薫
[FLESH&BLOOD①～㉔] ill：①～⑪雪舟 薫／⑫～彩
[FLESH&BLOOD外伝 —女王陛下の海賊たち—]
[FLESH&BLOOD外伝2 —祝福された花—] ill：彩
[H・K《ホンコン》ドラグネット] 全4巻 ill：乃一ミクロ
[流沙の記憶] ill：彩

水原とほる

[青の疑惑] ill：彩
[午前一時の純真] ill：小山田あみ
[金色の龍を抱け] ill：高階 佑
[災厄を運ぶ男] ill：葛西リカコ

キャラ文庫既刊

[義を継ぐ者] ill:高階 佑
[夜間診療所] ill:新藤まゆり
[気高き花の支配者] ill:和鐵屋匠
[蛇喰い] ill:みずかねりょう
[二本の赤い糸] ill:金ひかる
[The Barber—ザ・バーバー—]
[The Cop—ザ・コップ— The Barber2] ill:兼守美行
[ふかい森のなかで] ill:小山田あみ
[彼氏とカレシ] ill:十月絵子
[愛と贖罪] ill:葛西リカコ
[雪の声が聞こえる] ill:ひなこ
[愛の嵐] ill:嵩梨ナオト
[女郎蜘蛛の牙] ill:高緒 拾
[囚われの人] ill:高崎ぼすこ
[血のファタリテ] ill:兼守美行
[The Shoemaker—ザ・シューメイカー—] ill:沖 麻実也

水無月さらら

[主治医の采配] ill:小山田あみ
[美少年は32歳!?] ill:高星麻子
[元カレと今カレと僕] ill:水名瀬雅良
[ベイビーは男前] ill:みずかねりょう
[寝心地はいかが?] ill:金ひかる
[18センチの彼の話] ill:長門サイチ
[メイドくんとドS店長] ill:高久尚子
[キスと時計と螺旋階段] ill:乃一ミクロ

水壬楓子

[桜姫] シリーズ全3巻 ill:長門サイチ
[シンプリー・レッド] ill:汞りょう
[作曲家の飼い犬] ill:羽根田実
[本日、ご親族の皆様には。] ill:黒沢 椎

[森羅万象 狼の式神]
[森羅万象 水守の守]
[森羅万象 狐の輿入] ill:新藤まゆり

宮緒 葵

[二つの爪痕] ill:兼守美行
[蜜を喰らう獣たち] ill:笠井あゆみ
[忘却の月に聞け] ill:水名瀬雅良

夜光 花

[シャンパーニュの吐息] ill:汞りょう
[君を殺した夜] ill:小山田あみ
[七日間の囚人] ill:あそう瑞穂
[天涯の佳人] ill:DUO BRAND.
[不浄の回廊]
[二人暮らしのユウウツ 不浄の回廊2] ill:小山田あみ
[眠る劣情] ill:高階 佑
[愛を乞う] ill:榎本
[束縛の呪文] ill:香坂あきほ
[ミステリー作家串田寥生の考察] ill:高階 佑
[バグ①〜②] ill:湖水きよ

吉原理恵子

[二重螺旋]
[愛情鎖縛 二重螺旋2]
[攣哀感情 二重螺旋3]
[相思喪曖 二重螺旋4]
[深想心理 二重螺旋5]
[業火顕乱 二重螺旋6]
[嵐気流 二重螺旋7]
[双曲線 二重螺旋8]
[不響和音 二重螺旋9]
[千夜一矢 二重螺旋10] ill:円陣闇丸
[間の楔] 全6巻 ill:長門サイチ

[影の館] ill:笠井あゆみ

六青みつみ

[輪廻の花〜300年の片恋〜] ill:みずかねりょう

渡海奈穂

[兄弟とは名ばかりの] ill:木下けい子
[小説家とカレ] ill:穂波ゆきね
[学生寮で、後輩と] ill:夏乃あゆみ
[彼の部屋] ill:乃一ミクロ

〈四六判ソフトカバー〉

英田サキ

[HARD TIME DEADLOCK外伝] ill:高階 佑

ごとうしのぶ

[ぼくたちは、本に巣食う悪魔と恋をする] ill:笠井あゆみ
[喋らぬ本と、喋りすぎる絵画の麗人] ill:笠井あゆみ

高遠琉加

[さよならのない国で] ill:葛西リカコ

凪良ゆう

[きみが好きだった] ill:宝井理人

菱沢九月

[同い年の弟] ill:穂波ゆきね

松岡なつき

[王と夜啼鳥《ナイチンゲール》 FLESH&BLOOD外伝] ill:彩

吉原理恵子

[灼視線 二重螺旋外伝] ill:円陣闇丸

〈2015年9月26日現在〉

キャラ文庫最新刊

愛する
菅野 彰
イラスト✦高久尚子

思春期に苛めに遭った由多《ゆた》。そんな由多を救ってくれたのは、絵画教室の講師・凌《りょう》だ。全てを肯定してくれる凌に告白したけれど…!?

悪癖でもしかたない
中原一也
イラスト✦高緒 拾

辣腕仕手師の伏見《ふしみ》とのコンビで組に重宝されている経済ヤクザの鬼島《きじま》。ある日、唯一の弱点である弟に、ヤクザだとバレてしまい…!?

彼の部屋
渡海奈穂
イラスト✦乃一ミクロ

「藤森《ふじもり》さんの部屋、出るよ」同じビルに勤める江利《えり》に不吉な宣告をされた藤森。霊感ゼロなのに、なぜか江利と一緒に幽霊退治を…!?

10月新刊のお知らせ

火崎 勇　イラスト✦水名瀬雅良　[夢よりも愛しくて(仮)]
樋口美沙緒　イラスト✦yoco　[檻の中の王(仮)]
夜光 花　イラスト✦湖水きよ　[バグ③]

10/27(火)発売予定